Filip Florian

Alle Eulen

Roman

Aus dem Rumänischen
von Georg Aescht

Matthes & Seitz Berlin

Für Ernest, meinen Freund

Halt im Sinn, was ich dir sage,
Milton, die schönste Gabe des Menschen
ist das Gedächtnis. Verstehst du?

Bohumil Hrabal, *Die Kirschen von Prag*

I

Zunächst fiel, nach Neujahr, das Glück vom Himmel. Wahrhaftig.
Drei Tage lang schneite es dermaßen verrückt, dass die Straße und
die Zäune verschwanden, die Autos aussahen wie schlafende weiße
Wale und die Häuser zur Hälfte eingeschneit waren. Niemals habe
ich einen längeren Tunnel gegraben als damals, als dieser Schneesturm tobte. Ich begann um die Mittagszeit, etwa zwanzig Minuten
nachdem Mutter, vermummt wie am Pol, auf die Schippe hinter der
Tür gezeigt und mich beauftragt hatte, den Weg zum Schuppen frei-
zuschaufeln. Ob sie nun zum Schloss ging oder zu einer von diesen
Etepetete-Damen mit Kopfschmerzen, jedenfalls entfernte sie sich
langsam, ihr Mantel war weiß verschneit, sie spähte dauernd zurück,
ob ich auch arbeitete, klein war sie, arg klein, watschelte wie ein Pin-
guin auf einer langgestreckten Landzunge, dann war sie nicht mehr
zu sehen. Immerhin ließ ich die Schaufel nicht sofort fallen, sobald
Mutter in den Schneewehen verschwand, sondern erst, nachdem ich
die Dinge mit dem Mädchen im Nachbarhaus geregelt hatte. Die
trug eine rote Daunenjacke, lehnte mit dem Gesicht in den Händen
am Balkongeländer, rief mich nicht beim Namen, sondern nur mit
»He Junge!« an und fragte, wieso ich Blödmann mich denn nicht
an den Tunnel machte. Ich gestehe, ich schwieg und löste nur den
Knoten des Schals, ich ging nicht mit Schneebällen zum Angriff
über, weil ich fürchtete, wieder eine Fensterscheibe zu zerschmeißen,
ich war drauf und dran, irgendeine Eselei loszulassen, da kam ich, bevor ich den Mund auftat, aber wirklich kurz davor, plötzlich drauf,
dass die Locken, die unter ihrer Mütze hervorlugten, den gewellten
Strähnen im Pelz von Zuri glichen. Ich hatte sie ziemlich oft gesehen

7

in der letzten Ferienwoche, seit sie bei Bugiulescu zur Miete wohnte, allerdings war sie noch nie allein gewesen, und ich hatte sie mir auch noch nie richtig angeschaut. Hochgewachsen war sie, hatte eine Stupsnase und redete von oben herab mit mir, wohnte sie doch im Dachstübchen, wo der Wind den Schnee auf dem Dach verwirbelte. Sie schlug vor, wir sollten den Tunnel gemeinsam bauen, die eine vom einen, der andere vom anderen Ende, je ein Stück, ohne Ratschläge, ohne Hilfe, ohne Pause, ich gab zurück, ich sei kein Maulwurf und kein Regenwurm, auch keine Eidechse, sie lachte und sagte, es sei ganz und gar verboten, auch nur ein Wörtchen zu sagen, ehe wir uns in der Mitte treffen würden, wir sollten stumm sein, ich stützte mich auf den Schaufelstiel, versuchte grimmig dreinzuschauen, um sie zu erschrecken, sie lachte nicht mehr, erschrak aber auch nicht, wandte sich ab, dem Zimmer zu und sagte: »Dabei wollte ich dir was Wunderbares schenken ...« Mir traten, erhitzt wie ich war, kalte Schweißperlen auf die Stirn, ich bat sie herunterzukommen, hörte meine Stimme und konnte nicht glauben, was ich da hörte, ich bat sie sogar, sie solle nicht böse sein und selbst entscheiden, wo wir anfangen sollten, und als sie mit einer blechernen Kehrichtschaufel auf der Treppe erschien, ließen die Kälte und die Hitze nach. Sie wählte eine geschützte Stelle, dirigierte mich fünf, sechs Meter nach unten zu einem Pflaumenbaum, und obwohl weder ihre rote Daunenjacke noch mein grauer Trainingsanzug an Tarnanzüge gemahnten, fiel mir eine Szene in einem Film mit zwei Soldaten im norwegischen Winter ein, die sich mit Zeichensprache darauf verständigten, eine Brücke zu sprengen. Ich rannte in die Küche, holte die verrostete Maurerkelle hervor, mit der wir die Asche aus den Öfen kratzen, hielt sie bei meiner Rückkehr hoch über dem Kopf wie eine Waffe, ging in die Hocke, zog einen weiten Halbkreis, stach einige Male in die vereiste Schneekruste, schnitt große, möglichst große Stücke heraus und warf sie wild in die Gegend. Als der Einstieg sich deutlich abzeichnete, stach ich weiter zu, drang vor zu weiteren Schichten, der Schnee war weder pulvrig noch mehlig, sondern gut verdichtet, eine Weile konnte ich meine gebückte Haltung und die Schaufelschwünge beibehalten, musste jedoch bald in die Knie gehen, weil die Grabungsstelle sich immer mehr zu einem Eingang in einen Bau verengte und eine andere Stellung nicht mehr möglich war. Während ich darauf achtete, dass die gewölbte Decke, höchstens einen Meter hoch, nicht einbrach, schluckte mich das Loch alsbald ganz, das Licht wurde fahl, eine merkwürdige Stille gellte in meinen Ohren, als wäre es gar keine, ich dachte an das Geschenk des Mädchens, es mochte ein Plüschbärchen sein, ein Schlüsselanhänger, eine Waffel, ein Bumerang, eine Zeitschrift, was auch immer. Ich dachte auch an Mutter, an ihre Sorge, dass der Weg zum Holzschuppen geräumt würde, und daran, wie sie mich durch das Schneegestöber beobachtet hatte, mir war egal, was sein würde, wenn sie nach Hause kam, ich schnitt Stück um Stück aus dem Schnee, führte die Batzen seitlich am Körper vorbei, schob sie mit den Füßen nach hinten, und wenn sich hinter meinem Rücken ein richtiges Häuflein angesammelt hatte, schaffte ich es nach draußen, damit ich mich nicht selbst einmauerte. Irgendwann stieß ich auf etwas Hartes, ich vermutete einen Stein, konnte ihn nicht herausbrechen, versuchte ihn freizulegen und gelangte an das eine Ende, rundlich wie ein Bachkiesel, das Ding ließ sich kaum bewegen, schließlich kriegte ich es mit Ach und Krach frei. Es war ein Knochen, ein Prachtstück von einem Knochen, ein Eisbein, das durch die Hölle der Küche gegangen war. Wie ich da auf dem Bauch lag, die Handschuhe völlig durchnässt, ging mir auf, dass Zuri ihn an Weihnachten versteckt haben mochte, als er satt war und keine Lust mehr hatte, an irgendwas herumzunagen. Jetzt aber, als ich still dalag, merkte ich, dass nicht nur die Handschuhe vor Nässe trieften, sondern alles an mir, als hätte ich im Regen oder im Dampfbad gestanden, Stunden um Stunden. Ich hatte geschwitzt wie ein Ackergaul, die Kleider hingen kiloschwer an mir herab, in den Stiefeln suppte es lauwarm, überdies hatte ich keine Ahnung, ob eine Viertelstunde oder das Zehnfache vergangen war. Ich kostete die Müdigkeit, die Erschlaffung der Arme und der Schenkel voll aus, sie schmeckte nicht bitter, also fuhr ich fort mit den mechanischen Bewegungen wie ein Getriebe, das nicht rundläuft, hin und wieder stottert, aber nie stehenbleibt. Der Schacht ging bereits über die vier Meter hinaus, ich fragte mich, wie viel er auf der Seite des Mädchens messen mochte und wie viel uns noch trennte, ich spitzte die Ohren in Erwartung eines Geräuschs, ständig tauchte ihr Gesicht vor mir auf, das allererste Bild, die schwarzen Augen im Flockenwirbel, die leicht geschwungenen Brauen, das Kinn in die Handflächen gebettet wie ein verfrorenes Kätzchen. Ich stellte mir vor, dass ihre dunklen Locken, wäre da nicht die wollene Strickmütze, ihr bis auf die Schultern fallen und alsbald weiß sein würden. Plötzlich hoffte ich mit einer Art Furcht, dass meine Gedanken in die Irre gelaufen waren, dass das Geschenk eigentlich keinerlei Abzeichen oder Äffchen, keine Musikkassette oder Mütze und auch kein Kreisel sein würde. Ich träumte von etwas Süßerem, einer sanften Berührung oder einem Küsschen, und da meinte ich in der Nähe, in nächster Nähe undeutliche Geräusche zu vernehmen. Ich ließ die Kelle liegen und begann ungeduldig mit den Fingern zu kratzen, manchmal hielt ich inne und spannte alle Sinne an, als hätte ich ein Trommelfell an den Lidern, in den Nüstern, an den Wangen. In dem Augenblick, als auch das letzte Stück Schnee fiel, der Tunnel durchstoßen war und die Finsternis schwand, hätte ich schreien mögen, da ja nun Schluss war mit Schweigen, aber der Schrei blieb mir im Hals stecken. Auf mich zu schoss Zuri, der Hund, schleckte mich ab wie verrückt und jaulte vor Glück. Ich jagte ihn weg und schätzte, weiterrobbend, dass ich etwa sieben Achtel gegraben hatte. Das Mädchen stand oben auf dem Balkon und warf mir eine Kusshand zu. Dabei legte sie noch nicht mal die Finger an die Lippen. Sie tat nur so.

Sodann, vor dem Heiligdreikönigstag, kam das Glück aus der Erde. Das geschah abends im Wald über dem Sammelbecken, wo eine Riesentanne entwurzelt wurde. Das Ächzen des Baumes und die Wucht des Aufpralls ließen mich hochfahren, den Vorhang aufreißen und in die Dunkelheit hinausspähen, allerdings sah ich nichts, obwohl es längst aufgehört hatte zu schneien und der Himmel sternenübersät war. Weder am Fenster, wo ich die Augen verengte und weitete in dem Versuch, wie eine Eule zu sehen, noch vor dem Ofentürchen, wo ich im Türkensitz Kartoffeln in der Glut briet, noch später im Bett, als ich versuchte einzuschlafen, um Vaters Schnarchen nicht mehr hören zu müssen, vermochte ich mir vorzustellen, dass das Glück aus der Erde sprießen könnte, ganz plötzlich, um mir gut zu sein. Vor dem Einschlafen waren mir nur ein paar Dinge klar: der grimmige Frost draußen, das Fauchen des Windes, der Rauch, der durch den Schornstein zurückgedrückt wurde und sich im Zimmer breitmachte, die unausstehliche Kälte unter der Bettdecke und die Tatsache, dass Vater tüchtig getrunken und sich in der Küche schlafen gelegt hatte, hinter der Wand zu meiner Linken. Morgens begriff ich auch alles Übrige, Schritt für Schritt, nachdem ich mir einen Kanten Brot gebrochen und zwei Scheiben Käse abgeschnitten hatte. Ich war allein zu Hause wie fast immer, seit mein Bruder zum Militär eingezogen worden war, ich biss lustlos vom Brot, noch gar nicht richtig wach, goss mir auch ein Glas Milch ein, betrachtete die Wolken, die übers Tal zogen, erspähte einen Tannenhäher mit gesträubtem Gefieder unter der Dachrinne der Nachbarn, dann entdeckte ich Bugiulescu an der Straßenlaterne, wie er, barhäuptig, den Schnee zu einem großen Haufen zusammenschippte. Die Familie aus dem Dachstübchen war abgereist, also hätte es, wenn ich schon dem dunkelhaarigen Mädchen keinen Denkzettel hatte verpassen können, nahegelegen, den da unten aufs Korn zu nehmen und genau auf den roten Fleck auf seiner Glatze zu zielen. Aber ich schmiss weder mit Schneebällen noch mit den gekochten Eiern, die Mutter in einem Töpfchen hinterlassen hatte. Aus Dutzenden von Gründen. Ich schürte das Feuer, schaltete das Radio ein und landete bei den Nachrichten, schaltete es schnell wieder aus, begann nach dem Pulli mit Edelweißmuster zu wühlen, und noch bevor ich ihn fand, klopfte es an der Tür. Das war Sandu, den gestreiften Fes über die Ohren gezogen, einen Lutscher an weißem Stiel im Mund, damit es aussah, als hätte er eine Zigarette im Mundwinkel. Er wollte nicht reinkommen, und während ich mich anzog und die Stiefel schnürte, alberte er mit Zuri und seiner Hündin Lola herum, die sich in der Wolle hatten. Der Frost hatte kein bisschen nachgelassen, es war schließlich Heiligdreikönigstag, und deshalb, schätze ich, kam ihm auch, nachdem er den Lutscher durchhatte, die Schnapsidee, einen auf Raucher zu machen. Er hielt den Stiel zwischen den Fingern, führte ihn dann und wann an die Lippen, tat, als rauche er auf Lunge, klopfte hin und wieder drauf, als aschte er, und stieß häufig Rauch aus, dampfende Atemluft. Was anderes fiel ihm nicht ein. Mir leider auch nicht. Schlittenfahren ging nicht, weil es nirgendwo getretene Bahnen gab, fürs Bockspringen oder Abschlagen hätten wir zu mehreren sein müssen, Höhlenbauen und Tunnelgraben hatte ich satt, also kam die Geschichte mit dem Baum gerade recht, sie fiel mir ein, während wir die Hunde mit einem Besen zum Balgen anstachelten. Es dauerte Minuten, bis wir das obere Tor zum Wald freibekamen, dann hielten wir uns rechts, bis zum Bauch im Schnee watend. Ich ging voran, ich hatte ja den Donner gehört, der die Finsternis zum Beben gebracht hatte, allerdings wusste ich, um ehrlich zu sein, nicht recht wohin. Da ich das aber nicht ums Verrecken zugegeben hätte, arbeitete ich mich zögerlich vor und ließ mir allerhand Gründe einfallen, stehenzubleiben, mal um den Schnee von der Mütze zu schütteln, mal um die Schnürsenkel straffzuziehen, mal um Zuri bei Fuß zu kommandieren und mit ihm zu schimpfen. Um uns war Winter, das war's, er erdrückte Sträucher, bog Zweige und zarte Stämme herab, bedeckte Baumstümpfe, Höhlen, Felsen, Pfade und Moospolster, ein stummer, überwältigender Winter, in dem allerdings keinerlei Zeichen von Zerstörung zu bemerken waren. Ich kannte jedes Fleckchen, jeden Erdhügel, ich war in meinen Jagdgründen, ein König der geheimen Insel, wo ich meinen Schatz und mein Piratenschiff versteckt hielt, in dem Dschungel, in dem mir alle wilden Tiere untertan waren, von Giraffen und Hyänen bis zu Löwen, Tigern und Elefanten, oder in den Geschützstellungen, von denen aus ich als General die Gebirgspässe überwachte und vernichtendes Feuer eröffnen könnte. Dennoch sah im Innersten meiner Besitztümer nichts aus wie sonst, der Sturm hatte Farben, Klänge, das ganze Gelände verändert, hatte aus dem Land ein anderes Land gemacht. Und während Sandu unbedingt zum Steinbruch wollte, wo es lauter verdorrte, flechtenüberwucherte Kiefern gab, bestand ich darauf, dass wir den Weg zum Wasserbecken einschlugen, weil es geklungen hatte, als käme das Wummern von dort, wir den umgestürzten Baum also dort finden würden. Und in der Tat sahen wir beide vor dem kleinen Backsteinbau eine mächtige Tanne hingestreckt liegen, die im Fallen noch einen mittelgroßen Ahorn und etliche junge Buchen mitgerissen hatte. Betrachtete man die Krone und die Wurzel, hatte man einen verwundeten Dinosaurier vor Augen, mehrfach geflügelt, mit Hunderten von Stacheln auf dem Rücken und einem Gewirr von gewundenen Hörnern, die er von Dutzenden von Hirschen und Böcken eingesammelt haben mochte. Sie war auf ein enges Flachstück gefallen, quer über den Pfad von der Gurguia-Hütte im Strîmbă-Sattel. Als wir hinkamen, war weit und breit niemand zu sehen, sodass wir sie in aller Ruhe in Augenschein nehmen konnten, Stück für Stück, zumal Sandu noch etwas von einer alten Kiste voller Schmuck und Goldstücke zu sagen wusste, von der ihm Gevatter Rică, der Postbote, sturzbetrunken bei einem Totenmahl erzählt hatte. Da weder Halsketten noch Ringe an den Ästen glitzerten, da weder die Tannenzapfen an Kleinode gemahnten noch statt des Harzes Gold aus der Tannenrinde quoll, wühlten wir in der Grube, die sich an der Wurzel aufgetan hatte, im steinigen, gefrorenen Boden. Die Hunde halfen mit, sie wussten zwar nicht, warum sie scharrten, wollten uns aber zu Gefallen sein. Eine Zeit lang vergaßen wir den Frost und alles andere, denn der Zauber der Diamanten ist so groß, dass er über eine starke alte Tanne hinauswächst. Dabei hätte es vier von uns Jungs gebraucht, den Stamm mit den Armen zu umfangen. Gerade als wir uns bei den Händen fassten und in der Gewissheit, dass der Schatz der Räuber anderswo lag, die Stärke des Stammes zu schätzen versuchten, vernahmen wir Stimmen von weiter oben. Dort tauchte an einer Biegung des Pfades ein Mann in khakifarbenem Parka auf, ihm folgte ein anderer in einer schwarzen Windjacke und zwei vollschlanke Frauen, die mehr rollten als gingen. Wir beobachteten, wie sie auf dem abschüssigen Hang stürzten und sich aufrappelten, versanken, hin und wieder in einer Vertiefung oder hinter Sträuchern verschwanden, wieder auftauchten und mühselig, wenn auch nicht gerade im Schneckentempo, den Abstieg meisterten. Die Hunde schienen ihnen keinerlei Beachtung zu schenken, Lola hatte sich an die Sonne gelegt und atmete flach, Zuri schnupperte an einer Abbruchhalde entlang und verlegte sich immer wieder aufs Graben. Allerdings sah ich an der Art, wie er den Schweif trug, dass er angespannt war und unvermittelt zum Angriff übergehen würde. Plötzlich fuhr er herum, reckte die Brust, legte die Ohren an und schoss pfeilschnell los, zauberte in vollem Lauf auch Lola aus ihrem Dämmer, zu zweit flogen sie bergan auf die Männer und Frauen zu, die sich etwas abseits zusammengefunden hatten, mit trocken hallendem Gebell, zwei Spukgestalten auf weißem Grund, zwei Farbstreifen, der eine braun mit gelben Tönen, der andere aschgrau wie falbe Stuten. Und der Pfeil, der Flug, das Gebell, der Spuk und die Streifen kamen erst zur Ruhe, als ich und Sandu kurze Pfiffe ausstießen, wie man sie in der Pfeifschule lernt, mit einem Mal wurden sie zu einfachen Farbflecken, sanft und still. Nachdem wir die Hunde zurückgerufen und angeleint hatten, wurden auch die Leute ihrer Angst Herr, wiederkäuten sie langsam und würgten sie hinunter, schließlich kamen sie näher und merkten, dass der Pfad von einem Baumriesen versperrt war. Die eine Frau ging ausgelaugt in die Knie und sagte, sie werde eher sterben, als noch einen Schritt zu tun, die andere, bleich und die Nerven ebenso ins Taschentuch geknüllt, starrte entgeistert die Äste der Tanne an. Der Mann in der schwarzen Windjacke bemerkte als Erster unsere Spuren im Schnee und fragte, ob man in dieser Richtung schräg hinunter in die Stadt käme. Ich sagte ja und ging voran wie ein Führer, denn auch wir hatten

nicht vor, länger da herumzuhängen. Als wir ihnen auf der Straße
den Weg zur Stadtmitte zeigten, klopfte der Typ sich ab, zückte das
Portemonnaie aus der Hüfttasche und gab mir zwei Fünftausender,
einen für jeden von uns. Ich schrie nicht auf, lachte nicht, sagte
nichts, auch nicht danke, aber einen Augenblick lang war ich überzeugt, dass ein Glück zum andern gekommen war, das eine vom
Himmel gefallen und das andere aus der Tiefe emporgetaucht war,
damit sie sich dort, just auf meinem Hof, vereinen konnten. Hätte es
nicht dermaßen geschneit, wäre nicht ein derartiger Frost gekommen und ein solcher Sturm losgebrochen, hätte der Baum immer
noch so dagestanden, wie er die Zeiten überdauert hatte, und der
Pfad hätte seinen üblichen Verlauf genommen. So aber war leicht zu
erraten, wie es weiterging, zumal jetzt, als wir zu sechs Leuten und
zwei Hunden im Gänsemarsch regelrecht einen neuen Pfad getreten
hatten. Ich holte eine Pappschachtel aus dem Lager, wischte Staub
und Sägemehl von ihr ab, schnitt ein großes viereckiges Stück heraus
und schrieb mit Kohle darauf: »Durchgang 2000 Lei«. Wir trieben
den Preis nicht unanständig in die Höhe, auch waren die Druckbuchstaben etwas krumm geraten. Später fügte ich, damit es kein Palaver gab, hinzu: »pro Person«. Und die Kundschaft strömte unablässig, die Leute schwammen durch die Schneewechten und gingen
uns wie Fische ins Netz. Die kamen mit der Seilbahn bis zum
Strîmbă-Sattel, betrachteten die weißen Gebirgskämme und die rau-
bereifte Relaisstation des Militärs, bibberten, solange es eben ging,
flüchteten sich in die Berghütte zu Glühwein, Tee mit Rum und Kaffee, und statt dann mit dem Kabinenlift zurückzukehren, machten
sie sich, weil die Stadt unter ihnen lag wie auf dem Präsentierteller,
einen Steinwurf entfernt, auf den abschüssigen Weg ins Tal, ohne
von dem Eis, den Steilhängen, den Schneeverwehungen und der
Tanne, riesig wie ein Saurier, auch nur zu ahnen. Ausgelaugt, am
Ende ihrer Kräfte, erreichten sie dann unser Hoftor zum Wald, bereit, alle unsere Forderungen zu erfüllen. Ich zweifle nicht, dass wir
bei einigen, wären wir unverschämt gewesen, ein Vielfaches hätten

15

herausholen können, es gab allerdings auch andere, die unser Pappschild scheel ansahen. Ein Rindvieh im Skianzug rüttelte am Zaun und drohte uns mit den Fäusten, eine geschminkte Madame schickte uns zum Teufel und wollte durch den Hof stöckeln wie über den Boulevard, und ein Lyzeaner mit gezogenem Scheitel, blaugefroren, reckte uns beide Mittelfinger entgegen. Sie alle aber waren alsbald ganz brav, ja erstarrten buchstäblich, wenn wir pfiffen, wie man das in der Pfeifschule lernt, worauf Zuri und Lola wie die Irren mit gefletschten Zähnen heranschossen. So gab eins das andere, zwar hatten wir die Schatzkiste der Räuber nicht entdeckt, aber bis zum Nachmittag um die zweihundert Tausender beisammen. Um genau zu sein, zweihundertundachttausend Lei. Und eine ganze Menge Scheine waren himmelblau, aus Kunststoff, wie sie im August anlässlich der totalen Sonnenfinsternis ausgegeben worden waren.

In der letzten Stunde, als die Sonne unterging und die Seilbahn ihren Betrieb einstellte, kamen nur noch sieben Leute. Dem Alter und der Sorgfalt nach zu urteilen, mit der sie eine Wodkaflasche behandelten, aber auch danach, wie inbrünstig und falsch sie den Beatles-Song *Hey Jude* sangen, schätzte ich, es waren Studenten. Sie fanden unser Plakat lustig, zuckten die Schultern, schworen, sie hätten keinen roten Heller, einer von ihnen zerrte sogar, um überzeugend zu wirken, am Reißverschluss seines Herrentäschchens. Die waren ganz nett, also ließen wir das mit den Hunden bleiben. Sie boten uns auch einen Zug aus der Flasche an, Sandu lehnte nicht ab und zog ein Gesicht, als hätte er eine Schluckimpfung genommen, worauf der Kleinste in der Gruppe, ein Rothaariger, sich an einen Rest Schokolade erinnerte und mir einen harten Brocken in Stanniol zuwarf. Als sie in Richtung der Hotels in der Innenstadt weiterzogen und das Singen wiederaufnahmen, waren ihre Stimmen noch eine ganze Weile zu hören, zum Zeichen, dass ihr Schwung ungebrochen war und dass der Wind, ob nun der Crivăț oder sonst einer, immer noch von den Moränen kam. Im Übrigen nahm der Abendhimmel Farbe an, was Sturmböen auch für den nächsten Tag ankündigte. Die blanken Stellen schimmerten rosa, die Wolken lila, der Dunst am Horizont spielte ins Weichselrot, und die Zinnen der Gebirge röteten sich, als würden sie mit Paprika gewürzt. Schweigen. Zumindest meinerseits, denn Sandu quatschte in einem fort und war ganz heiß drauf, dass wir das Geld teilten. Wir gingen ans Gassentor und kriegten alles so gut hin, dass nicht nur jeder einhundertundviertausend Lei, sondern auch die gleiche Anzahl Scheine von der Sonnenfinsternis bekam, dann aber, als wir in unserer Vorstellung, aus dem Gedächtnis, die Regale der Geschäfte abgingen, strandeten wir mit unseren Hoffnungen, weil uns der Sinn dauernd nach etwas anderem stand. Nachdem ich auf Klamotten und Süßigkeiten verzichtet hatte, entschloss ich mich, mir einen Roller zu kaufen. Grau metallic, mit schwarzen Griffen, Gummirädern und Handbremse am Lenker, keine Fersenklappe. Ich weiß, was Sandu sich alles wünschte, sollte aber nicht erfahren, was er aus seiner endlosen Liste wählte, denn am Ende des Glücks, als es Abend wurde, stand plötzlich Ene Tirilici neben uns. Das war ein Mechaniker von der Seilbahn, der sich bei der Hütte verspätet hatte, weil er angeblich noch irgendwelche Kugellager mit Vaseline hatte schmieren müssen. Die Hunde kannten ihn und ließen ihn gewähren, sodass wir seine ohnmächtige Beute wurden, zwei verirrte Küken in den Fängen eines Fuchses. Er trug unser Plakat unterm Arm, packte mich am Kragen und ließ mich nicht mehr los, dabei herrschte er uns lauthals an: »Was tut ihr hier, ihr verdammten Bengel? Klauen?« Er riss hart an meinem Ohr, so hart, dass ich fürchtete, er würde es abreißen, verlangte das Geld, wollte sich auch Sandu schnappen, aber ich warf mich herum und hinderte ihn daran, er haute mir auf die Nase, dass das Blut quoll, seine Finger stanken nach Schnaps und nach Kälte, nicht nach Vaseline, ich merkte gar nicht, dass ich allein war, dass mein Freund mit der Hündin abgehauen war, ich kämpfte nach Kräften, Zuri hing an seinem Hosenbein und schlug die Fänge in seinen Schenkel, worauf er umso wütender auf mich eindrosch. Da aber tauchte, dem Herrn sei Dank, ein Herr auf! Er trug den Schal doppelt um den Hals, hatte gewichs-

te Stiefel und eine Stimme, wie ich sie nie wieder gehört habe. Er
packte Ene Tirilici am Ellbogen und sagte nur: »Aufhören!« Und
der Mechaniker hörte auf. Danach brabbelte Ene unterwürfig allerhand dummes Zeug, zeigte ihm das Pappschild und die mit Kohle
geschriebenen Wörter, versuchte sich einzuschleimen, wobei er
mich als Nichtsnutz und Räuber bezeichnete, begegnete aber lediglich braunen Augen mit reglosen Pupillen. Dann hinkte er von dan-
nen, gerade als auch der Bugiulescu auf die Schwelle trat, um ihm zur
Seite zu springen. Der Herr drehte sich auf dem Absatz seiner ge-
wichsten Stiefel um und sagte guten Abend, worauf mein Nachbar,
kaum zu glauben, den Kopf senkte, höflich grüßte und verschwand.
Wie ich da stand, Kinn und Kleider blutverschmiert, mit geschwol-
lener Backe, strubbligem Haar und einem krebsroten Ohr, forderte
er mich auf, mitzugehen. Seine Stimme klang jetzt so weich, dass
man sich jederzeit hätte widersetzen können. Ich widersetzte mich
nicht. Und ging mit.

* * *

Gleich zu Anfang, wir waren unterwegs und ich hoffte immer noch,
ich hätte es mit einem Geist zu tun, forderte er mich auf, ihn Emil zu
nennen. Was aber noch schöner war, er forderte dasselbe auch von
Zuri, der hinter uns hertrottete, müde und durstig. In den Schatten
der Abenddämmerung gab es keinerlei Fragen zu dem prügelnden
Mechaniker, zur Durchgangsgebühr, zu meinem desertierten Freund,
zu Mutter und Vater, und ich dankte insgeheim allen Heiligen, zum
einen, weil mein Mund klamm war und ich dermaßen zitterte, dass
ich kein Wort mehr herausbringen konnte, zum zweiten, weil ich
Menschen nicht ausstehen kann, die in den Seelen anderer herum-
stochern, und schließlich zum dritten, weil ich eine Weile gefeit war
vor der unmöglichen Zumutung, einen Schutzengel zu duzen. Auf
der kurzen Strecke Wegs hörte ich etwas über das Flackern von Straßenlaternen, eine einfache Feststellung, und auch mir ging auf, dass
etliche Glühbirnen durchgebrannt waren. Zu meinem Erstaunen

war mir also auch auf meiner Straße noch einiges unbekannt, Kleinigkeiten, die mir verborgen geblieben waren, umso mehr wunderte ich mich, als wir bei der Nummer 14, dem großen, holzverkleideten Haus der Frau Rugea, stehenblieben. Ich vermutete, es handelte sich um eine kurze Pause, in der ein Herr um die sechzig eine Dame jenseits der siebzig, Deutschlehrerin ihres Zeichens, begrüßen würde, dem war aber nicht so, wir umgingen den Haupteingang im Erdgeschoss und nahmen über den Diensteingang rechter Hand eine enge Treppe, die bei jedem Tritt ächzte. Im Obergeschoss drehte sich der Schlüssel im Schloss, die Tür ächzte ebenfalls, und noch vor dem Klicken des Lichtschalters spürte ich, wie die Wärme von drinnen mein Gesicht umfächelte und mir zeigte, wie sehr ich fror. Als das Licht anging, achtete ich nicht auf die Möbel oder die Decke oder das Fenster, sondern ließ mich auf den erstbesten Stuhl sinken mit dem Gefühl, dass ich ausrann wie Wasser aus einem lecken Gefäß. Ich weiß nicht, wie lange es gedauert hat, bis ich zu mir kam, jedenfalls lag ich auf dem Fußboden, einen Umschlag auf der Stirn, Emil beugte sich zu mir herab und hatte Würfelzucker in der Hand. Ich nahm seinen Rat an, stand auf und setzte mich auf einen Schaukelstuhl, lutschte die Zuckerwürfel, wartete ab, bis das Schwindelgefühl nachließ, zog die Schuhe aus und tastete meine nassen Fußsohlen ab, die Zehen taten furchtbar weh, ich konnte sie kaum krümmen, er aber warf mir ein raues Tuch zu und sagte, ich solle meine Füße langsam abreiben, immer von der Ferse zu den Zehenspitzen. Auf ein vor dem Ofen gespanntes Seil hängte er meine Mütze, meine Handschuhe und meine Socken, stellte auch die Stiefel davor, allerdings nicht direkt an die Kacheln, damit sie nicht rissig wurden, dann zog er eine Zigarette aus einem goldfarbenen Etui, nach seiner Rechnung die fünfte an jenem Tag, also die letzte. Merkwürdig, wie er rauchte, irgendwie sog er den Rauch ein und ließ ihn in der Brust umherwallen, der Tabak bedeutete ihm dann alles, nicht eine Viertelsekunde hätte er auf etwas anderes verschwendet, ständig maß er mit den Augen den Stummel zwischen Glut und Filter und ärgerte sich, da bin ich sicher, absolut sicher, dass der allzu rasch verglühte. Ehe er die Kippe im Aschenbecher ausdrückte, solange er entrückt war und schwieg, konnte ich im Zimmer allerhand betrachten. Neben dem weichselroten Kästchen, dem abgedeckten Bett, dem Schaukelstuhl, in dem ich saß, dem Schreibtisch und zwei Lehnstühlen gab es eine Menge Säcke und Kisten aller Größen an der einen Wand. In der Ecke gegenüber dem Ofen standen ein karierter und ein graulederner Koffer. Wahrscheinlich war er meinen Blicken gefolgt, denn unvermittelt erklärte er mir, dass er am ersten Januar mit einem menschenleeren Zug angereist war, der Gepäckwagen sich aber wegen der Schneeverwehungen verspätet hatte und erst am Morgen dieses Tages angekommen war. Da wagte auch ich, das Maul aufzutun oder, na ja, mich nicht länger auf den telegrafisch einsilbigen Stil zu beschränken, und da ich noch nie Touristen mit derartigem Sack und Pack gesehen hatte, wollte ich wissen, wozu all die Kisten und Koffer bei einem Gebirgsurlaub taugen sollten. Er lachte – sein Lachen bewirkte, dass ich wieder meine Stacheln ausfuhr wie ein Igel – und erläuterte, dass es sich nicht um einen Urlaub handelte, dass er keinerlei geregelter Arbeit mehr nachging und lange hier wohnen würde, vielleicht für immer. Es war mir unbegreiflich, wieso an mir vorbeigegangen war, dass jemand bei der Frau Rugea einzog, zumal Mutter alle drei Tage zu ihr kochen ging, ich träumte davon, Bukarest zu sehen, und begriff nicht, wie man jene Stadt verlassen konnte, mir war schleierhaft, wie man leben konnte, ohne irgendwo zu arbeiten, und in dem Maße, in dem das Kribbeln in meinen Füßen nachließ, kam bei mir die kribbelnde Neugier auf, was wohl die Säcke enthalten mochten und was es auf sich hatte mit der Art, wie er sein Kinn fest in die Handfläche stützte und darin kreisen ließ. Ihm aber waren andere Dinge obenauf, er schickte mich, den Anorak vom Kleiderhaken zu holen, und ging mir im Flur voraus. Er trat mit mir ins Bad, zeigte mir die Seife, eine kleine Bürste und ein Handtuch, ließ mich dann vor dem Waschbecken zurück und ging in die Küche. Beim Blick in den Spiegel erstarrte ich. Ich hatte geronnenes Blut an einem

Nasenflügel, an der linken Schläfe und am Hals, die Backe war noch dicker geschwollen und blau angelaufen, unter dem Haaransatz zogen sich Striemen über die Stirn, und das Ohr, das Ene Tirilici hatte abreißen wollen, war krebsrot und etwas größer als das andere. Ich temperierte das Wasser so, dass es mich nicht verbrühte, wusch mich gründlich und untersuchte die Wunden zentimeterweise, darum bemüht, die Spuren des Kampfes zu tilgen und mich zu beruhigen. Ich brauchte keinerlei Vorstellungskraft, um zu erraten, was Mutter gesagt haben würde, wenn sie mich so gesehen hätte, sie hätte die Hände vor den Mund geschlagen, ganz bestimmt, sie hätte geseufzt und den Kopf geschüttelt, und dann, während sie mich versorgte, wären ihr die Schulnoten, die eingeschlagene Windschutzscheibe und wer weiß was sonst eingefallen und sie hätte mir die Schuld gegeben an allem, was geschehen und was nicht geschehen war. Schließlich hätte Mutter, nachdem sie Dampf abgelassen hatte, mir einen Kuss auf die Stirn gegeben. Bei Vater hingegen war nichts gewiss. Hätte ich ihn nüchtern angetroffen, dann hätte er, glaube ich, Ene verflucht und wäre losgezogen, mich zu rächen, wäre er aber betrunken gewesen, hätte er etwas gebrummt und noch ein Gläschen gekippt. Nach und nach sah ich halbwegs manierlich aus, vor allem nachdem ich einen weißen Kamm gefunden, meine Haare gerichtet und die Striemen mit ein paar Strähnen abgedeckt hatte. Zu dem Ei an der Backe könnte ich vorbringen, es käme von einem Sturz mit dem Rodelschlitten. Da auch meine Jacke blutverschmiert war, reinigte ich sie sorgfältig, seifte die Flecken zweimal ein, bürstete sie ab und spülte sie gut durch. Als ich fertig war, setzte Emil gerade einen Henkeltopf aufs Feuer und sagte, ich solle im Wohnzimmer warten. Solange ich dort allein war, entdeckte ich Dinge, die mir bislang entgangen waren: die Pendeluhr hinter dem Lederkoffer, einen Teppich, unter dem Bett verstaut, und einen schwarzen Plattenspieler mit durchsichtigem Deckel, tschechoslowakisches Modell, in Zeitungen eingeschlagen. Ich trat an den Schreibtisch, weil da allerhand Zeug herumlag, an den Umschlag mit Fotos wagte ich mich nicht heran, aber ich gewahrte eine Menge Medikamente, einen alten Bleistiftspitzer in Form eines Bügeleisens, ein Tintenfass und einen bronzenen Füllfederhalter, Bleistifte und Gebirgswanderkarten, einen Kompass, eine Taschenlampe mit Ersatzbatterien, einen Stapel Bücher, das oberste mit einem englischen oder französischen Titel hatte auf dem Umschlag einen böse starrenden Adler mit rotem Brustgefieder, schwarzen Flügeln und so was wie einem Bart unter dem Schnabel. Ich sah mir auch die anderen Bücher an, alle hatten sie, egal in welcher Sprache, nichts als Vögel zum Gegenstand und enthielten unzählige Zeichnungen, Fotografien und Schaubilder zum Wander- und Nistverhalten. Von den insgesamt sieben Büchern handelten vier von Eulen, und das in einer Vielfalt, die ich nicht für möglich gehalten hätte. In mir keimte, während ich darin blätterte, die Hoffnung, der Mann in der Küche sei ein Weiser, der Bescheid wüsste über alle Dinge unterm Sternenzelt und der mich mit seinen braunen Augen und reglosen Pupillen lehren könnte, im Dunkeln zu sehen. Unter dem letzten Buch, zuunterst in dem Stapel, fand ich ein dickes Heft, in gelbes Leinen eingeschlagen. Da ich nun eh schon schmökerte, schlug ich das Heft auf und warf einen Blick hinein. Ich stieß auf eine regelmäßige kleine Schrift mit ganz wenigen Streichungen und war überzeugt, es handele sich um Aufzeichnungen für eine Abhandlung, aber nachdem ich ein paar Zeilen gelesen hatte, so schwer sie auch zu entziffern waren, gefror ich, als wäre ich noch draußen am Waldrand. Ich habe jene Zeilen nicht vergessen und werde sie nie vergessen. Und jetzt, nach so vielen Jahren, bietet sich die Gelegenheit, die ganze Geschichte noch einmal zu erzählen, indem ich sie sorgfältig abschreibe, Wort für Wort, aufs Komma genau. Hier ist sie:

* * *

Mein Gedächtnis rostet langsam, und das ist gut. Noch ist es gut. Die Erinnerungen anderer sind mir egal, ich bin nicht auf sie angewiesen und kann mir, da ich sowieso täglich eine Menge Pillen schlucke, wenigstens das Lezithin sparen. Bei dem kalten Regen, der weder nachlässt noch heftiger wird, tun mir die Knie weh, als wollten sie mir zeigen, wie es ist, wenn etwas ganz verrostet. Und ich schreibe, was kann ich schon tun, ich schreibe, trage keine Salbe mehr auf, schlucke nicht noch die vierte Tablette und bleibe dran an dem amerikanischen Bombenangriff. Ich denke nach über das Unheil, das Bukarest traf, das ist alles, jetzt, da ich Teetasse und Teekanne zur Hand habe. Meinen Lieblingstee. Thymian. Ohne Zucker.

Wie dem auch sei, am deutlichsten erinnere ich mich an das Summen. Ein furchtbares, irrsinniges Summen, als wären Tausende von Bienen in meine Ohren gedrungen. Vor Stichen hatte ich keine Angst, ich hielt meine Handflächen an die Schläfen gepresst, unsinnigerweise, denn die Bienen schwirrten ungehindert in meinem Kopf herum, sie brummten, schwärmten und flogen dauernd gegen mein Trommelfell an. Ich meinte, sie hätten schon begonnen, Waben zu bauen, und da ich glaubte, das ganze Gedröhne müsse auch sein Gutes haben, hoffte ich, mir würden ein paar Tropfen Honig über die Wangen laufen. Nichts lief da herunter. Erst am späten Samstagabend war ich sicher, dass die Schwärme ganze Arbeit geleistet hatten, nachdem Mutter mich über einer Emailleschüssel gewaschen und meine Ohren mit auf Streichhölzer gedrehten kleinen Wattebäuschen gesäubert hatte. Wie nie zuvor sammelte sie die Krümel Ohrenschmalz und legte sie in das runde Metalldöschen, in dem sie früher Pfefferminzbonbons aufbewahrt hatte. Auf dem Deckel des Döschens stand »Daphné«, und Mutter versprach, die Krümel irgendwann einzuschmelzen und Kerzen daraus zu gießen.

Nicht vergessen werde ich auch die Dunkelheit, fahl und staubig und von Lichtstreifen durchzogen, sechs an der Zahl, so viele Luftlöcher waren in den Deckel gebohrt worden. Ich kauerte darunter auf der Seite, weil ich mich geweigert hatte, auf dem Rücken zu liegen, da ich nicht aussehen wollte wie Onkel Paul, als er langgestreckt im Sarg lag, mitten im Winter. Der Koffer rumpelte bei jedem Einschlag wie ein zerbeultes Fass, das über Steine gerollt wird, und ich sah den weißen Friedhof, das maßgerecht geschaufelte Grab, den Erdhügel über dem Schnee, die Soutanen der Priester und die schwarzen Kleider der anderen Leute, die Blumen und den lackierten Sarg, die Eiszapfen, die am Arm eines lockenköpfigen steinernen Engels hingen. Ich konnte mich nicht bewegen und fragte mich irgendwann, ob ich überhaupt noch atmete. Da mir nicht klar war, ob Luft in meine Brust gelangte oder nicht, mutmaßte ich, der Tod tue wohl überhaupt nicht weh und komme über einen wie flauschiger Nebel, in dem man sich leicht verliert. Ich kniff mich in den Ellbogen, heftig, sehr heftig, es tat verdammt weh, und als dann der Boden noch schlimmer bebte als zuvor, war ich mir sicher, dass ich lebte. Mutter lag neben mir, nicht im Koffer, da hätte sie gar nicht hineingepasst, sie hatte sich daneben unter das Bett gelegt, eingerollt in eine Bettdecke. Da nun die fest um sie gewickelte Decke aussah wie ein grüner Pfannkuchen, musste Mutter innendrin aussehen wie Sauerkirschmarmelade. Ich hätte alles drum gegeben, den Arm ausstrecken und auch sie kneifen zu können, aber das war unmöglich, also begann ich lauthals nach ihr zu rufen, bis ich merkte, dass nicht einmal ich selbst mich hörte. Wie ich da in dem Holzkoffer schrie und zappelte, das war wohl, würde ich sagen, ich weiß es nicht, möglich ist es aber, das war wohl so, wie ich möglicherweise geschrien und gezappelt habe im Bauch meiner Mutter zwei Monate vor meiner Geburt, bei dem Erdbeben von 1940.

Ansonsten hatte die Zeit ihr Maß verloren, die Minuten waren zu Stunden angeschwollen, die Sekunden waren außer Rand und Band, der Kuckuck aus der Wanduhr war bestimmt auf und davon und suchte nach einer Baumhöhle oder sonst einem Unterschlupf. Dann ließ das Beben des Hauses langsam nach, die Minuten wurden wieder zu Minuten, die Sekunden fanden zu ihrem Rhythmus zurück, der Kuckuck war wieder da und schlug erschöpft dreimal an, während unsere Stimmen sich überschlugen. Wie gewöhnlich ertönte die heiserste Stimme als letzte und legte sich über all die anderen, denn Urgroßvater, ein ehemaliger Artillerist, war etwas schwerhörig und ahnte nicht, dass andere Leute anders sein könnten als er. In gemeinsamer Anstrengung zogen Lili, Tante Marieta und Urgroßvater den Koffer unter dem Bett hervor, dazu das in eine grüne Bettdecke geschlagene Bündel, ließen mich und Mutter durchatmen, einander umarmen, endlos und ohne loszulassen, den Starrkrampf abschütteln und begreifen, dass es vorbei war. Als ich sie alle endlich ansah, traute ich meinen Augen nicht, was für Farben ihre Gesichter spielten, zwischen Fischblau und Mehlweiß. Beim Blick in die Runde, wie durch eine schmutzige Fensterscheibe, bemerkte ich das Tohuwabohu im Zimmer. Die dicht und träge schwebenden, im Licht flimmernden Staubkörner erinnerten an Sprühnebel, senkten sich jedoch nicht herab auf die überall verstreuten Scherben, auf die aus der Bibliothek gefallenen Bücher, die umgestürzte Stehlampe, den gesprungenen Krug, die auf dem Teppich verstreuten Narzissen oder das große Bild eines venezianischen Uferkais, das ebenfalls auf dem Boden gelandet war und sich an einer Ecke aus dem Rahmen gelöst hatte. Obwohl sie sich unter anderem auch um die Sauberkeit im Haus zu kümmern hatte, machte Lili keine Anstalten, Besen und Kehrichtschaufel zu holen. Sie stand reglos da und presste eine Hand vor den Mund, als wollte sie verhindern, dass Laute über ihre Lippen kamen.

Erst draußen auf dem Hof bemerkte ich den Rauch über der Stadt. Wie Teer ergoss er sich in riesigem Schwall und verdüsterte das klare Blau des Himmels. Dabei wanden sich in der Schwärze da draußen Hunderte von dicken Schwaden wie Schlangen, die mit den Schwänzen statt mit den Köpfen Feuer spien und sich gegen Süden richteten, der Sonne zu, um sie zu verschlingen. Obwohl sich die gigantische Wolke, gewaltiger und dunkler brodelnd als alle Wolken, nicht auf uns zubewegte, hätte ich Mutter um nichts auf der Welt losgelassen. Ich hielt ihre Knie umschlungen, presste meine Wange an ihren linken Oberschenkel und spürte, dass aus ihren Fingern, die mir durchs Haar fuhren, aus ihrem Flüstern und den Falten ihres Rockes ein guter Dunst strömte, der mich vor dem

Rauch und den unzähligen darin sich windenden Schlangen schützte. Petrache, der Hund mit seinen braunen Flecken und den Schlappohren, musste auch gespürt haben, dass er dort Schutz fand, ganz eng strich er um die Beine meiner Mutter, winselte und leckte ihre Schuhe. Ringsum aber erstreckten sich Gefilde der Angst. Großvaters Reitpferd, die Stute Stela, hatte eine Stalltür durchbrochen und setzte in wahnsinnigem Galopp über alles, was ihr im Weg stand, die Bänke im Obstgarten, die Fässer, die zum Trocknen vor dem Keller standen, die Zäune um das Erdbeerbeet und die frischgestutzten Hecken am Rande der Kiesallee. Eine der Kühe war, weiß Gott wie, aus dem Pferch ausgebüxt und versuchte mit der schweißschäumenden Stute Schritt zu halten, während die anderen mit ihren Kälbern aufgeregt brüllten und gegen das Brettertor drängten, drauf und dran, es in den Staub zu treten. Auch die Haubenhennen gackerten und flatterten, krallten sich im Maschendraht fest und hackten wie tollwütig ins Leere. Hoch oben, über den Wipfeln der Pappeln, jagten unermesslich große Krähenschwärme nach Osten, die Stare flogen dahin, ohne Schleifen und Zacken, und hinter dem Haus, im Wald von Cernica, tobte unerhörtes Vogelgeschrei. Eine Zeit lang meinte ich, das Heulen, das von Bukarest herübergellte, wäre das Zischen der schwarzen Schlangen, doch Tante Marieta, Großmutters Schwester, klärte mich auf, das seien die Sirenen der Armee, die das Ende des Luftangriffs verkündeten. Allerdings hatte ich eigentlich weder ein Flugzeug am Himmel noch das Feuer irgendeiner Explosion gesehen. Dann ebbte das Gejaule nach und nach ab, und das Glockenläuten des Klosters am See drang bis zu uns herüber. Wahrscheinlich hatten sie schon zu Anfang, als es Bomben aus dem Äther hagelte, ohnmächtig geläutet. Ich fragte mich, wer wohl im Glockenturm an den Strängen zog, Macarie, der Alte, von dem Mutter Bücher lieh, oder irgendein anderer, jüngerer, sehniger und ängstlicher Mönch.

Eine merkwürdige Arithmetik, eine Art Zahlenspiel, das ich nie durchschaut habe, schlich sich an jenem Tag ein. Da es ein Dienstag war, gab es drei böse Stunden, und der Kalender zeigte den April an, stand also auf der Vier. Sodann gerieten die Dinge ein bisschen durcheinander und wiederholten sich, denn dort auf dem Gut waren wir fünf Menschenseelen, die den Schrecken erlebt hatten, zugleich hatte Urgroßvater, der über militärische Kenntnisse und eine Brust voll Orden verfügte, fünf Angriffswellen gezählt. Erst später dann, um die Mittagszeit, wurde die mathematische Logik wirklich kompliziert, als der dunkelblaue Ford unter fortwährendem Hupen übers Feld heranjagte. Das rußgeschwärzte und staubbedeckte Automobil bremste vor den Stufen zur Veranda ab und hielt etliche Sekunden, neun, vielleicht vierzehn, mit laufendem Motor. Großvater hatte die Stirn auf das Lenkrad gelegt, während Großmutter uns von der Rückbank mit einem bis zur Unkenntlichkeit entstellten Gesicht etwas zurief. Statt Puder und Gesichtscreme lag über ihren Wangen, ihren Lidern und ihrem Kinn eine graue Schicht, durchzogen von dünnen Rinnsalen, die Wimperntusche und Tränen hinterlassen hatten. Dann stiegen sie beide aus und wir waren nicht mehr zu fünft, sondern zu siebent, einige weinten, alle umarmten wir uns, während zwischen unseren Beinen Petrache herumwuselte und durch unsere Köpfe der Gedanke schoss, dass wir zu acht hätten sein können, wenn nicht Vater, der Professor Ştefan Stratin, an der Front zum Leutnant gleichen Namens gemacht geworden wäre. Großmutter trank Wasser, erstaunlich viel Wasser, während Großvater nach dem starken Pfirsichschnaps verlangte, dem doppelt gebrannten, von dem er etliche Gläschen kippte. Sie redeten wirr durcheinander, mit einem Überschwang von Gesten und Meinungen, sie widersprachen sich in einem fort, Großmutter reihte grausame Szenen, Gräuel, Tragödien und Katastrophen aneinander und sagte, sie habe jetzt ein klares Bild von der Hölle, denn die Hölle sei über Bukarest hereingebrochen, Großvater konnte sich nicht genug darüber wundern, was für ein Glück unsere Familie gehabt hatte, schließlich waren wir heil davongekommen, die Häuser in der Stadt stehengeblieben, sein Schmuckgeschäft nicht getroffen worden, noch dazu hatten wir ja

diesen Zufluchtsort, den Gutshof, wo wir sicherer waren als irgendwo sonst. Er meinte, die Amerikaner seien doch nicht blöd, ihre
Bomben in einen Wald zu schmeißen, und die Deutschen hätten
keine Zeit mehr, Bunker oder Depots in der Nähe zu bauen. Ich gestehe, dass mich mit meinen vier Jahren das Schicksal der Häuser,
des Geschäfts neben der Universität oder der deutschen Wehranla-
gen nicht interessierte und ich mit offenem Mund der Großmutter
lauschte, die auf der Calea Griviței mit eigenen Augen ein Pferd
gesehen hatte, das zerfetzt auf einen Balkon im dritten Stock geschleudert worden war, die eine Geschichte von Zwillingsbrüdern
zu erzählen wusste, die schwerverletzt aus den Trümmern geborgen
worden waren, die schwor, dass die Statuen und Grabkreuze vom
Friedhof Sfânta Vineri bis in die Ruinen der Eisenbahnwerkstätten
geflogen waren, die nicht nur von Tausenden Toten gehört, sondern
Hunderte von silbernen Flugzeugen und Dutzende lodernde Men-
schenleiber gesehen hatte, Männer und Frauen, die auf dem Dach
des Hotels Splendid bei lebendigem Leibe verbrannten. Bei der Geschichte vom Friedhof nippte der Großvater, diesmal etwas bedäch-
tiger, von dem Pfirsichschnaps und folgerte, dass man auch hier von
Glück reden konnte. Er wandte sich an Tante Marieta, die noch
Trauer trug, und erinnerte sie daran, dass er sie überredet hatte, Onkel Paul auf dem Friedhof Bellu zu beerdigen, obwohl sie sich Sfânta
Vineri gewünscht hatte. Als Urgroßvater das hörte oder auch nicht,
eher nicht, hustete er, stand urplötzlich auf und hielt einen Vortrag
über den Bomber B 24. Der Flieger sollte, wie er bei einer Kegelpar-
tie von einem Obersten der Intendantur erfahren hatte, vier Pratt-
&-Whitney-Motoren mit je eintausendzweihundert Pferdestärken,
neun Geschütze und eine zehnköpfige Besatzung haben. Er wog
wohl siebenundzwanzig Tonnen und konnte drei Tonnen Spreng-
körper aufnehmen.

Es wurde Abend. Petrache machte sich von der Veranda davon
und beschnupperte die noch knospenden Wildrosenbüsche. An einem davon pinkelte er und begann zu bellen. Und bellte. Bellte in ei-

nem fort. Bis Mutter hinging, um nachzusehen, und eine funkelnde
Bombe fand, die senkrecht aus der Erde ragte.

* * *

Keine Ahnung, was ich als Erstes wahrnahm, die Dünste des Tees
mit dem Duft von Kiefern und Zitronen oder die Schritte in meinem Rücken. Wie auch immer, Emil ertappte mich mit dem Heft in
der Hand, dabei kam ich mir nicht vor wie ein Dieb, eher wie ein he-
rumirrender Esel, der wahllos alles unter seine Hufe nimmt. Alles
hätte ich gegeben, ihm nicht in die Augen sehen zu müssen, ich hätte mich im Fußboden, in Stein und Bein, im weichselroten Kästchen
oder in einem der an der Wand aufgereihten Säcke verkriechen mögen. Schließlich und endlich aber habe ich mich weder irgendwo
verkrochen noch ihn um Verzeihung gebeten, dafür seiner gedämpf-
ten Stimme gelauscht, die fragte, ob ich Zucker oder Honig in die
Tasse möchte. Ehrlich, ich habe vergessen, was ich geantwortet habe,
aber ich hätte den Tee sicher auch mit Pfeffer und Salz, ja mit einem
Löffel Essig getrunken, wäre ich dadurch nur meine Sünden losge-
worden. Schließlich trank ich ihn wohl, meine ich, mit Honig,
rutschte auf meinem Stuhl herum wie auf Kohlen, schlürfte das heiße Getränk und überlegte fieberhaft, ob der grauhaarige Mann im
Rollkragenpullover lediglich seine Wut im Zaum hielt oder wirklich
nicht böse war. Ich vermutete, wenn man sehr hochgewachsen ist,
wie er damals war, betrachtet man die Dinge von oben, gleichsam
vom Himmel herab, und sie erscheinen einem klein, furchtbar klein
wie eine Art Ameisen. Außerdem nahm ich an, wenn man hager ist
und dürr, gibt man ihnen keinerlei Gewicht, und wenn man dazu
noch genügend graue Haare hat, unterscheidet man sie nicht mehr
nach Farbe und Intensität, alles wird durchscheinend, man blickt
durch die Schale hindurch unmittelbar auf den Kern, den Kern der
Dinge und Taten. So spann ich halt herum, während das Feuer im
Ofen aufflackerte und Emil wissen wollte, ob es im Herbst viele
Bucheckern gegeben hatte. Eine Weile begriff ich nicht, was er mein-

te, das Wort dümpelte in meinem Hirn, sein Sinn war mir entglitten, dann kam etwas Ordnung in meinen Verstand, mir ging das Bild der stachligen Frucht des Herbstwaldes auf und ich brachte ein paar Worte hervor. Nein, sagte ich, überhaupt nicht, und setzte hinzu, ich hätte den Wald nach allen Himmelsrichtungen durchstreift und es sei mir nichts entgangen. Er verzog den Mund, meine Antwort lief seinen Plänen zuwider, sodann bemerkte er, die Mäuse und die Sauen hätten es wohl schwer gehabt. Als ich Mut gefasst hatte, weil ich merkte, dass die Zeit verstrich und er mich nicht einmal tadelte, begann ich über den Hallimasch zu plappern. Alle zählte ich sie auf, die scheinbar aus blankem Boden sprießenden und die an Buchen- oder Tannenstämmen wachsenden, die in Sträußen strotzenden kleinen fleischigen und die großen schleimigen, die schon ein gewisses Alter haben, die grauen, die honigfarbenen und die rötlichen, ein jeder mit jenem flauschig zarten Ringlein um den Stiel, ich schilderte ihm, wie sie schon Anfang September in rauen Mengen geschossen und wie im Oktober und November weitere gefolgt waren, zuhauf, in immer neuen Schüben, deren letzter, keineswegs zu verachten, erst im Dezember eingeschneit worden war, als die Leute es noch immer nicht satthatten, sie zu sammeln, obwohl sie schon viele Säcke nach Hause geschleppt hatten. Ich muss mehrere Minuten lang angeregt gesprochen haben, schließlich bekannte ich, dass ich ganz scharf war auf eingelegte Pilze. Da packte mich plötzlich ein Bärenhunger, obwohl ich seit dem Kanten Brot, dem Glas Milch und den Käsestückchen am Morgen überhaupt nicht mehr ans Essen gedacht hatte. Das begriff auch Emil mit seiner Begabung zum Wahrsager oder Medizinmann sofort und holte aus der Küche ein rundes Tablett mit einem halben Weißbrot, etwas Käse, einem Glas Sakuska und einem Messer. Natürlich war es ein Sakuska mit Pilzen. Außerdem war mir, sobald ich davon gekostet hatte, sofort klar, dass meine Mutter es gekocht hatte. Ihm sagte ich das nicht, ich hielt mich zurück, denn ich fand es nicht angebracht, ihn ausgerechnet jetzt zu unterbrechen, da er das Geschick der Frau Rugea pries und ihre hohe

Kunst, Gewürze zu verwenden. Trotz meines Hungers fiel mir das Kauen und Schlucken schwer vor lauter Staunen über all den Unsinn, den eine Frau so verzapfen kann. Aber auch das gab sich. Das Sakuska lag mir im Magen wie Blei, und Emil hörte auf, durchs Zimmer zu tigern, stützte sich auf den Schreibtisch und blätterte in dem in gelbes Leinen gebundenen Heft. Ich war überzeugt, nun sei die Zeit der Vorwürfe gekommen, es blühe mir eine lange Lektion, an deren Schluss ich zu Boden starren und schweigen sollte. So war es nicht. In seinen braunen Augen, deren Pupillen allerdings nicht mehr starr waren, sondern ganz anders, stand die Frage, ob ich die Geduld hätte, ihn anzuhören. Wahrscheinlich, ich sage wahrscheinlich, denn ich habe es nicht vor einem Spiegel überprüft, geschah mit meinen Pupillen etwas Merkwürdiges. Sie weiteten, sie verdreifachten sich, als hätte sein Vorschlag die Wirkung von Atropin, allerdings nicht des gewöhnlichen, in Arztpraxen gebräuchlichen, sondern eines Atropins in Reinkultur. Kein Wort konnte ich hervorbringen, ich nickte nur wie ein aufgezogenes Spielzeug, ein Äffchen vielleicht. Bei aller Verwirrung hatte ich den Eindruck, dass Emil, noch ehe er die gewünschten Seiten des Heftes aufschlug, flüchtig mit den Fingerspitzen über den großen kaffeebraunen Umschlag voller Fotos strich. Als er dann, nicht ohne ein Hüsteln vorab, zu lesen begann, glich seine Stimme überhaupt nicht jener anderen, von der Straße, jener Stimme, wie ich noch nie eine gehört und die mich vor den Fäusten des Ene Tirilici gerettet hatte. Jetzt standen Ton und Wörter im Einklang miteinander, waren gewissermaßen einmütig, die Stimme schlang sich im Rhythmus der Rede um die Sätze, und die Geschichte schien seine Zunge wie eine gewandte Schlange mit hypnotischer Gabe in ihren Bann zu schlagen, sie wand sich immer tiefer hinab bis weit jenseits von Zäpfchen und Kehlkopf. Da ich mich eh schon zum Affen gemacht hatte, wurde auch ich von jener Schlange hypnotisiert, ich atmete kaum und kam nur langsam zu mir, als erwachte ich aus einer Ohnmacht, erst Dutzende Sekunden nachdem er geendet hatte. Wie ich ihn da am Fenster stehen sah, fiel mir seine einzige Regel ein, die er gerade jetzt übertrat, indem er sich die sechste Zigarette des Tages anzündete. Rasch verwarf ich den Gedanken an seine Tabakration, weder aus Höflichkeit noch aus Scheu, sondern weil auch mir mit meinen elf Jahren und fünf Monaten die Lippen brannten und ich nur zu gern ein paar Züge getan hätte. Gleich darauf goss er sich die Teetasse wieder voll und suchte aus der Menge von Tuben, Fläschchen und Schachteln auf dem Schreibtisch mit Bedacht ein paar Pillen heraus, unter denen ich auch eine kleine weiße erkannte, wie auch Mutter sie oft nahm. Er kam mir nicht mehr so stattlich vor, ob nun wegen der Arzneien oder wegen der hypnosekundigen Schlange. Er versuchte mir zuzulächeln, was nicht so recht klappte, hieß mich nachsehen, ob meine Stiefel und Kleider ausreichend getrocknet waren, und riet mir, auf dem kürzesten Weg nach Hause zu gehen, ohne Zeit zu verlieren. Es war ein Montag, am Abend, und es war spät geworden. In der Tür verabschiedeten wir uns mit Handschlag, er riet mir, ich solle nicht mit Klauen und Zähnen an dem Geld festhalten, sondern mir kaufen, was mir gefiel, und wir verabredeten uns für Freitag.

Der Frost draußen schnitt wie Rasierklingen, und der Wind wehte heftig. Im Erdgeschoss zeichnete sich hinter den Vorhängen eine Gestalt ab. Ich glaube nicht, dass Frau Rugea noch wie früher Gebrauchsanweisungen für Musikanlagen, Fernseher, Staubsauger oder Waschmaschinen aus dem Deutschen übersetzte. Ich pfiff nach Zuri, kurz, wie man es auf der Pfeifschule lernt, aber er tauchte nicht auf. Auf der Straße dachte ich fröstelnd an die Begebenheit in dem Gebirgsdorf. Heute noch denke ich daran. Manchmal. Dabei wird mir kalt, egal zu welcher Jahreszeit.

* * *

Ich will keine Entschuldigungen. Weder wirkliche noch erfundene, überhaupt keine. Was sollen mir denn auch Entschuldigungen? Und was ist wirklich? Was ist erfunden? Die Vergangenheit ist wie die wandelbaren Wolken der Vergangenheit, sie nimmt alle möglichen

Farben und Formen an, mal ist sie wie ein Schimmel in vollem
Galopp, dann wie ein grauer Büffel, dann wieder spielt sie hinüber
in ein helleres Grau und erinnert an eine Burgruine, alsbald jedoch
schwärzt sie sich ein wie eine Dampflokomotive, um später wieder
in milchiger Tönung das Profil einer Königin heraufzubeschwören.
Ich hege keinerlei Zweifel und, leider, auch keinerlei Illusionen.
Die Vergangenheit ist eigensinnig und glitschig wie ein Fisch. Und
manchmal nimmt sie just die Ausmaße eines Automobils der Marke
Pobeda an, millimetergenau bis in alle technischen Einzelheiten,
von den Abmessungen der Seitenspiegel bis zum Kaliber des Aus-
puffrohrs.

Ich weiß nicht mehr, ob der Himmel an jenem Morgen bewölkt
war. Aber die Wolken am Himmel sind eines, und die anderen Wolken sind etwas anderes. Wir wanderten über die Heuwiesen hinunter ins Dorf, setzten über die Rutenzäune und kürzten die Serpentinen des Weges auf steilen Pfaden ab, wobei wir ständig nach grünen
Eidechsen Ausschau hielten, die wir mit unseren langen Astgabeln
festsetzen wollten, um ihnen ihr Gift zu rauben und es gegen die
vom Friedhof geflüchteten Gespenster einzusetzen. Ich weiß nicht,
wer uns dies dumme Zeug in den Kopf gesetzt hatte, aber solange wir
gingen, und wir gingen recht lange, hatten wir Augen nur für die
Felsbrocken, für die Steinwälle an den Grundstücksgrenzen, für die
mit Bohnenkraut und Zittergras bewachsenen Haufen und Löcher,
für Maulwurfshügel und Erdfalten, ob wir nicht vielleicht doch
noch einen von der Sonne geblendeten oder von der Wärme benom-
menen kleinen Lindwurm erspähen würden, den wir in die Zange
nehmen konnten. Wir fanden keinen, dafür fuhrwerkten wir mit
den Knüppeln herum und verscheuchten allerhand gewöhnliches
Getier. Am Fuß einer alten Birke mit verwitterter Krone hätten wir
beinahe einen Maulwurf erlegt, verzichteten aber im letzten Moment darauf, als ein Wespenschwarm aus einer Spalte aufstieg. Ich
glaube, es war Anfang Juli, denn da oben in den Bergen waren die
Sauerkirschen gerade erst reif geworden, und Vater war wie alle an-

deren zur Heumahd ausgerückt, und die Schule war schon seit Wochen aus. Ich ging an der Seite von Ilie, dem Zwerg, deshalb war mir nicht bang vor den zottigen Hunden mit Knüppeln am Hals, die manchmal von den Sennereien heranstürmten. Es hätte mir nichts ausgemacht, wenn wir verbellt oder gar angegriffen worden wären. Dann nämlich ging Ilie, schmächtig, wie er war mit seinen zehn Jahren, als wäre er erst sechs, in die Hocke, stützte die Handflächen auf den Boden, sodass er an eine Kröte erinnerte, und ließ aus den Tiefen seines Brustkorbs einen unnachahmlichen Schrei ertönen. Darauf hielten die Viecher jedes Mal inne in ihrem Gekläff, spitzten die Ohren, legten sie gleich darauf wieder an und stoben davon, als hätten sie den Leibhaftigen gewittert und nicht ein Kind in geflickten Kleidern. An jenem Morgen ging es auch nicht um das Gift der Lindwürmer, vielmehr hatte Mutter uns geschickt, Zucker zu kaufen, denn sie hatte schon im Morgengrauen den großen Kessel gescheuert und wollte Marmelade einkochen. Schon von Weitem sahen wir, dass die Ladentür geschlossen war, und als wir schließlich unten im Tal waren, standen wir vor dem Vorhängeschloss, das in zwei Ringen hing. Rostig und trostlos hing es da und ließ uns bis zum Mittag warten, als Tante Veturia kam, die in aller Eile Schnaps und Brot fassen, das Essen aufwärmen und rasch den Mähern hinaufbringen wollte. Noch vor ihrer Ankunft hatte ich allerdings, um ja nichts zu versäumen, in den Kisten im Schuppen nach leeren Flaschen gesucht, sie zu Zehnen in einen Sandhaufen gesteckt und der Reihe nach mit Steinen zerschmissen. Währenddessen hatte sich Ilie in den Hühnerstall geschlichen und drei Eier geklaut, deren Eiweiß wir mit Zucker zu Eischnee schlagen wollten.

Auf dem Rückweg nahmen wir den gewundenen Weg durchs Unterholz am Waldrand. Und während wir schwatzend Erdbeeren pflückten, die schaumig geschlagen werden sollten, hörten wir es hinter uns röhren, ein unablässig brüllender Motor, dessen Kolben das Letzte aus den Zylindern quetschten. Verblüfft wandten wir uns um und sahen ein schwarzes Auto, dem die Steilhänge, Schlaglöcher und vom Regen ausgewaschenen Gräben nichts anzuhaben schienen. Es war das erste, das den Berg meisterte, zwei Jahre zuvor, im Herbst '48, war der Laster, der uns aus Bukarest gebracht hatte, im Morast steckengeblieben, und wir mussten unsere Habseligkeiten mit dem Pferdewagen nach oben schaffen. Wir verfolgten die langsame Fahrt, als wäre das Vehikel vom Mond gefallen, schütteten die Erdbeeren in den Beutel mit dem Zucker und rannten ihm entgegen, um es näher zu betrachten. Da kam das bullige Gefährt just auf unserer Höhe zum Stehen, und die schweißgebadeten Männer darin sagten, sie hätten im Rathaus niemanden angetroffen. Sie schimpften auf den Bürgermeister, auf den Sommer und das Heu, dann holten sie eine mit Kopierstift geschriebene Namensliste hervor und wollten wissen, wo Ştefan Stratin wohne. Der Zwerg blickte ihnen starr in die Augen, wie er es bei den Hütehunden tat, zwar ging er nicht in die Hocke und stieß auch keinen gellenden Schrei aus, aber er gab zur Antwort, er habe noch nie von einem solchen Menschen gehört. Aber das ist doch mein Vater, stammelte ich gleich darauf, und einer der Männer forderte uns auf, neben ihnen auf der Rückbank Platz zu nehmen und ein paar Kilometer mitzufahren. So ist's recht, Pimmelchen, du bist ein schlauer Junge, sagte der Kerl auf dem Beifahrersitz zu mir, ein bleicher Schlacks mit tiefliegenden Augen, dann packte er Ilie am Kragen, riss ihn herum und fragte, warum er gelogen habe. Erst auf Zureden eines anderen, vielleicht des Chefs, ließ er von ihm ab, denn der meinte, so ein Rotzlöffel habe doch von Tuten und Blasen keine Ahnung. Sie nahmen uns in die Mitte, das Auto startete durch und begann zu röhren wie vorhin, Ilie tat keinen Mucks, und mir kamen allerhand Zweifel, ob die Lust auf Erdbeerschaum, der Wunsch, in einem schwarzen Pobeda zu fahren, und der Stolz, Sohn des Lehrers zu sein, einen Sinn ergaben oder nicht. Erfahren sollte ich es eine Viertelstunde später, als das Auto auf unserem Hof im Schatten der beiden Eschen hielt.

Die Männer, vier an der Zahl, hatten die Revolver angelegt, Mutter auf den Stufen zum Eingang rührte sich nicht, sie wischte nur ihre Hände an der Schürze ab, Vater schlenderte heran, die Sense auf der Schulter und den Hut im Nacken, und achtete nicht auf uns, als hätte er die Stute mit dem Fohlen, die Kirschbäume, die angepflockte Ziege und die Bergkämme, auf denen noch Schneefelder leuchteten, gerade erst entdeckt. Ich wäre ihm so gerne entgegengesprungen, aber der Hagere mit den tiefliegenden Augen hielt meine Schulter fest wie in einem Schraubstock. Sie zielten mit den Revolvern auf ihn, brüllten, er solle die Sense fallenlassen, und nannten ihn einen Banditen, dabei war er Gymnasialprofessor, Sohn eines Juweliers und seit zwei Jahren Dorflehrer; noch bevor sie ihn aber, während Mutter spitze Schreie ausstieß, ins Auto bugsieren konnten, riss sich Vater für einen Augenblick los, vielleicht weil er an der Front gewesen war und kämpfen konnte. Er schaffte es gerade noch, mir übers Haar zu streichen und mich auf die Stirn zu küssen. Weggebracht wurde er mit zerfetzter Lippe. Es war die Unterlippe.

II

Den ganzen Winter, den Frühling und den halben Sommer jenes
Jahres, des Jahres 2000, in dem das Ende der Welt hätte kommen sollen, aber nicht kam, fragte ich mich Dutzende und Aberdutzende
Male, wieso Emil seine Zeit mit mir vergeudete. Das fragten sich
auch andere, vor allem Mutter. Wie sie nun mal gebaut war, gab es
für sie von Anfang an nur einen Herrn Stratin, und es wollte ihr einfach nicht in den Kopf, wie ich, ein Taugenichts, dazu kam, ihn mit
dem Vornamen anzusprechen. Nicht genug, dass der ein Herr sein
musste durch und durch, da biss die Maus keinen Faden ab, wohnte
er auch noch bei einer ihrer Damen zur Miete, und damit stand er
auf einer Art Denkmalsockel. Sooft sie sich bei Madame Rugea sahen, im Vorzimmer, auf dem Hof oder auf der Treppe des Dienstein-
gangs, sagte er Küss die Hand, und nach weiteren zwei, drei Worten
schmolz sie dahin. Noch dazu hatte er ihr irgendwann oberhalb der
Busstation zwei schwere Einkaufstaschen abgenommen, die eine mit
Kartoffeln, die andere mit einem Kürbis, ich erinnere mich gut, und
eines Nachmittags hatte er ihr, als sie sich in der Innenstadt in der
Apotheke getroffen hatten, angeboten, eine Salbe gegen Rücken-
schmerzen mitzubringen, damit sie diese nicht zu kaufen brauchte.
Immer, aber auch wirklich immer, sei's auch eine Woche später, lob-
te er ihre Koch und Backkünste, wenn von der ehemaligen Deutschlehrerin ein Löffel Suppe, drei Fleischklöße, ein Stück Apfelkuchen
oder vier Plätzchen zu ihm gelangt waren. Mit diesem Lob hatte
Emil sie endgültig erobert. Infolgedessen gab es mit Mutter nie
Krach, wenn ich ihn besuchte, wenn wir zusammen in die Stadt gingen, durch die Wälder streiften oder wenn ich von ihm erzählte. Sie

hatte unzählige andere Gründe, mit mir zu schimpfen, aschfahl im Gesicht. Mit Vater war das, wie auch sonst, eine andere Kiste. Er hatte nichts am Hut mit dem Mann, der in unsere Straße gezogen war, ihm selbst wäre es nicht einmal eingefallen, mit mir spazieren oder ins Kino zu gehen, erst wenn er mir am Zeug flicken wollte und nichts Besseres fand, war auch meine neue Freundschaft zu etwas gut. Da wird Väterchen aber ganz böse, sagte er, wenn du dich wieder mit Fremden herumtreibst! Das bedeutete dann eine Ohrfeige. Manchmal, wenn er schwer gesoffen hatte, besonders wenn Mutter nicht zu Hause war, um mich vor ihm in Schutz zu nehmen, konnte es auch Prügel mit dem Gürtel setzen, das hat er aber, wieso sollte ich lügen, nur ein einziges Mal geschafft. All die anderen Male, sooft er es versuchte, schlüpfte ich, sobald ich ihn an der Schnalle nesteln sah, entweder zur Tür hinaus oder riss, nachdem er mir auf die Schliche gekommen war und die Tür absperrte, das Fenster auf, stieg auf das Fensterbrett und sprang hinaus an die frische Luft. Ich konnte mir nicht vorstellen, dass Vater das Fenster verrammeln würde. Er hat es auch nicht verrammelt, obwohl ihm das als Handwerker, noch dazu als Glaser, ein Leichtes gewesen wäre. Es kamen ihn halt abends allerhand Qualen an, bis zum Morgen aber hatte er sie vergessen, kümmerte sich nicht mehr um mich, umso weniger scherte ihn ein unbekannter Mann. In den drei Jahreszeiten habe ich wohl kaum fünf Ohrfeigen kassiert, mal abgesehen von den Schlägen mit dem Gürtel, einem auf den Hintern und zwei über den Rücken damals, beim ersten Mal, als ich überrumpelt war. Im Übrigen blieb Vater sich immer gleich, da kannte er nichts, und wenn er schon den Präsidenten des Landes Ziegenbock nannte, wie hätte er denn nicht einen Mann namens Stratin als Strapazan oder Strapontina verspotten sollen. Zu allem Überfluss hieß der Emil, wie der Präsident. Er ließ erst davon ab, ihn wild durcheinander zu taufen, als er ihm Ende Juni plötzlich auf der Treppe gegenüberstand und unversehens einen ansehnlichen Auftrag erhielt, wie seit Monaten nicht mehr. Er hatte acht Ölbilder und Aquarelle zu rahmen, eine Bibliothek aus Lärchenholz zu zimmern und, auch wenn der Winter noch fern war, die Täfelung im Zimmer zu dämmen, damit der Wind nicht mehr durch die Ritzen blies. Augenblicklich wurde aus Strapazan der Herr Emil und ist es bis heute geblieben. Dafür war die Sache mit meinem Bruder verworren, arg verworren. Weil das Militär nicht mehr wie früher eine Art Lager oder Strafbatallion war, tauchte er recht häufig auf, mal hatte er Ausgang, mal war er beurlaubt. Dan kam sich vor wie der Nabel der Welt, und ich sollte mich um ihn drehen wie ein Kreisel. Er forderte nichts Besonderes, hielt es aber für selbstverständlich, dass ich jetzt, da er zu Hause war, nicht mehr wegzugehen hatte. Immerhin akzeptierte er die Jungs, denn Sandu, Tudi, Gabi, Marcelică und Nițuș behandelten ihn wie einen Helden, zwar nicht wie einen im ersten Glied, der sich ins Gefecht wirft, sie hatten ja gehört, dass die Artilleristen eine ruhige Kugel schieben, aber eben wie einen, der Eminem hört, Billard spielt wie der Teufel, Weiber aufreißt, Wodka mit Tomatensaft, Pfeffer und Salz trinkt, ein Lederarmband trägt und seine Haare mit Gel stylt, etwa zwei Zentimeter hoch. Sie hingen an seinen Lippen, und er duldete sie in der Küche und schickte sie Zigaretten holen. Mein Glück war, dass er, je kürzer er mich hielt, sich selbst umso mehr gehen ließ: Gegen sechs ging er ins Café im Park, nach neun zog er weiter ins Jimmy's, den Pub von Gigi Duțescu, später ging er in die Bar hinter der Post oder wohin es ihn halt trieb, oft kam er erst am nächsten Mittag zurück, blass, Ringe unter den Augen, hieß mich das Radio abdrehen und keinen Mucks tun, legte sich schlafen und ließ mich in Ruhe. Um ehrlich zu sein, seine Urlaube waren gar nicht so schlimm, Dan bildete sich halt ein, er hätte einen Dienstboten, während ich, ohne ihm zu widersprechen, mein Ding machte. Das war für beide gut. Bis ihm, Gott weiß wo und wie, zu Ohren kam, dass ich mich mit einem Typ um die sechzig angefreundet hatte, der im Januar aus Bukarest hereingeschneit war. Ich denke, er hatte Pech gehabt bei den Mädels oder beim Poker, jedenfalls kam er erschöpft nach Hause, völlig durch den Wind, und warf mir die ärgsten Sauereien an den Kopf. Ich will sie nicht wiedergeben, aber ich kann gestehen, was daraufhin geschah. Ich wartete ab, dass er einschlief, prüfte, ob er nicht nur döste, dann schüttete ich ein Viertel seines Haargels ins Klo und pinkelte die Tube wieder voll, nahm seine khakifarbene Uniformjacke aus dem Schrank, rieb sie mit gemahlenem Pfeffer ein und hängte sie zurück, dann suchte ich im Hof nach einem Haufen von Zuri, dessen Kacke noch weich war, und stopfte sie mit einem Stock in seine Militärstiefel, auf dass er es in alle Ewigkeit nicht vergessen und stets in Liebe an seinen Bruder denken sollte. Dann rannte ich zu Emil. Denn noch vor Einbruch der Dunkelheit sollte ja auch ein Zug im Bahnhof halten. Und in diesen Zug, einen Schnellzug, hatte pflichtgemäß ein Soldat, ein Artillerist, einzusteigen, der sich in der Kaserne nicht verspäten durfte.

Wie auch immer, es fiel mir sehr schwer, Emil zu verstehen. Blitzgescheite Leute waren dünn gesät in unserer Stadt, aber ein paar klügere gab es schon. Statt sich aber mit denen zu einer Partie Canasta zusammenzusetzen, über Politik zu diskutieren oder sich an ihren abenteuerlichen Vorstellungen vom Bau einer olympischen Eisarena und eines riesigen Spielkasinos zu beteiligen, zog er es vor, sich mit mir herumzutreiben, mich irgendwie zu alphabetisieren, dabei hatte ich mir wenigstens so viel, Lesen und Schreiben, irgendwie in der Schule beigebracht. Wieso war ihm das lieber? Ganz klar ist mir das immer noch nicht, obwohl mir nach und nach einiges aufgegangen ist. Es mag daran gelegen haben, dass ich wie die Eulen im Dunkeln sehen wollte, jenseits von Gestalten und Umrissen, ich wünschte es mir von ganzem Herzen, und ein solcher Wunsch verfliegt nicht wie Geschmäcker oder Gelüste. In seinem Zimmer im ersten Stock des Hauses der Frau Rugea suchte ich wochenlang das Geheimnis zu ergründen, geduldig und angespannt folgte ich dem gewundenen Pfad durch die Bücher, Satz für Satz, Seite für Seite, zahlreiche Begriffe und Formulierungen, auf die ich dabei stieß, brachten mich auf den Gedanken, dass die Ornithologen verschlüsselt reden wie Spione, die von den Vögeln unter die Menschen eingeschleust worden sind, nicht umgekehrt, ich lernte ganze Abschnitte auswendig und be-

trachtete die Bilder bis zum Überdruss, und Emil war ständig mein
Zeuge. Ein diskreter Zeuge. Auch eine Art Zuschauer, denn ich muss
unfreiwillig eine richtige Schau gewesen sein, wenn ich aufstand, den
Kopf starr zur Seite geneigt hielt und nur den Hals und das Kinn ro-
tieren ließ, mich bemühte, die Augen wie Zwiebeln hervortreten zu
lassen, mich auf die Iris mal des einen, mal des anderen konzentrier-
te in der Hoffnung, ich könnte sie weiten oder verengen, wobei mich
die Frage umtrieb, ob die Farbe eine Rolle spielte, worauf ich vor Ärger darüber, dass ich blaue und nicht graue Augen hatte, den Schalter der Nachttischlampe betätigte und damit die Nacht ins Zimmer
holte. Über kurz oder lang, nach einiger Zeit, aber immer unverhofft,
war Emils Lachen und sein beiläufiger Applaus zu hören. Zu Anfang,
bei meinen ersten Versuchen, einen Uhu nachzuahmen, hätte ich angesichts seiner Reaktion am liebsten geweint. Später gewöhnte ich
mich dran und nahm sie hin, im April schließlich, als ich begriff, dass
ich zu einer anderen Methode übergehen musste, lachte ich selbst
laut heraus, als ich das Ritual vor dem Spiegel wiederholte, und zwar
bei Licht, damit mir klar würde, wie lächerlich ich war. Immerhin ist
nicht auszuschließen, dass noch vor jener Reihe an Vorstellungen,
bei denen ich träumte, ein Vogelkind zu sein, um dann als Witzfigur
zu enden, noch etwas anderes passiert war. An jenem Abend des
Dreikönigstags, als wir uns kennenlernten, nachdem Ene Tirilici
mich verhauen hatte. Vielleicht, ich wiederhole: vielleicht war Emil
damals nicht nur nicht böse, sondern geradezu erfreut, dass ich meine Nase in seine Sachen und Aufzeichnungen gesteckt hatte. Das
sieht natürlich nach Wunschdenken, ja Selbstüberschätzung aus,
aber es ist mehr als das, es ist die Ahnung, ja fast Überzeugung, dass
Emil wie die Fee, die der Sage nach von einem Mädchen wehmütig
gestimmt wurde, an meiner Neugier Gefallen fand. Und jene Neugier, ich will es nicht verschweigen, ergoss sich wie eine warme Flüssigkeit über den Schreibtisch und erfasste all die unzähligen Kleinigkeiten, Medikamente, Karten, Blätter noch und noch, als wäre eine
Kanne Milch oder Kaffee verschüttet worden und hätte sie alle

durchtränkt. Als Erstes waren in meiner Vorstellung die Arzneien betroffen. Vor allem die kleinen weißen Pillen, dieselben, die auch Mutter schluckte. Zu Hause durchwühlte ich, als noch der Januar im Kalender stand und ehe der Mond am Himmel erschien, die Anrichte in der Küche, kramte die rechteckige Schachtel hervor, auf der Aspenter stand, schnappte mir den Beipackzettel, verkroch mich unter der Bettdecke und las ihn beim Licht einer Taschenlampe aufmerksam durch. Beim Lesen und Wiederlesen schlief ich ein, aber noch ehe der Schlaf mich übermannte, dachte ich mir, dass die Apotheker den Ornithologen sogar noch überlegen sind mit ihrer Geheimsprache, in der sie mit den Marsmenschen kommunizieren. Ich hatte nichts verstanden, konnte nur vermuten, dass die Pillen für den Magen sind, umso trauriger aber war, dass die Taschenlampe weiterbrannte und die Batterien im Morgengrauen leer waren. Als Mutter am Morgen Brot röstete und ich wieder mit meinem Leben haderte, weil ich zur Schule musste, beobachtete ich sie aufmerksam, merkte auf, als sie die Schublade öffnete und die viereckige Schachtel herausnahm, wartete ab, bis sie ein Glas Wasser volllaufen ließ, und fragte sie ganz beiläufig, als redete ich nur, um nicht zu schweigen, wozu diese Arznei denn gut sei. Die ist fürs Herz, mein Junge, fürs Herz, sagte sie und ließ mich wissen, dass sie am Nachmittag, wenn sie im Schloss fertig sei, zu Tante Pia Wäsche bügeln gehe. Ihr war wichtig, dass ich die Schlüssel nicht vergaß, dabei fuhr ich aus meiner Schlaftrunkenheit auf und war plötzlich hellwach, als hätte mir jemand das Gesicht mit Schnee eingerieben. Das war für den Moment ganz günstig, weil ich mich flink bewegte und nicht mehr bummelte, damit ich den Bus um Viertel nach sieben erwischte und nicht in dieser Hundskälte zur Schule laufen musste. Von der Straße aus, als gerade die Morgenröte durchbrach und meine Ohren umso röter wurden von dem Frost, sah ich Licht in Emils Fenster, rannte aber weiter zur Haltestelle, ohne stehenzubleiben. In vollem Lauf kam mir, woher auch immer, aus heiterem Himmel bei minus vierzehn Grad konnte es schließlich kaum schneien, der Gedanke, dass die

Flocken, sollten sie sich doch zu fallen bequemen, rundliche Aspenter-Pillen sein würden, Hunderte Millionen Flocken und Hunderte Millionen Pillen. Zurück nach Hause kam ich ebenfalls mit dem Bus, es war eine jener wundersamen Fahrten, bei denen man in dem unbeschreiblichen Gedränge nicht nur keine Fahrkarte braucht, nicht nur mit den Jungs zusammen ist, sondern auch noch nach Kräften die Ellbogen einsetzt, sich windet und schubst, bis man sich zu einem hübschen Mädchen durchgearbeitet hat und aus Versehen, immer von anderen bedrängt und unter Klagen, man werde erdrückt, ihre Brüste spüren kann, an ihre Schenkel und ihren Hintern herankommt und sie betatscht, bis sie einem eine runterhaut oder aufkreischt, woraufhin man belämmert dreinschaut und sich ärgert, dass Winter ist und das Mädchen Pullover und Mantel trägt. Gegen Ende, als ich hart an Raluca dran war und mich nach der Hausaufgabe in Geometrie erkundigte, etwas oberhalb der Kurve bei der Villa Fägăraş, erspähte ich durchs Fenster eine Gestalt, die dem Gang, dem doppelt geschlungenen Schal und den blitzblanken Stiefeln nach niemand anders sein konnte als Emil. Ich wollte sowieso bei ihm vorbeischauen, und da ich vor ihm da war, setzte ich mich auf die Treppe und wartete. Zehn Minuten lang, ich geb's zu, dachte ich eher an Raluca und ihre Haare, kaffeebraun wie die Glasur der Eclairs, als an den Schnee, der sich weigerte, zu fallen und die Stadt in Aspenter zu ersticken. Als ich dann hörte, was ich hörte, schämte ich mich, schämte mich zu Tode, aber ich konnte unmöglich irgendetwas wiedergutmachen. Emil hatte, wenn ich dem Glauben schenke, was er mir damals erzählte, einen Herzinfarkt hinter sich, war in etlichen Krankenhäusern interniert gewesen, hatte eine komplizierte Operation in Bukarest überstanden und war zu einer weiteren in eine Klinik nach Paris gereist, weil seine Tochter, die seit mehr als einem Jahrzehnt dort lebte, darauf bestanden hatte. Noch bevor er schloss, die Uhr stand auf halb zwei, sagte er mir, nach Stand der Akten sei er jetzt Pensionär und genieße es, die Wolken zu betrachten. Er wollte unbedingt, dass ich zum Mittagessen blieb, aber wie nie zuvor sah ich mich außerstande, noch eine Minute in seiner Nähe zu sein. Ich erfand eine dumme Ausrede, irgendwas mit Zuri, und sprang die Treppe hinunter, um ja keinen Verdacht aufkommen zu lassen. Emil wusste, dass ich gelogen hatte, ich wusste, dass er's wusste, wir haben uns dann später, im Hochsommer, sehr darüber amüsiert, als er sich erinnerte, wie ich Hals über Kopf abgehauen war, um meinen kranken Hund zu versorgen, just nachdem er ihm auf der Straße begegnet war und der, einen Knochen im Maul, zufrieden mit dem Schwanz gewedelt hatte. In der geruhsamen Abenddämmerung, als die Gluthitze erloschen war, ließ auch ich ihn meine Theorie zu den Müllhunden wissen, die man noch so sehr lieben und füttern, aber nicht davon abbringen kann, in den Abfällen zu stöbern und davon zu fressen, als tobte in ihnen das Blut der Ahnen, die Verzweiflung der Streuner und die Angst vor dem Morgen. An den rötlichen Streifen der Abenddämmerung erkannte man, dass der Juli schon seine Mitte erreicht hatte, auch Emils Zimmer sah vollkommen anders aus. Die Pendeluhr, die zwischen den Koffern auf dem Fußboden gelegen hatte, tickte linker Hand in der Nähe der Tür, die Pakete, Säcke und Kisten waren verschwunden, an ihrer Stelle stand ein geräumiger Schrank, der unter dem Bett verstaute Teppich war zu neuem Leben erwacht und eröffnete dem Blick bäuerliche Webkunst mit Blüten, Blättern und reihenweise gehörnten Böcken, der Vorhang war reinstes Linnen, neben dem Fenster prangte ein großer ovaler Spiegel mit leicht bestoßenem Rahmen, auch Vater hatte ganze Arbeit geleistet, acht Aquarell- und Ölbilder, wie ich sie noch nie gesehen hatte, hingen an den Wänden und die neue Bibliothek aus Lärchenholz strotzte vor Büchern, auf dem Nachttisch war eine weitere Leselampe aus knorrigem Wurzelholz mit geblümtem Schirm aufgetaucht, die Deckenlampe, ein Schmuckstück, muss irgendwann mit Kerzen oder Talglichtern bestückt gewesen sein, ein mit Plüsch in dem Gelb reifen Weizens bezogenes Sofa hatte sich zu dem Schaukelstuhl und den Stühlen, die ich schon kannte, gesellt, in der Ecke nach Osten wachten etliche Hinterglasikonen und eine auf

Holz, rauchgeschwärzt, und der tschechoslowakische Plattenspieler
ruhte auf einem runden Tischchen, unter dem eine Menge, gut über
hundert, Langspielplatten hochkant gestellt waren zum Zeichen,
dass jener Mann sich nicht mit dem Betrachten der Wolken begnügte, sondern auch Musik brauchte. Wie ich Emil mit der Zeit kennengelernt habe, war er nicht nur scharf auf Bach, Moscopol und Edith
Piaf, sondern hörte auch sonst allerhand, wie's ihm grad passte. Mir
jedenfalls hätte es, ahnungslos, wie ich war, und bei all den Melodien,
die in meinem Kopf summten, nicht geschadet, wenn er mich ein
wenig bemuttert, mich an die Hand genommen hätte wie ein kleines
Kind auf einem Spaziergang quer durch all die Sinfonien, Tangos,
Sonaten, Bänkelsänge, Kunstlieder, Konzerte, Jazzsessions, Chan-
sons, Opernarien und Rockballaden. Er aber bemutterte mich nicht
und führte mich auch nicht spazieren, er machte keine Anstalten,
mich zu überzeugen, dass ein Interpret besser als der andere, dass
eine Melodie besser gelungen oder ein Stil überlegen wäre, er ließ
mich ganz einfach die Ohren spitzen, nachfragen und ihn manchmal
bitten, irgendeine Platte aufzulegen, als ich so weit war, sie wiederzu-
erkennen. Jedenfalls hörte ich an jenem Juliabend zum ersten Mal
die *Zauberflöte*. Bestimmt hätte ich das vergessen, wären mir nicht
der Name und das Bildnis des Komponisten auf dem Umschlag ins
Auge gesprungen, weil ich selbst zu Hause ein in Gold, Rot und
Grün glitzerndes Papierchen hatte, auf dem ebenfalls Mozart stand
und dazu, unter dem Bildnis des jungen Mannes mit Perücke: Mar-
zipan. Das gute Stück hatte ich seit zwei oder drei Jahren in meiner
Sammlung, seit jenen Osterferien, als Tudi vom einem Onkel aus
Österreich eine geigenförmige Pralinenschachtel geschenkt bekommen hatte. Jedenfalls sah Emil, wie in manch anderer Beziehung,
auch in Sachen Musik davon ab, mich zu belehren, mir etwas mit
dem Löffel einzuflößen oder auch nur mit der Pipette einzuträufeln,
er tat in aller Grandezza so, als sei ihm meine Meinung egal, dabei
beobachtete er wahrscheinlich, wie ich in den klaren Wassern
schwamm, warf die Angel aus und schwenkte den Köder vor meiner

Nase, damit ich selbst zubiss, wenn ich denn Lust dazu hatte. Er verhielt sich wie Tom Sawyer, als der den Auftrag hatte, Tante Pollys Zaun zu streichen. Im Übrigen brachte er selbst mich dazu, die Bücher von Mark Twain bei ihm auszuleihen, er gab sie mir einzeln und zögerlich, als tue es ihm leid, dass er sie mir geben musste, und am Ende, als ich sie wie Honigbrot verschlungen hatte, gestand er mit Freuden, sein liebstes sei *Huckleberry Finn*. Merkwürdigerweise war Emil immun gegen alles, was die neue Technik in die Welt gebracht hatte: Er weigerte sich, einen Fernseher anzuschaffen, er begnügte sich mit seinen Platten und dem Plattenspieler, von Kassetten und Magnetbändern oder gar CDs oder DVDs wollte er nichts hören.

Nach und nach, wir kannten uns ja nun schon sieben Monate, kam ich auf den Gedanken, dass ich ihm etwas schuldig war, mich erkenntlich zeigen und ihn an dem Wenigen beteiligen sollte, das ich ihm voraushatte. So begann ich denn über Mioara Rugea zu tratschen, damit ihm klar wurde, in wessen Haus er wohnte. Ich begann nicht mit »Es war einmal«, weil ich über die fernere Vergangenheit selbst nicht recht Bescheid wusste, ich setzte in ihrer Biografie gleich an dem Zeitpunkt der Heirat ein, als sie als Studentin in Klausenburg auf einen jungen Mediziner hereingefallen war, so ein Dicklicher mit rosigen Wangen und kleinen weichen Händchen, stets bereit, sich einem Madämchen zu Füßen zu legen. Dann machte ich eine Pause und erläuterte, dass ich das Familienalbum mehrfach durchgeblättert hatte, wenn mich Mutter bei ihren Koch- und Putzdiensten mitschleppte, und dass ich genau wusste, wie jener Doktor in der Jugend ausgesehen hatte, fuhr fort mit der Ankunft der beiden im Städtchen, er als Internist in einer Klinik, sie als Lehrerin für Geografie, denn Deutsch wurde nirgends mehr unterrichtet, es war ja die Sprache der Besiegten, durchlief dann im Schnellgang die Zeit der ersten Schwangerschaft, der Geburt, ihrer Aufnahme in die gute Gesellschaft durch die Wahl des Volksratsvorsitzenden als Paten, der zweiten Schwangerschaft, seiner Karrieresprünge vom befristet angestellten Arzt in der Klinik zum Oberarzt im Krankenhaus, von der

Dicklichkeit zur Fettleibigkeit, verschwieg nicht seinen Ruf als Abzocker und Hurenbock, obwohl das vielleicht besser gewesen wäre, reihte sodann allerhand Begebenheiten aneinander, etwa die Wiederaufnahme des Deutschunterrichts, bei der sie als Lehrstuhlinhaberin die Hauptrolle spielte, die glatte Laufbahn der Kinderchen, die durch die Schule gekommen waren wie Entlein übers Wasser, die Gelage, bei denen sie sich mit den Großkopferten des Städtchens verlustiert hatten, den Bau des großen Hauses mitsamt Hof und Garage, in dem wir uns gerade befanden, auf Nummer 14, die Immatrikulation der Tochter und des Sohnes an den angesehensten Fakultäten der Universität Bukarest, den häufigen Wechsel der Autos von einem Fiat 600 zweiter Hand bis zu einem Lada 1500 in Weiß, worauf ich noch einmal innehielt, nicht um durchzuatmen und einen pietätvollen Ton anzuschlagen, sondern um zu überlegen, was und wie viel ich ihm von dem Unfall mitteilen sollte, der den Doktor plötzlich aus dem Leben gerissen hatte, gerade als die Ehe lief wie geschmiert, auch wenn das Gerücht ging, dass er, der Direktor des Krankenhauses, sich mit einer vollbusigen blonden Assistentin zu Tode gefahren hatte, nachdem sie ein abgelegenes Motel verlassen hatten und gerade mal etwa dreißig Kilometer zurückgelegt hatten. Um ehrlich zu sein, all diese Einzelheiten habe ich ihm nicht verklickern können, einerseits weil es mir peinlich war, ohne Punkt und Komma auf Emil einzureden, andererseits weil er, als ich das Wort Unfall ausgesprochen hatte, die rechte Hand mit steif zusammengelegten Fingern hob zum Zeichen, ich solle schweigen. Und ich schwieg. Noch bevor ich ans Ende jener Geschichte gelangt war, die sich vier Jahre vor meiner Geburt zugetragen hatte. Einem Rettungssanitäter zufolge, der bei der Bergung und im Leichenschauhaus Zeuge gewesen war, hatte die Lehrerin das Glied des Doktors mit Lippenstift verschmiert vorgefunden.

Es wurde dunkel, und durch das offene Fenster flatterten allerhand Nachtfalter herein. Noch ehe er den Vorhang zuzog, sagte Emil zu meinem Erstaunen, er habe schon im November genug von der Tragödie mitbekommen, als er das Zimmer auf Empfehlung eines ehemaligen Kollegen für zwei Wochen gemietet hatte. Bei dem hartnäckigen Landregen jener Tage, den entlaubten Buchen vor dem Fenster und den nicht nachlassenden Schmerzen im Knie, beim müde flackernden Feuer im Ofen, einem Holzfeuer, weil die Eigentümerin ihn gebeten hatte, aufs Gas zu verzichten, den Tees ohne Zucker und, vor allem, der Eule, die sich auf einen Ast in Höhe des Fensterbretts gesetzt hatte und ihn minutenlang musterte, hatte er sich ans Schreiben gemacht. Er schrieb in jenes dicke gelbe Heft, das er an einem Kiosk in der Innenstadt gekauft hatte. Und das Schreiben, eine Torheit, wie er sagte, hatte ihn zu einer weiteren gedrängt, nämlich seine Wohnung in Bukarest zu verkaufen und hierher zu ziehen. Ich vermute, ich habe ein verblüfftes Gesicht gemacht, noch verblüffter als sonst, wenn sich die Verblüffungen eines Bengels überhaupt vergleichen lassen, worauf Emil kurzerhand alles zusammenreimte, was er aus seinem Gespräch mit Frau Rugea im Spätsommer behalten hatte. Ihr armer Mann, ein großartiger Arzt und Chef des Krankenhauses, war auf der Rückfahrt von einer Radiologentagung in Craiova, zu der er eingeladen worden war, in seinem Auto von einem Holztransporter zerquetscht worden, dessen Bremsen versagt hatten.

* * *

So ein Blödsinn! Ein Riesenblödsinn. Immer gerate ich auf Irrwege, falle auf mich selbst herein und versuche zu erraten, wie die Dinge gekommen wären, wie das Leben gelaufen wäre, wenn es ein paar Zwischenfälle, zumindest ein paar, nicht gegeben hätte. Aber ich errate es nie. Ich habe eine Menge Ideen, Vorstellungen, Eingebungen, die mir plötzlich kommen, auf der Straße, im Wald und im Haus, beim Gehen, Lesen, Faulenzen, dass nämlich die Wirklichkeit in all ihrer Unwirklichkeit so und nicht anders hat sein müssen, manchmal habe ich das Gefühl, als wäre ich dem großen Geheimnis auf der Spur, als wäre es greifbar nahe, dann packt mich eine seltene Erre-

gung, aber sie erlischt gleich wieder wie ein Streichholz, geht über in
Enttäuschung und Bangigkeit, wenn ich begreife, dass etwas an der
Überlegung faul, die Eingebung falsch, die Gewissheit dahin ist und
es mir niemals gegeben sein wird, die Wahrheit zu umarmen, sie
zu streicheln und zu liebkosen. Ich verabscheue natürlich, die Geschichte als unser aller Grundsatz, die Vergangenheit als schicksal-
haft zu betrachten und die Abfolge der Ereignisse der Vorsehung
oder den Sternen am Himmel zuzuschreiben. Ich glaube, dass alles
vermeintlich Unausweichliche eigentlich nur der Logik der Lotterie
folgt, ob es nun um jeden Einzelnen oder um alle zusammen geht.
Eine Ehe beispielsweise kommt auf dieselbe Art und Weise zustande,
wie man aus einem Stoß Spielkarten die Herz- und nicht die Pik-,
Kreuz- oder Karodame zieht, und ein Schnupfen kommt, wann immer es ihm passt, ebenso wie die Würfel, man mag sie noch so sehr
beschwören, nur fallen, wie sie wollen. So haben denn die Menschen
bei der Tombola des verflossenen Jahrhunderts auf zwei verlustträch-
tige Zahlenpaare gesetzt, 14-18 und 39-45, obwohl Chronologie,
Waffen und Politik im Verlauf von hundert Jahren eine Unmenge anderer blutiger Kombinationen ermöglicht hätten. Dazu will ich
noch sagen, dass dort in jener Spielhölle beim Roulette die Kugel auf
Rot hätte landen können statt auf Schwarz, also Frieden gewesen
wäre und nicht Krieg. Und wie einfach das gewesen wäre, ganz einfach. Gesetzt den Fall, der österreichische Zöllner Alois Schicklgru-
ber, ehemals Schuster, der den Mädchennamen der Großmutter,
Hüttler, mit dem seines Stiefvaters, Hiedler, kombiniert und den
Namen Hitler angenommen hatte, hätte seine beiden Frauen Anna
und Franziska nicht verloren, hätte nicht Klara Pölzl als Zugehfrau
angestellt oder sie, selbst wenn er sie angestellt hätte, nicht vor den
Traualtar geführt und das Bett mit ihr geteilt. Dann wäre es, wenn es
nun schon zu Eheringen und Ehebett hatte kommen müssen, kein
Akt gewesen, dass der Zöllner eines Abends im Juli 1888 schwer gesoffen hätte, Schnaps, Wein, Bier, was auch immer, und weggeratzt
wäre, ohne noch dazu zu kommen, sie zum vierten Mal zu schwän-

gern. Schließlich wäre es ohne Weiteres möglich gewesen, dass der Vater, dem die Krankheit so viele Kinder geraubt hatte, auf dem Friedhof statt um Gustav, Ida, Otto und Edmund um Adolf getrauert hätte. Aber die Lotterie ist eine Lotterie und hat ihre Geheimnisse. In diesem Fall jagte ein Unglück das andere: Der junge Mann aus Braunau am Inn wurde von der Wiener Kunstakademie abgewiesen, die Granatsplitter in der Schlacht an der Somme verletzten den Gefreiten an der Hüfte und trafen nicht sein Herz, der Anführer des Putsches in München wurde vorzeitig aus dem Knast entlassen, der Führer entging einem Dutzend Anschlägen, Zufälle noch und noch. Ähnlich, wenngleich in ganz anderen Landen, viel weiter östlich, schlug der Knabe Iossif Wissarionowitsch, ebenfalls Sohn einer Dienstmagd und eines Schusters, dem Wüten der Pocken und der Diphterie ein Schnippchen, während seine Geschwister dran glauben mussten, durchlief die kirchliche Schule, das Priesterseminar und eine Revolution, machte noch das eine und andere im Leben und entschlief, schnauzbärtig und alt, nach einem Schlaganfall in seinem Bett, hinterließ allerdings ein sehr kompliziertes algebraisches Problem mit einer kurzen Aufgabenstellung, die da lautet, man solle errechnen, wie viele Menschen er ermordet hat in einer Spanne zwischen acht und zwanzig Millionen. Buchhalter und Buchmacher mögen sich noch so bemühen, sie werden die Antwort niemals herausfinden.

So betrachtet, ausschließlich nach meinem Gutdünken, macht mir Geschichte Spaß. Ich betrachte sie als Fass ohne Boden, in dem Nichtigkeiten, Zufälle, Freud und Leid zusammenkommen, wobei ich allein entscheide, was hinein- und, nach meinem Dafürhalten, wieder herauskommt, in die ich nach Belieben eintauche und meine Wunden und Freuden eingehend betrachte. Als Kind des letzten Krieges sehne ich mich nach all denen, die mich umhegt und geschützt haben und die ich geliebt habe. Dabei rede ich von den Schutzengeln, die mich lachen lehrten und mich trotz aller Schweinerei ringsum hoffen hießen, es sei gut auf der Welt. Die Geschichte, wie ich sie mir zurechtgelegt habe, ist nicht anders als irgendeine Münze, sie hat eine Vorder- und eine Rückseite, auf der einen gibt es einen Fächer, der einem in der ärgsten Hitze Kühlung und Luft zum Atmen verschafft, auf der anderen eine Kugel wie auf der Kegelbahn, die immer schon die einen voll getroffen und hinweggerafft, die anderen dafür nur mittelbar berührt und dabei ins Wanken oder zu Fall gebracht hat. So gesehen, und das sage ich als ein im Jahr 1940 Geborener aus innerster Überzeugung, steht am Ende eines Krieges niemand sicher auf den Beinen, weder die Sieger noch die Besiegten, weder die Opfer noch die Gewinnler, weder jene, die Beifall klatschen, noch jene, die sich irgendwo verkriechen. Wer sich da hinstellt und sagt, er verspüre kein Kribbeln, sei's auch nur in den Sohlen, vor Mitleid für andere oder für sich selbst, ist ein Wurm. Ein aussätziger Wurm.

Ich weiß nicht, wieso ich jetzt, nicht erst seit heute, sondern schon seit etwa einer Woche, nicht mehr in der Lage bin, Geschichten vom Anfang bis zum Ende zu verfolgen. Ich kenne sie Schritt für Schritt, Punkt für Punkt, nach dem Geruch, schließlich handelt es sich um alte Geschichten aus meinem Fass ohne Boden, und schaffe es nicht, sie unbeschädigt am Stück hervorzuholen. Dabei ist es weder Müdigkeit noch Überdruss, ich bin weder kränker noch gesünder als sonst, vielleicht liegt es an diesem fiebrigen Sommer mit seiner Gluthitze und den Unwettern auf der einen und seinen Kältewellen auf der anderen Seite. Jedenfalls verspüre ich seit Tagen eine merkwürdige Lust auf Szenen, Brocken, es ist wie ein merkwürdiger Appetit, der sich nicht auf Fischsuppe, Moussaka mit Auberginen oder gefüllten Fasan als solche und im Einzelnen richtet, sondern mich treibt, in Abständen von allem zu kosten, wahllos je einen Schluck oder einen Bissen aus der Schüssel, dem Topf oder der Pfanne zu nehmen. Heute morgen etwa, als ich Brot kaufen ging, fiel mir plötzlich Tante Marieta ein auf dem Koberwagen in jenem Herbst, wie sie die Zügel auf die Kruppe einer Mähre klatschen lässt, um sie anzutreiben, ich sah ihr geschwärztes Gesicht, denn sie hat sich ein Gemisch von Ruß und Öl auf die Haut geschmiert, ihr Kopftuch, den Umhang über ihren Schultern, den verschlissenen geblümten Rock, ihre nackten, mit einer grauen Paste aus Schlamm und Staub verschmierten Füße, für einen Augenblick sah ich auch mich, das Kind des Krieges, wie es unter dem Vorbau des Gutshauses fragt, ob die Tante sich für einen Faschingsball als Zigeunerin verkleidet hat, wie Mutter sich abwendet, auf die Lippen beißt und seufzt, wie der Großvater schief grinst und die Großmutter fabuliert, ihre Schwester sei drauf und dran, einen Bulibascha zu heiraten. Dabei ist es schon allerhand, wenn man auf der Straße beim Brötchenholen einen Koberwagen wie die der Landfahrer vor Augen hat, der auf einem lehmigen Feldweg dahinholpert, Marieta allein auf dem Bock als altes Bettelweib, das unter der Plane einen Haufen Lumpen und Krempel mit sich führt und darunter versteckt eine Kiste mit Schmuck, Goldmünzen und ein paar aus ihren Rahmen gelösten Bildern, um sie an den russischen Soldaten vorbeizuschmuggeln, die plündernd durch die Gegend ziehen. Am Dienstag wiederum, ich meine, es war Dienstag, schließlich ist heute Samstag, hatte ich sie wieder alle vor Augen, in der Runde um einen zauberischen, mit Kugeln und Lametta geschmückten Tannenbaum sangen sie beseelt, wie man nur an Heiligabend singt, hielten inne, den Blick ins Leere und auf die brennenden Lichter gerichtet, stockten nacheinander, weil sie bei manchen Versen verschiedene Varianten bevorzugten. In der ersten Strophe von »Oh, welch wunderbare Kunde« sangen Vater und Großmutter beispielsweise *Von Bethlehem, da zeiget sich,* während Mutter, Großvater, Tante Marieta und Urgroßvater auf *In Bethlehem zeigt es sich euch* bestanden. Bei »Stern in der Höhe«, »Herr, dir zum Preis« und den »Drei Hirten« war ich stets an Vaters Seite und sang mit ihm mit, aber das war es nicht, was damals zählte, es muss Weihnachten '45 oder '46 gewesen sein, sondern dass Lili nicht unter uns war und der Urgroßvater, so falsch er uns mit der durchdringenden Stimme und der Schwerhörigkeit eines Artilleristen auch niedersang, sein letztes Weihnachten erlebte. Das sollte uns, der trauernden Familie, allerdings erst Ende März aufgehen, als der ewige Schlaf ihn im Sessel neben dem Feuer ereilte, wobei ich, wenn ich mich denn konzentriere und die standesamtlichen Papiere durchforste, die ich in meiner Schublade aufbewahre, ganz klar sagen kann, dass es Weihnachten '45 war, keineswegs '46. Was unser Hausmädchen Lili betrifft, kann ich keinerlei Abschiedsszenen ausmachen, in meinem Fass ohne Boden herrscht dichter Nebel, sosehr ich auch wühle, fördere ich nur Rauch und geflüsterte Worte zutage, hören tue ich allerdings schon einiges, es klingen mir Worte in den Ohren, leise ausgesprochen, als sollten sie nicht zu mir gelangen, es sind wenige, trockene Worte, und es liegen Monate und Jahre dazwischen. In jenem immer noch lebendigen Wispern von damals erschließen sich mir vage Umrisse und eine Klage: Sie hieß nicht Liliana, sondern Lili, war aus Codlea, vielmehr aus Zeiden oder, wie es in sächsischer Mundart heißt, Zäöden, war hochgewachsen, stattlich und fleißig, der Urgroßvater legte es stets darauf an, sie in den Po zu kneifen, was ihm aber nur am Tag des heiligen Dumitru gelang, an seinem Namenstag, das glatte dunkle Haar trug sie in Zöpfen geflochten, die sie in Kringeln mit Haarnadeln hochsteckte, sie hatte auf dem Bahnhof einen Onkel aus Brașov, Kronstadt oder Kräinen erwartet, einen Schreiner, der noch nie in Bukarest gewesen war, am Nachmittag hatten sie sich auf dem Bahnsteig vor einer Militärpatrouille ausweisen müssen, und sie war nicht wiedergekommen. Wenn man klein ist, kann man Verschleppung für Entspannung halten und ein Arbeitslager für eine Veranstaltung auf der grünen Wiese, später allerdings erscheint einem ein Deutschstämmiger nicht mehr als stämmiger Mensch und ein Donbass nicht mehr als anhaltend tiefer Ton, das Ächzen, Stöhnen und Schreien aber tönt weithin über Raum und Zeit und gewährt die Einsicht, wieso Lili in der verrückten Welt des Lagers verlangt hatte, mit den Männern zu arbeiten, nachdem sie erfahren hatte, wie viele am Ende der Nachtschicht zu Tode kamen. Als Aufzugsführerin war sie Herrin der Plattform ohne Seitensicherung und stets darum bemüht, sie beim

53

Ausfahren alle wachzuhalten, sie nicht stehenden Fußes einschlafen und in den Abgrund stürzen zu lassen. Und sie holte sie herauf. Ans Licht.

Als ich gestern, am Freitag, auf einem Baumstamm saß und das Gewimmel in einem Ameisenhaufen beobachtete, erinnerte ich mich an einen der Besuche von Gheorghe Tomșa, Großvaters Freund aus Valea Călugărească, einem Herrn, der mir stets Süßigkeiten schenkte, obwohl auf seinem riesigen Weingut, da bin ich sicher, Trauben wuchsen und nicht Pralinen, Schokoladentrüffeln und gebrannte Mandeln. Gewöhnlich konnte er, schon wenn er über die Schwelle trat, nicht an sich halten, nach dem Gestüt zu fragen, nach irgendeinem ungebärdigen Hengst oder einer Stute, die gefohlt haben musste. Wenn ich ihn dann mit Großvater auf dem Sofa sitzen sah, wie sie Likör tranken, ins Gespräch vertieft, konnte auch ich nicht mehr an mich halten, ich entwand mich den Armen von Tante Marieta, rannte hin und baute mich vor ihnen auf: Onkel Guță, Onkel Guță, Vater hat auch Pferde! Die beiden lachten lauthals, Gott weiß warum, mir aber blieb nur das Bild von Vater, wie er nach dem Unterricht am Lyzeum oder einem Treffen mit Freunden mit der Kutsche zu Hause vorfuhr, als wären die Rösser, die er vor dem Tor zügelte, die seinen.

* * *

Der Sommer war, wie alle Sommer, eine Art Himmel auf Erden. Ich musste nicht mehr vor Tage aufstehen, nicht mehr am Küchentisch Theater spielen, indem ich in den Heften herumkritzelte, damit Mutter glaubte, ich machte Hausaufgaben, ich hatte nichts mehr mit den drallen Schreckschrauben mit gefärbten Haaren aus dem Lehrerzimmer zu tun, die, wenn sie in der Schule zum Unterricht ausschwärmten, Feuer aus den Ohren und Gift von ihren Zungen spien, ich wurde nicht von jetzt auf gleich zum Holzhacken oder Schneeschippen abkommandiert, überdies war ich, da Vater aus dem Bau kroch und sich ernsthaft an die Arbeit machte, weil die Sonne ihm allerhand Aufträge verschaffte, nicht mehr gezwungen, seine Schnäpse nachzuzählen und sein Geschnarche zu ertragen. Im Sommer schien stets selbst das Blut in meinen Armen zu erschlaffen. Schlaff kroch ich aus dem Bett, schlappte barfuß über den Fußboden, reckte meinen Körper in voller Länge und gähnte dann wie die großen Gutsbesitzer, die ebenfalls die trägen Fliegen betrachtet haben mochten, dabei suchte ich mir unter all den angenehmen Dingen ein umso angenehmeres aus, ob ich nun in der Begleitung von Treibern zur Jagd aufbrechen, mit Gutsnachbarn auf der Terrasse Siebner spielen und dabei Limonade trinken und Scherbet löffeln, meine Wasserpfeife im schattigen Rosengarten paffen oder den Fischteich entlangreiten, das türkische Bad genießen, den Jahrmarkt besuchen oder die Zigeuner bestellen wollte, damit sie mir vorspielten. Da ich mich nicht entscheiden konnte, verdrückte ich ohne jeden Appetit irgendwas, gewöhnlich einen Kanten Brot und Fleischwurst vom Typ Pariser, entledigte mich des Pyjamas, las meine Kleidungsstücke dort auf, wo ich sie am Vorabend gelassen hatte, und streunte durch die Straßen in der Zuversicht, dass das Leben einem auf einen einfachen Pfiff von sich aus bietet, was man nicht zu träumen gewagt hat. Und in der Tat schenkte uns das Leben, nachdem wir einander herbeigepfiffen und uns versammelt hatten, nach Gutdünken an dem einen Tag ein Goldstück und am andern eine taube Münze, manchmal auch, wenn es ganz böse war, nur den Staub auf dem Fell der Pauke. Was Münzen betrifft, waren wir schon ganz gut dabei, selbst wenn wir an keinerlei Goldstücke oder Silberlinge rankamen, sondern nur an die eine oder andere Handvoll Kleingeld. Stets hatte ich ein Auge auf den Kirchenkalender, den Mutter Gott sei Dank Jahr für Jahr an die Küchenwand heftete, suchte die rot gedruckten Daten heraus, woraufhin wir, wenn es so weit war, beschlossen, wo es hinging. An den gewöhnlichen Sonntagen mit Gottesdienst und Feiern zum Lobe etwa des seligen David von Thessaloniki, des heiligen Hyazinth, der heiligen Marina von Bithynien, des heiligen Moses des Äthiopiers, des heiligen Ignatius, Bischof von Antiochien, des frommen Euphrosinus und deren mehr gingen wir kurz vor Mittag hinunter in die Innenstadt zur weißen Kirche. Dort gab es zwar Bettler zuhauf, die etwas von der Barmherzigkeit der Gläubigen abzugreifen suchten, aber auch einen kurzen, sehr kurzen Augenblick, in dem wir zugreifen konnten, ohne dieses zerlumpte, verkrüppelte und aussätzige Gesindel gegen uns aufzubringen. Ihr Chef war ein gewisser Kunta, ein hochgewachsener, schmerbäuchiger, dicklippiger Zigeuner, der diesen Spitznamen schon als kleines Blag nach der Hauptfigur der Fernsehserie »Roots« verpasst bekommen hatte. Kunta wachte mit geblähten Nüstern, war aber in seiner Dummheit, unter fortwährendem, unverständlichem Genuschel, nur darauf bedacht, dass keine Spitzbuben, die nicht zur Meute gehörten, als einsame Wölfe in seinem Revier wilderten. So hatte er kein Auge für irgendwelche lärmenden Bengel, die dem Ball nachjagten und ihn gegen das Tor knallten, während sie auf eine Mutter, eine Großmutter, eine Tante oder wen auch immer warteten. Wir wiederum, einen festen Plan im Kopf, wurden immer routinierter und flinker, ließen die Kirchentür nicht aus den Augen, warteten das Ende des Gottesdienstes ab, wenn die Bettler sich auf der Schwelle, auf den Stufen und vor den Blechkästen wälzten, in denen Kerzen für die Lebenden und die Toten angezündet wurden, und dann hatten wir plötzlich allesamt Durst, schrecklichen Durst, und umringten den Brunnen in der Mitte des Kirchhofs, durch dessen Eisenrost es die Gläubigen, Gott weiß warum, an Münzen nur so hageln ließen. Der Mechanismus funktionierte wie eine Schweizer Uhr, ich und Sandu zogen die Schraubenzieher aus der Hosentasche, steckten sie zwischen zwei Stangen des Grills, die siebte und die achte, es waren die schwächsten, hebelten sie von der einen und der anderen Seite auf, Nițuș, Marcelică und Gabi hielten uns den Rücken frei, prusteten, bespritzten sich und lachten, während Tudi mit seinen Händen, schmal wie die eines byzantinischen Heiligen, und Fingern, lang wie die eines Klavierspielers, alles einsammelte, was an dem Vormittag in dem runden Betonbecken zusammengekommen war, bis zum letzten roten Heller. Wir stopften uns die Taschen voll und drängelten nach all dem Geplansche und dem Wasser, von dem wir bis zum Überdruss getrunken hatten, zum Tor, machten noch ein kurzes Spielchen, als könnten wir gar nicht genug kriegen vom Fußball, dann begrüßten wir in aller Wohlerzogenheit unsere Verwandten und trollten uns in Richtung Park. Am liebsten war uns die Ostseite, weil es dort, zwischen Bahnhof und Umgehungsstraße, besonders laut war und niemand sonst sich niederließ. Wir setzten uns einander gegenüber auf zwei Bänke, schütteten das erbeutete Kleingeld auf dem Boden zu einem Haufen zusammen, sortierten und zählten die Münzen, ohne sie aufzuteilen, wir wollten nur in etwa wissen, wie viel zusammengekommen war, dann machten wir uns zur Konditorei im Erdgeschoss des Hotels Carpați auf. Dort drinnen, angesichts der Regale mit Kuchen, Pralinen und Plätzchen, der Vitrine mit Torten und Eis, schien sich uns der Himmel aufzutun, dort erfasste uns nach all der Zeit, die wir an der Kirche zugebracht hatten, erst recht die Frömmigkeit, unsere Geschmacksnerven erblühten wie königliche Gladiolen und Lilien, in unserem Gaumen ereignete sich ein Platzregen, und es zwitscherten uns allerhand Vöglein im Bauch. Wir kauften nach Herzenslust ein, soweit es die Finanzen erlaubten, aber selbst wenn wir es noch so kümmerlich angetroffen hatten, reichte es für jeden zu einem Mandelhörnchen, einem Negerkuss, einem Diplomaten, einer Savarine oder einer Baklava. Nun sind aber große Taten wie Geschwister, die eine ruft die andere herbei, Größe fordert Größe, und so waren denn an den herausragenden Feiertagen mit besonderem Prunk, wenn eine stattliche Abordnung von Priestern den Gottesdienst beging und ein Bischof oder Archimandrit die Predigt hielt, auch wir gefordert, unsere Klasse und unsere Tüchtigkeit unter Beweis zu stellen. Infolgedessen stiegen wir an Pfingsten, das am Anfang der Frühlingsferien lag, am Johannistag, am Tag der heiligen Peter und Paul, am Tag des heiligen Elias, an Christi Verklärung, Mariä Himmelfahrt, zur Enthauptung Johannes des Täufers, Mariä Geburt und der Kreuzerhöhung hinauf zum Kloster und nahmen dabei den steilen

Waldweg und nicht jenen um den Hügel. Oben, eine Dreiviertelstunde Wegs über der Stadt auf der Wiese unterhalb des Habicht-
steins trafen wir auf Hunderte Autos, die dichtgedrängt im Gras
standen, als hätten die Wolken alle Marken und Modelle herunter-
regnen lassen, kleine und große Busse noch dazu. Vor dem Eingang
reihten sich Buden mit Kreuzchen, Häkelarbeiten, Heiligenbild-
chen, Weihrauch und Konfitüre, selbst im Hof konnte man nicht
mal eine Nadel fallenlassen, weil die Menschen keinen Platz mehr in
der Kirche hatten und zerflossen vor Hitze, während sie dem Gottesdienst über Lautsprecher lauschten. Sobald ich den Hof betrat, ich
schwör's, bekreuzigte ich mich, und während wir uns durch die
Menge zum Brunnen vorarbeiteten, einem ovalen steinernen Becken, an dessen Rand Moos angesetzt hatte, raunte ich das Vaterun-
ser, um mich abzusichern, dass es keinen Ärger geben und alles gut
gehen würde. Wenn wir dann am Brunnen wieder zusammengefunden hatten, allerdings nicht sofort, sondern erst nach etwa einer halben Stunde, nahm Gabi sein Martyrium auf sich steckte, wenn niemand hinsah, den Finger in den Hals und kotzte, dass Gott erbarm,
um die Umstehenden zu erschrecken und abzustoßen, die dann auch
auseinanderstoben wie die Rebhühner. Tief über das eiskalte, etwa
einen Meter tiefe Wasser gebeugt, taten wir, als machten wir Gabi
sauber, tupften seine Stirn mit einem Taschentuch ab, fächelten ihm
mit einer Zeitung Luft zu und ließen heimlich die großen Magneten
an Schnüren ins Becken sinken, schleiften sie über den Grund und
zogen sie langsam heraus, damit die Beute nicht abfiel. Es bildeten
sich hübsche Trauben aus tropfnassen Münzen, die wir abstreiften
und Niţuş anvertrauten, der sie in den Rucksack kullern ließ. Nach
den großen Feiertagen gab's richtig Fettlebe, obwohl uns die Hun-
dert-Lei-Münzen mit Michael dem Tapferen zur Last fielen, denn sie
waren bleischwer und nichts wert. Mindestens drei Tage aber futter-
ten wir Kuchen, bis er uns zu den Ohren herauskam.

Die meisten Ziffern und Buchstaben standen allerdings in nackter
Druckerschwärze im orthodoxen Kalender, sodass uns unendlich

viel Zeit blieb, auch die anderen Seiten des Sommers zu erkunden. Hitze, Wind, Sturm oder Nebel machten uns nichts aus, es fand sich immer was zu tun. Oft ging das, was wir heute planten, am nächsten Tag den Bach runter, und was gerade noch allen gefallen hatte, führte später zu Zank und Streit, aber das war die Logik des Spiels, ob man's wollte oder nicht. Wenn wir etwa Himbeeren für Tante Pia pflückten, die lieber uns dafür bezahlte, statt sie auf dem Markt zu kaufen, meuterte Sandu plötzlich, wir seien Blödmänner, weil wir schufteten wie die Sklaven auf der Plantage, statt einen richtigen Coup zu landen. Überhaupt war Sandu besessen von Schätzen, selbst im Tiefschlaf ließen sie ihn nicht los, nichts belehrte ihn eines Besseren, weder dass wir im Winter vergeblich nach der Kiste der Räuber gegraben hatten, noch andere Fehlschläge, wann immer er merkwürdigen Gerüchten aufgesessen war. Überall hielt er Maulaffen feil und fiel auf Ammenmärchen herein, ihn konnte jeder verscheißern, der seine Schwäche herausbekam, genau wie ihm Gevatter Rică, der Postbote, einen Bären aufgebunden hatte. Als die Stadt im Sommer von Touristen und fliegenden Händlern überschwemmt wurde, ließ er sich von einem kleinen bärtigen Kerl mit Malerbarett, der Ohrringe, Perlen und Anhänger verkaufte, leimen, als der irgendetwas fallenließ, wie ein Krümel eines Geheimnisses. Zwei Wörter, *Grotten* und *Smaragde*, reichten aus, da war Sandu wieder Feuer und Flamme und begann uns die Ohren vollzuquatschen. Eine Woche lang ertrugen wir das, während er zu unser aller Erstaunen die Schwelle der Stadtbibliothek überschritt und, ohne von Lepra oder Malaria befallen zu sein, mit der Kunde wiederkam, der Smaragd sei nicht nur ein Edelstein, wie jeder Depp weiß, sondern ein grünlich glänzendes, durchsichtiges Mineral, eine natürliche Varietät des Silikats Beryll mit Aluminium, artverwandt mit dem Aquamarin und dem Heliodor. Noch dazu hatte Sandu, um seinen Ruf zu festigen und damit wir nicht glaubten, er sei durchgeknallt, auch ein Bild aus der Bibliothek stibitzt, ein Blatt, das er aus einem Atlas gerissen hatte. Es half nichts, schließlich mussten wir zu den Grauen Grotten aufsteigen, es war ein langer und beschwerlicher Weg auf einem Pfad, der mal zu sehen war und sich dann wieder verlor, von Bärenspuren übersät, quer durch Kiefern- und Buchenunterholz, streckenweise mitten durch Brennnessel-, Kletten- und Distelfelder, um Klammen, Geröllfelder und modrige Baumstämme herum, die von Sturzbächen angeschwemmt worden waren. Zwar hat niemand darauf geachtet, aber ich vermute, wir waren mehr als zwei Stunden unterwegs an den steilen Hängen, schweißüberströmt und ständig wie die Besessenen fuchtelnd, um die Mückenschwärme um unsere Köpfe zu verjagen. Vor den Grotten hatte ich, wenn ich ehrlich bin, richtig Angst, und zwar nicht vor der Wildnis, schließlich kamen wir in noch viel wüsteren Gegenden herum, bei den Felsabbrüchen, auf den Oberen Almen oder im Tal des Triş, dafür aber vor den Fledermäusen, die sich dort, so hatte ich gehört, zu Tausenden eingenistet hatten. Die Hunde hielten uns ja vieles vom Hals, wie oft hatten sie doch mit wütendem Gebell allerhand Wildtiere verscheucht, aber vor derart hässlichem und flinkem Getier, einer Art fliegender Ratten, hätten auch sie uns nicht schützen können. Ich streichelte Zuri in der Hoffnung, er hätte Flügel unter dem Fell, aber ich schauderte bei der Vorstellung, eine Fledermaus könnte sich in meinem Haar verfangen und mir vor der Stirn, an den Schläfen oder im Nacken herumflattern. Während des Aufstiegs gab ich zum ersten und einzigen Mal in jenem Sommer meinem Vater recht, der mir ständig in den Ohren lag, ich solle zum Haareschneiden gehen, und beruhigte mich erst auf dem Flachstück vor den Felslöchern, wo nur ein träger Rabe sich sonnte. Offenbar waren auch die Jungs wieder zu sich gekommen, denn Niţuş wälzte sich im Gras und brüllte, er würde seine Mähne nicht stutzen, und Tudi fuhr sich grinsend mit den Fingern durch den dunkelblonden Schopf, der an ein Bündel Heu erinnerte. An der Quelle lebten die Hunde auf, sie schlabberten gierig und würden sich gleich auf die faule Haut legen, nur Sandu war ganz erregt beim Anblick der durchscheinend glitzernden Smaragde in seinem Hirn. Er zückte eine Taschenlampe, tastete sich eine Weile durch die Höhlungen im Fels, tauchte auf und verschwand, klopfte dann und wann rhythmisch dagegen, dann wieder hämmerte er wutentbrannt los, rief uns zu Hilfe, wenn irgendwelche Brocken beiseitegewuchtet werden mussten, wir halfen, fanden darunter aber nichts als Würmer und Käfer, er begann an einem Abhang zu graben, wo er meinte, dass die Erde zu Tal gerutscht war und ihre Eingeweide zutage traten, er grub und grub unermüdlich, bis er jäh innehielt, den Spaten, den er auf der Schulter heraufgeschleppt hatte, von sich schmiss und an unser Feuer kam, mittat beim Reinigen der Pilze, dem Zuspitzen der Spieße und dem Grillen der Steinpilze und Täublinge über der Glut, damit wir unseren Hunger stillen und uns freuen konnten, denn es gibt ja auf der Welt keine größere Freude, als gegrillte Pilze zu essen, seinen Hund zu streicheln, mit Freunden zusammen zu sein und sich zu irren.

Oft gingen wir auch, wenn uns die Sonne auf den Schädel brannte und wir schlapp wurden, in der Ghindura baden, an den Wehren aus Baumstämmen, denn es war nicht weit bis dahin, oder zu den blauschimmernden Gumpen des Wildbachs am Berg, wenn uns die Männlichkeit umtrieb. Die nächstgelegenen Tümpel waren verschlammt und steckten voller Äste und Stümpfe, dennoch planschten wir herum, kreischten wie verrückt und stoppten manchmal die Zeit, die es der eine oder andere kopfüber im Wasser aushielt. Beim dritten Wehr bachaufwärts konnte man aber richtig schwimmen, fast zehn Meter in der Quere, wenn man sich vor den Ufersteinen in Acht nahm. Dorthin gingen wir erst mittags, wenn das Wasser sich schon ein bisschen aufgewärmt hatte und einem nicht den Atem nahm, und nachdem wir ein paarmal durchgeschwommen waren, Toter Mann gespielt und Schmetterlingzüge probiert hatten, räkelten wir uns wie Seehunde auf dem Ufersand und brachten eine Weile vor lauter Zittern keinen Ton heraus. Dann verlegten wir uns, und das immer, aufs Rauchen. Dabei rauchten wir gewissermaßen rituell, nach Regeln, die niemand ausgesprochen hatte, die wir aber alle befolgten. Auch wenn wir noch so viele Zigaretten hatten, hin und wieder kamen wir auf mehr als eine halbe Packung, weil wir bei Brüdern, Vätern, Müttern und Onkeln klauten, zündete sich nicht jeder seine Zigarette an, sondern wir reichten eine von Hand zu Hand weiter, paffen der Reihe nach und machten uns vor, der Filter berühre alle Lippen, der Rauch schmeichle allen Lungen, betäube uns gleichermaßen und alles würde zwischen uns geteilt. Gewöhnlich strahlte der Himmel über dem warmen Sand blau wie auf Postkarten, und die Wipfel der Bäume schienen betrunken, sie wankten nach links und nach rechts, als saugten die Wurzeln von Buche und Ahorn Wein. Selbst wenn keine Wolken aufzogen, war es an den Gumpen anders, ganz anders. Erstmal war Schluss mit dem Laubwald, wie er in der Schule hieß, man sah nur noch Kiefernwäldchen, graue Föhren und krumme, zerzauste Tannen, denen ein kurzes Leben beschieden war. Zudem verhielt sich jener klare Bach Ghindura, der *ghinda*, die Eichel, im Namen trägt, wenngleich weit und breit keine Eichen stehen, dort ebenfalls ganz anders, er plätscherte nicht seicht dahin wie am Stadtrand, sondern sprang in beengtem Schwall wild herunter und nahm einen unter die nassen Hufe, wenn man sich ihm entgegenstellte. Das Wasser stürzte brausend über Katarakte und bildete tiefe Strudel von der Farbe der Smaragde im Kopf von Sandu. Just da, im oberen Teil des Tales, trat auch uns der Heldenmut aus allen Poren, dabei versteckten wir, um ehrlich zu sein, unsere Angst, wo wir nur konnten, in den Schuhen, unter dem Hemd oder in der Hose. Keiner von uns hätte jemals zugegeben, dass sein Hintern in der Hose schlotterte, sein Herz wild pochte und seine Knie weich wurden. Wir witzelten herum, dabei stierten wir hinab in die Gumpen, suchten alle Untiefen auszumachen, sahen uns nach zugänglicheren, nicht allzu hohen Felsen um und entschieden uns für eine Stelle, vom der wir springen wollten. Langsam zogen wir uns aus, legten die Kleider an die Sonne und losten mit fünf gleich langen und einem längeren Halm aus, wer den Tanz eröffnen würde. Der Erste wählte den Zweiten, der Zweite den Dritten und immer so weiter, bis der Kreis sich schloss, wobei der erste Sprung von den anderen nachgestellt wurde, da gab's keine Tricks und keinen Protest. Es war nicht klar, wie Verweigerung oder Betrug bestraft worden wären, aber es gab mit Sicherheit Tausende Möglichkeiten auf Erden. Irgendwie waren wir anfangs alle ein bisschen angepisst, schließlich kannten wir das kleine Metallkreuz am Ende des Iaga-Sees, und auch uns war zu Ohren gekommen, dass die Seele eines Menschen aus einem Gebirgsgewässer himmelwärts schweben kann. Dann aber sprangen wir einer nach dem anderen ins Leere, geschlossenen Auges und Gott befohlen, tauchten ein in das fürchterliche Eiswasser, in dem das Staunen die Furcht überwog und, wie wir meinten, Nord- und Südpol sich verbrüdert hatten. Wenn ich auftauchte, die Lippen auseinanderbekam und nach Luft schnappte, schrie ich und keuchte, dabei hätte ich den Äther, die stolzen Bergzinnen, die Vögel im Flug, die Käfer und Mücken, die Disteln und Heidelbeersträucher küssen mögen, ja selbst das Militärrelais weit entfernt im Strîmba-Sattel, das ich manchmal sehen konnte. Gleich darauf losten wir von Neuem und machten weiter, es war aber nicht dasselbe, ein paar Sprünge später hätte ich nicht einmal mehr ein schönes Mädchen geküsst, denn ich hatte mich mit dem Zustand eines tiefgefrorenen Koteletts abgefunden. Wenn die Leiber ins Wasser schossen, war stets ein Zischen zu hören, ein Wirbel weißer Blasen stieg auf, der mich jedenfalls, ich weiß nicht wieso, an Champagner erinnerte. Ende Juli dann, an einem Donnerstag, drehte sich bei dem widrigsten, engsten und steinigsten Gumpen das Glücksrad ein sechstes oder siebtes Mal und zeigte sich Gabi gewogen, der in der Hocke verharrte, das Kinn in die Hände gestützt. Frierend und zähneklappernd nannte er meinen Namen und zeigte mit dem Finger auf mich, damit nur ja keiner zweifelte, dass ich an der Reihe war und seinen Sprung nachzustellen hatte. Darauf verschwand er zu unserem Befremden im Kienholzdickicht, als suche er etwas im Gebüsch, seine Gestalt war viele Sekunden, vielleicht eine Minute lang nicht zu sehen, wir warteten verwirrt, er aber kam nicht auf demselben Weg zurück, sondern tauchte auf dem obersten Zacken eines spitzen Felsens auf, den er von der

Rückseite her erklommen hatte. Von oben herab wie von einem Balkon oder gar vom Dach sprach er zu uns, die Hände in die Hüften gestemmt, unter ihm toste ein Wasserfall. In dem Rauschen ging manches seiner Worte unter, aber wir alle verstanden, dass ich, Lucian, genannt Luci, ein Schwein sei und ein Verräter, ein räudiger Hund und eine lahme Ente, dass dieser Typ, der hagere alte Sack, der bei der Frau Rugea wohnte, mich verhext und ich noch eine einzige Chance hatte, mich dort und sofort von meinen Sünden reinzuwaschen und zu beweisen, dass sie meine wahren Freunde waren. Gabi reckte sich und sprang von dem Felsen ab, schoss mit über dem Kopf gestreckten Armen hinunter, schwebte eine Ewigkeit, irgendwann spannte sich sein Körper und nahm pfeilgerade wie ein Habicht den Strudel in Angriff, zerriss das Wasser, dass es nur so stiebte, um dann, nachdem er eine weitere Ewigkeit auf dem Grund verharrt hatte, dicht vor unseren Augen aufzutauchen. Sodann kletterte ich, mein Kreuz auf dem Rücken, hinauf zu dem grasbewachsenen Felszacken und sprang, so gut ich konnte. Und ich bin nicht gestorben.

* * *

Für mich war jener Abend ein verspätetes zauberhaftes Geschenk, denn fast eine Woche zuvor, am 3. August, war ich zwölf geworden. Während ich dort am Waldrand allerhand dummes Zeug schwatzte, ahnte ich nicht im Geringsten, was geschehen würde, hatte ich mir doch schon an meinem Geburtstag alle Aussichten auf Geschenke abgeschminkt. Jedenfalls hatte am Dienstag, dem 3., bis zum Einfall der Dunkelheit kein Mensch an den Kalender gedacht, und falls doch einer es getan hatte, dann hatte er auch wieder vergessen, dass es gut wäre, wenn er mir ein Wörtchen sagte. Obwohl ich mitten im Sommer nicht zur Schule ging, keine Bonbons unter den Kollegen verteilte und die Klasse mir nicht »Hoch soll er leben« sang, und obwohl ich nicht erwarten konnte, dass mir in der Stadt jemand gratulierte, hatte ich doch gehofft, dass es zu Hause bei meinen Leuten anders wäre. Mutter hätte einen Schokotorte mit Sahne machen, Vater hätte zu seinem Schnaps auch eine große Flasche Saft kaufen können, und mein teurer Bruder, der nur von sich selbst eingenommen war, hätte anrufen können. Zu meinem Glück rief gegen halb zehn eine Tante an, eine Frau, an die ich kaum eine Erinnerung hatte und die das Leben nach Radautz verschlagen hatte. Erst jetzt schnallte auch Mutter, was los war, und begann zu weinen, umarmte, streichelte mich und ging nicht schlafen, sondern machte sich im Nachthemd dran, Pfannkuchen zu backen, die es dann mit Marmelade gab. Sie rüttelte auch an Vater und forderte ihn auf, mich zu küssen, er aber war schon auf dem Bett in der Küche eingeschlafen und brummte bloß.

Mit Emil war ich in den Wald gezogen, und er hatte mich, was selten vorkam, gebeten, Zuri nicht mitzunehmen. Manchmal kann man mit dem Hund halt nicht reden wie mit einem Menschen, also musste ich, nachdem ich ihn beschimpft und mit Steinen nach ihm geworfen hatte, hundert oder zweihundert Meter zurückgehen und ihn im Schuppen einsperren. Dann nahmen wir, am Sammelbecken und einer grün-weiß gestrichenen Schranke vorbei, einen Forstweg bergan auf den tiefen Reifenspuren der Maschinen, die mit ihren Greifzangen wie Riesenspinnen Baumstämme schleppten. Es waren alte, von Moos, Kletten und Brennnesseln überwucherte Spuren, am Hang zur Linken auf den von Baumstümpfen und Sprösslingen bestandenen Lichtungen gab es Himbeeren in Hülle und Fülle. Zwar hatte ich in letzter Zeit mehr als genug davon gegessen, ganze Handvoll davon in mich hineingeschaufelt, dennoch konnte ich nicht umhin, ein paar reife Beeren zu pflücken und sie zwischen Zunge und Gaumen zergehen zu lassen. So konnte ich zumindest zeitweise nicht weiterschwatzen und merkte, dass Emil, der immer rascher ausschritt, mir kaum zuhörte. Erzählt hatte ich ihm von einem Mafia-Film und davon, dass Tudi beim Fußball Pech gehabt und sich nach einem Sprung den Knöchel verstaucht hatte, von den pflanzlichen Salben der Frau Iulia, der Apothekerin, bei der Mutter putzte, von dem Riesenkarpfen, sechzehn Kilo schwer, den der Onkel Doru am Chilia-Arm des Donaudeltas geangelt hatte, und dass Dan, mein Bruder, davon träumte, auf einem Kreuzfahrtschiff zu arbeiten, auch von der Wettervorhersage, die ich im Radio gehört hatte, in der von Hitze, Regenschauern, in Böen auffrischendem Wind und elektrischer Aufladung der Atmosphäre die Rede war oder was der nichtssagenden Äußerungen sonst noch sein mochten, die doch alle darauf hinausliefen, dass Sommer halt Sommer ist. Jedenfalls hatte ich, das muss ich gestehen, geschwafelt, wie es im Buche steht, und obwohl mir nicht klar war, was Dreschen im übertragenen Sinn bedeutet, hatte ich wohl garbenweise leeres Stroh gedroschen. Die Sonne sank über dem Strîmba-Sattel hinab, sie brannte nicht mehr, aus dem Tal stieg die Kühle herauf, und Emil, der vorausging und schwieg, sei es weil er meine läppischen Geschichten satthatte oder weil er in Gedanken war, bog von dem mit Brennnesseln bewachsenen Forstweg ab und schlug einen schmalen Pfad ein, der sich kaum abzeichnete. Ich folgte ihm ohne zu zögern und ohne einen weiteren Mucks, wobei mir stets bewusst war, wo wir uns befanden, nicht bei jedem Schritt, aber beim Blick auf die Anhöhen ringsum. Wir gingen an einem zerklüfteten Bergkamm entlang, der längs der Wehre über der Ghindura ragte, allerdings nicht unten am Bach, sondern auf der anderen Seite, an dem von alten Bäumen bestandenen Südhang. Es ging nicht steil bergan, eher sanft schrägten wir den Hang, und in dem Licht vor Sonnenuntergang, da der Mittag längst seine Sachen gepackt hatte und verschwunden war, erspähte ich zwischen den Buchenstämmen in der Nähe eines morschen Baumstumpfes einen gelben Fleck. Ich bat Emil, eine Minute zu warten, hastete mit großen Schritten dorthin und raufte eine Handvoll Korallenpilze von der Größe eines üppigen Blumenkohls oder eines Igels aus dem Boden. Da ich keinen Rucksack trug, zog ich meine Windjacke aus, band die Ärmel zum Henkel zusammen und schritt aus, diese Pracht von einem Pilz im Sack, dazu mit einem Riesenappetit auf einen Salat mit Essig, Kümmel und Pfeffer. Ich meinte Emil lächeln zu sehen, kurz darauf fragte er auch unvermittelt, was denn dran sei an dem

Wunsch meines Bruders, auf einem Schiff zu arbeiten, und wieso wir beide uns vertragen hatten. Ich versuchte, nicht wieder um den heißen Brei und kein dummes Zeug zu reden, sondern auf den Punkt zu kommen, aber ich war längst wieder dabei, ihm Dans Wahnvorstellungen zu schildern, wie er als Barkeeper oder Kellner auf einem Luxuskreuzer das Paradies der tropischen Inseln bereiste, in den Ballnächten in tiefe Dekolettés und in den klaren Morgenstunden unter von der morgendlichen Brise emporgewehte Röcke blickte, sein Tablett mit Cocktails zwischen schlanken braungebrannten Körpern balancierte, die sich ohne Oberteil um einen Pool räkelten, alle Frauen um den Verstand brachte und nur mit denen schlief, die ihm gefielen, jede Nacht mit einer anderen. Als ich zum Ende kam, musste Emil sich vor lauter Lachen schon am Stamm einer Tanne abstützen. Er sagte, so wie er meinen Bruder kenne, ob nun mit nach hinten gegeltem Haar oder in Artillerieuniform, hätte er ihn niemals für einen feurigen Liebhaber gehalten, und das sei vielleicht der Grund, weshalb er hieß, wie er eben hieß und wie wir ihn zum Spaß nennen könnten: Dan Juan. Er sah auf die Uhr, mahnte zum Aufbruch, und auf dem verwilderten Pfad musste er sich auch meine zweite, aus meiner Sicht beschämende Antwort anhören, in der ich gestand, dass ich, nachdem ich Dans Stiefel mit Scheiße gefüllt und in sein Gel gepinkelt hatte, die Wut und die Launen des hohen Herrn hatte ertragen müssen, und das über Wochen, nachdem ich zunächst fünfundzwanzig Fußtritte mit der Stiefelspitze in den Hintern kassiert hatte, dass ich seine Unterhosen und Socken hatte waschen, seine T-Shirts bügeln, seine Schuhe putzen und ihm, selten, ganz selten, Luft mit einem Fächer aus frischen Farnblättern hatte zufächeln mussen. Zu den Strafmaßnahmen, die ich über mich hatte ergehen lassen, um Vergebung zu erlangen, hatte Emil nichts zu sagen, und als die Bäume und ihr Schatten sich lichteten, wandte er sich mir zu und bedeutete mir, den Zeigefinger auf den Lippen, ich solle schweigen. Wir traten auf eine Wiese hinaus und überquerten sie in aller Stille bis zur gegenüberliegenden Ecke, wo ein paar Baumstümpfe standen. Von da aus schienen die Bergkämme in ihrem rotglühenden Schein zum Greifen nahe. Schon wegen der Farben der Dämmerung kamen mir diese Augenblicke wie ein Geschenk vor, das Knecht Ruprecht aus seinem Sack oder eine Fee mit ihrem Stab hervorgezaubert hatte. Das war aber noch nicht alles. Was da kommen sollte, deutete sich noch gar nicht an. Emils großes Geheimnis, das er acht Monate für sich behalten hatte, war noch nicht gelüftet.

Ich wollte mich auf einen der Stümpfe setzen, wohl den kleinsten, er aber raunte mir zu, ich solle mich davor hüten, denn das sei der einzige, der von Ameisen wimmelte. Ich nahm den nächsten, dessen Holz fest war und nicht bröselte, an der Rinde erkannte ich, dass es der Stumpf eines Bergahorns war. Emil holte aus dem Tornister eine Thermosflasche mit Tee und gab mir den Becher, er selbst trank unmittelbar aus dem karierten Behältnis. Er setzte sich erst später, nachdem er seine Zigarette geraucht und die Berge betrachtet hatte. Wieder führte er den Finger an die Lippen, seine andere Hand schnitt kurz durch die Luft, damit klar war, dass ich stumm zu bleiben hatte, er räusperte sich leise, ohne auch nur zu hüsteln, dann stieß er einen merkwürdigen Schrei aus, in mehreren Tonlagen, die alle mal lang, mal kurz anklangen, laut, voller Wehmut, aber auch voller Entzücken, einen Schrei, der mich erst recht verstummen ließ, weit über das hinaus, was ich ihm versprochen hatte und was der Anstand gebot. Vor lauter erschrockenem Staunen hätte ich mich ins Gras fallen lassen und darin wälzen mögen. Ich ließ mich nicht fallen, ich wälzte mich nicht, und Emil klopfte mir auf die Schulter. Wieder und wieder sandte er den Schrei in die Stille rundum, bis er aus der Ferne, aus dem Innersten des Waldes und den Dünsten des Abends, eine gleichlautende Antwort bekam, eine Art Jauchzer mit einem Singsang aus herzzerreißendem Gram, Anklängen von Wehmut, dem Ruch der Einsamkeit und Freudentönen, dabei schien die Stimme, jenseits der Klänge und Gemütslagen, nicht von dieser Welt. So jedenfalls empfand ich das damals, der ich vor zwölf Jahren und sechs Tagen auf die Welt gekommen war. Alsbald schwebte durch die Schatten der Däm-

merung ein träger Vogel, wie ein Adler kreiste er mit weit gebreiteten
Schwingen einige Male über der Wiese, immer tiefer, bis er schließlich eine Buche zu seinem Sitz erkor. Emil ließ ihn nicht aus den Augen, er war sehr bleich, ständig änderte er den Klang und den Rhythmus jener merkwürdigen Schreie, die Eule wiederum starrte aus der
Blätterkrone auf ihn herab, reglos, den Kopf zur Seite geneigt, und
antwortete stets anders. Sie hatten sich gewiss wichtige Dinge zu sagen, von denen ich nichts verstand, ich saß da wie gelähmt, atemlos,
und wurde gewahr, wie auch die Gesichtszüge des Mannes neben mir
einen beredten Ausdruck annahmen. Mit einem Mal erhob sich
Emil, ging auf einen steinübersäten Erdhaufen zu, wühlte in seinem
Tornister, bückte sich und legte eine Blechbüchse auf den Boden. Er
öffnete den Deckel und entfernte sich. Ich sah eine verängstigte
Maus herausschlüpfen, deren letztes Stündlein geschlagen hatte. Als
dann die Flügel rauschten wie aufkommender Wind, erhob auch ich
mich von dem Baumstumpf, und wir gingen weiter unseres Weges.
Wir fanden uns auch nach Einbruch der Nacht gut zurecht, denn
Emil hatte eine Taschenlampe im Tornister.

* * *

Und dann kamen die Eulen, zu siebt flogen sie, wie ein kleiner
Schwarm, sacht durch das Zimmer, und das Zimmer weitete sich in
der Höhe und nach den Seiten, es war riesig, kaum dass ich in der
pechschwarzen Dunkelheit noch die Decke sah, auch die Gegen-
stände waren alle größer geworden, der Tisch sah aus wie eine Brücke auf Pfeilern, der Schrank war groß wie eine Scheune, die Truhe
hatte sich zu einem Haus ausgewachsen, die Stühle waren eine Art
Hochsitze und der Ofen erinnerte an einen grauen Granitfelsen. Es
kam mir nicht in den Sinn, auf die Uhr zu sehen, ich lag reglos da, an
Mutters warmen Rücken geschmiegt, den Kopf auf dem Kissen, die
Augen offen. Ich beobachtete die Vögel, hörte das Rauschen, folgte
ihrem Beispiel und schwieg still, denn in jener Nacht raunten sie mir,
obwohl sie so viel zu sagen gehabt hätten, nichts zu. Wie immer wa-

ren sie zartfühlend und fürsorglich, sahen mich an und hörten mir ihrerseits zu, sie müssen dabei einen unter der Bettdecke ausgestreckten schmächtigen Körper mit dem leicht rasselnden Atem eines erkälteten Kindes beobachtet haben, sie hatten mich nicht im Schlaf überrascht, denn ich war ja hellwach, schließlich gaben sie es auf, über dem Bett zu kreisen, und ließen sich nieder, wie es gerade kam: auf den Spitzen der Hochsitze, auf der Brücke, auf dem Haus, der Scheune oder dem Granitfelsen. In ihrer wachsamen Gesellschaft, mit dem Schneesturm, der an den Fensterläden rüttelte, und dem Ticken des Weckers fand auch ich in meinen Schlaf. Spät. Als letzte Regung, so entsinne ich mich, machte ich mir Sorgen um die Eulen auf dem Ofen und redete mir ein, die Kacheln seien schon etwas abgekühlt.

Zur selben Zeit muss geschehen sein, was just am anderen Ende des Dorfes geschah, am Mährenbruch, der Rîpa Iepii. Es ist ein böses Geheimnis, aber es waren viele, die im Heulen des Sturmes durch die pechschwarze Finsternis tappten, die einen machten Gebell aus, die anderen Tritte von Tieren des Waldes, alle vernahmen irgendwo, nicht zwischen den Schläfen, eher in der Brust und in der Vorstellung, Fetzen von Schreien, Stöhnen und Wehklagen, manche sahen tobende, geifernde Hunde mit gefletschten Zähnen und blutunterlaufenen Augen, andere dachten an niederträchtige Wölfe oder Teufel, alle wussten sie dann von dem blutgetränkten Schnee, dem zerrissenen Pelz, dem vom rechten Fuß gezerrten Stiefel, dem nackten, zerfleischten Arm, der bis auf den Knochen durchgebissenen Hüfte, von dem gekrümmt gefrorenen Leichnam und vor allem von jenem blau angelaufenen, entsetzten, zur Unkenntlichkeit entstellten Gesicht. Wie sie da auf dem weißen Feld unweit der Scheune lag, so hatte ihr Sohn, ihr einziger, die Lucica Rîmbete gefunden, etwa eine Stunde nach Tagesanbruch. Keineswegs fremd ist mir die Sonne, die hinter den Bergen aufging, denn an ihr hatte auch ich Teil auf der Veranda, wenn ich Holz holen ging, fremd ist mir auch nicht der Frost, habe ich ihn doch auf der eigenen Haut gespürt, ich stelle mir vor,

wie Lică mit seinen Soldatenstiefeln und der graubraunen Steppjacke auf den Höhen unterwegs war, über die der Wind den Schnee
gepeitscht hatte, auf gewundenem Pfad Löcher und Gräben mied,
um nicht bis zum Gürtel zu versinken. Ich vermute, er schritt aus wie
gewöhnlich, schnell, leicht wankend wie hochträchtige Katzen. Und
er rauchte, ganz bestimmt rauchte er, denn er war nicht einer, der
eine solche Strecke mit den Händen in den Taschen zurücklegte.
Nicht zu erraten vermag ich allerdings, was geschah, als er auf der
Spitze des Berges einen Zug an der Zigarette tat und das Häuflein im
Tal sah. Er muss dann nur noch kalte Luft und keinen Rauch mehr
geatmet haben, obgleich das eine aussah wie das andere, ich glaube,
er verharrte, bis die Zigarette herunterbrannte und die Glut ihm an
den Fingern leckte, dann näherte er sich zunächst langsam, schließlich rannte er, ohne die Verbrennung zu spüren, weil er befürchtete,
das Häuflein im Schnee könnte ein zusammengebrochener Mensch
sein, dann merkte er, dass der Mensch eine Frau, begriff, dass die Frau
seine eigene Mutter war, fand heraus, dass sie nicht zusammengebro-
chen war, sondern verkrümmt und tot dalag, nicht nur tot, sondern
von Zähnen zerrissen und zerfleischt. Vielleicht ist er in jenem Augenblick erstarrt. Vielleicht ist sein Herz, so kalt es auch war, geschmolzen in dem Feuer, das von seinen Fingern ausgegangen war,
und als dünner Saft auf die Stiefel getropft.

Klein, dürr und auf einem Ohr taub, so war nun mal die Țîntoaia,
und sie sagte, sie sei erst aus dem Haus getreten, als sie ein furchtbares Gebrüll wie das eines abgestochenen Stieres oder eines in ein
Fußeisen geratenen Hirsches hörte. Es spielt keine Rolle, ob das
stimmt oder ob sie, weil sie schon im Morgengrauen nach Schnaps
gierte, am Fenster gelauert und Lică hatte herunterkommen sehen
und, statt sich zu fragen, wieso er den steilen Hang derartig herunter-
raste, überlegt hatte, ein Gläschen von ihm zu schnorren. Wie auch
immer, sie machte sich auf, mit kleinen Schritten, keuchend und stockend, stützte sich einige Male auf ihren Birkenstock und rückte das
Kopftuch zurecht, erreichte die Anhöhe, unter der sich die Felder der

Familie Rîmbete erstreckten, konnte anfangs gar nichts ausmachen, weil die vom eisverkrusteten Schnee gespiegelte Sonne sie blendete, wischte sich dann mit dem Ärmel über Nase und Mundwinkel, erspähte den Obstgarten mit den Pflaumenbäumen, den Stall und den Schuppen, schielte hinüber zur Scheune und entdeckte daneben zwei schwarze Punkte wie zwei Maulwurfshügel. Abgesehen von dem, was sie bei der Beichte auch immer zum Herrgott und zu dem neuen Pfarrer gesagt haben mag, jedenfalls schwor die Țîntoaia, der Mann habe auf den Knien gelegen, nunmehr verstummt und ohne einen Blick für die Raben, die am Himmel kreisten. Merkwürdigerweise hatten Gujas Hunde nicht angeschlagen, weder bei Licäs Gebrüll noch bei ihren langgezogenen gellenden Schreien, mit denen die Leute zur Totenwache gerufen wurden. Als nun die Menschen zusammenkamen, die einen aus der Nähe, vom Mährenbruch, ein bis zwei Kilometer weit entfernt, andere Gott weiß woher, fehlten Aurel Guja und seine Frau, die nebenan am Waldrand wohnten. Sie schienen verreist oder vom Adventssturm verschlungen worden zu sein. Und ihre Hunde mit ihnen.

Wegen meiner Erkältung gingen weder ich noch Mutter zur Totenwache bei Lucica, und das war ein Fehler. In zwei Tagen bekam ich so viele Geschichten über ihr Aussehen zu hören, dass mein Kopf überquoll davon, heftiger noch, als wenn ich sie stundenlang betrachtet hätte. Wenngleich unser Haus abseits stand und Vater verhaftet worden war, fanden manche den Weg zu uns. Ghiță, der Junge, der uns die Milch brachte, nahm mich beiseite und sagte, er werde das Gewehr seines Bruders ausgraben und alle Tiere des Waldes totschießen, selbst die Dachse, die alte Vuica tuschelte mit Mutter auf der Ofenbank, bekreuzigte sich und spuckte aus, Maria, die erst eine Woche später mit etlichen Wollknäueln und einem Stück Seife hätte kommen sollen, verfluchte die Gendarmen, die sich bedeckt hielten, die alte Pfarrerin, die im Dorf geblieben war, nachdem Gott weiß welches Gefängnis den Pfarrer geschluckt hatte, meinte, die Leute redeten vor Angst nur dummes Zeug, und Stelea, der Kantor, schwieg mit Nachdruck, schüttete ein paar Tropfen von dem Schnaps, den Mutter ihm eingegossen hatte, auf den Fußboden, kippte das Glas, rieb sich unablässig die Hände und nagte mit den unteren Schneidezähnen beharrlich an den Spitzen seines Schnäuzers. Irgendwann seufzte er inbrünstig, vor Trauer, meinte ich, aber jetzt, da ich in der grauen Dämmerung, in der wir keine Lampe anzünden, um kein Gas zu verbrauchen, überlege, bin ich mir sicher, dass Mutter anderer Meinung war. Sie sagte ihm sogar, es sei spät und es wäre besser, wenn er ginge, solange er noch sehen könne, wo er hintrat. Am Morgen vor der Beerdigung erschien Ilie. Er stand in der Mitte des Hofes und rief nach mir, er wollte nicht hereinkommen und wartete unter den Eschen, an den dicksten Stamm gelehnt. Er holte aus der Manteltasche einen vom Frost verschrumpelten Apfel, und als er ihn mir reichte, zischte er durch die Zähne, der Aurel Guja habe die Hunde auf die Frau gehetzt, weil sie, eine Witwe, ihn seit dem Advent nicht mehr an sich heranließ. Und nicht mehr mit ihm in die Scheune oder ins Heu ging.

Licǎ sah ich auf dem Friedhof vor der Grube, die Mütze in der Hand. Er war ergraut. In nur zwei Tagen war sein kohlschwarzes Haar weiß geworden wie das der Greise.

* * *

Bis vor Kurzem hatte ich keine Ahnung von diesen Seiten gehabt. Und ich verstehe nicht, wieso. In all der Zeit hat Emil mir die Schrecknisse der Welt nie vorenthalten, sondern mich alles auskosten lassen, damit ich selbst erkenne, was sauer, süß oder bitter ist. Es mag allerdings sein, dass er ein Sieb im Brustkorb versteckt hielt, ein kleines wie für Tee, ein feines Geflecht, das die Dinge zu mir durchließ oder nicht. Dabei bedurfte das alles keiner Erklärung, es war einfach so: Dass eine Frau von Hunden totgebissen und zerfleischt worden war, die ein langjähriger Liebhaber auf sie gehetzt hatte, das war im Sieb hängengeblieben, das hatte nicht durch seine Maschen gepasst.

III

Im Flur war es warm, sehr warm, wenn man aber von draußen, aus
der Kälte kam, schlug einem, noch ehe man die Wärme spürte, erst
die abgestandene Luft entgegen. Am Eingang war meine Nase den
Augen und Ohren stets voraus, sie witterte jenes wabernde Gemisch
aus Wasser- und Chlordämpfen, mit Algengestank versetzt, einen
Geruch, den ich noch nie gerochen hatte und der nie verschwand.
Der Flur war hoch, hatte einen Mosaikfußboden, runde Wandlam-
pen und einen bräunlichen Fleck an der Decke. Niemals kam mir da
drinnen auch nur der Gedanke, dass der Geruch sich in den Putz gezogen haben musste, als Wahrzeichen des Ortes, dafür ging mir, ich
gestehe es, durch den Kopf, dass die Frau an der Kasse, eine Dicke
mit rotgefärbtem schütterem Kraushaar, die mitten im Winter
Hausschlappen und einen weißen Kittel trug, von diesen Laugen-
dünsten befallen war, sie auf ewig in den Poren ihrer Haut mit sich
herumschleppte und sie nicht loswerden würde, selbst wenn sie in
Flüssigseife baden, einen Liter Parfüm versprühen oder sich mit der
Scheuerbürste abschrubben würde. Das sagte ich auch den Jungs,
wohl bei unserem dritten, dem vorletzten Besuch im Schwimmbad
des Hotels Silvana, und Tudi raunte mir zu, er würde es schon pro-
bieren, ihre Titten, groß wie Melonen, ein bisschen mit Schmirgelpapier zu säubern. Eintrittskarten kauften wir keine, denn sie waren
teuer, und wir hatten eine ehrliche Abmachung mit dem Gevatter
Nelu Velescu, dem Heizer, einem Nachbarn von Nițuș, der bei der
Kassiererin ein gutes Wort für uns einlegte, sooft wir sein Auto
wuschen. Er hatte im Dezember einen Opel Astra gekauft, dunkelrot, siebzigtausend Kilometer gelaufen, und war besessen von dem

Wunsch, dass der spiegelblank war. Manchmal am Nachmittag, wenn es nicht schneite, rief er uns zusammen, stattete uns mit Lappen, Waschmitteln und eimerweise heißem Wasser, dazu einem kleinen Staubsauger und einem Scheibenspray aus. Er blieb an unserer Seite, gab uns gute Ratschläge und kontrollierte, wir aber machten uns, auch wenn es noch so kalt war, an die Arbeit, wir erfüllten ihm den Wunsch, damit der Mann seine Freude hatte und uns die Tore zum Schwimmbecken öffnete. Das Becken mit seinen himmelblauen Kacheln, Startblocks an jeder Bahn, fünfzig Meter lang und fünfundzwanzig breit, olympisches Maß, sah den Wasserlöchern an den Wehren oder den schäumenden Gumpen im Gebirge überhaupt nicht ähnlich, obzwar es so gut wie sicher direkt aus der Ghindura gespeist wurde. Keine Ahnung, was sie mit dem Wasser des Baches anstellten, wie sie es filterten, wie sie es verhexten, die ganze Hexerei aber ergab ein anderes Wasser, weder zu warm noch zu kalt, still und klar, ohne Felsen, Sand und faules Holz, ziemlich tief, ein irgendwie gezähmtes, abgerichtetes Wasser, das gute Manieren hatte. Um ehrlich zu sein, ich war nicht besonders scharf drauf, obwohl man Köpper springen oder mit den Füßen voran oder im Winkel Mehrfachsaltos oder Drehungen um die eigene Achse vollführen konnte, sich anspritzen, um die Wette schwimmen oder, wenn nicht viele Leute da waren, Fangen spielen und vor allem bei diesem von Sandu erfundenen und *Perle* getauften Herumgealbere mitmachen konnte, das, drunter taten wir's nicht, an die Schatzsuche im Ozean oder in der Südsee erinnerte und bei dem einer von uns einen Stein in hohem Bogen ins Becken warf und wir alle hineinsprangen, ihn zu suchen. Es gewann natürlich, wer ihn heraufholte, aber unten am Grund rangelten wir wie die Blöden oder eher wie die Blinden, denn weil die Augen so brannten, hielten wir alle sie die meiste Zeit geschlossen. Abgesehen von den Rippenstößen und sonstigen Prellungen, die wir uns bei der Rauferei unter Wasser holten, nahm das Chlor die Schärfe von rotem Paprika an, während Sandu nach Gutdünken immer noch einen draufsetzte, indem er einfach den Namen eines Halbedelsteins fallenließ, wenn schon keine anderen Geschichten um Kleinodien und Schätze mehr infrage kamen. Kurz, dieses Spiel machte uns heiß wie Welpen, die sich um einen armseligen Knochen balgen, außerdem gelang es immer, irgendjemanden zu ärgern, ob nun einen Aufseher oder eine schreckhafte Mutti oder einen Mann mit Bauch und Prinzipien. Schlimm war es, wenn die Dicke von der Kasse ihren Kontrollgang machte und drohte, wenn wir nicht aufhörten, dürften wir bis in alle Ewigkeit nicht mehr ins Schwimmbecken. Unter ihrem Gekeife wurden wir zu Engelchen, entweder setzten wir uns an den Heizkörper am Rand und spielten Macao und Doppelkopf, oder wir schwammen wie die Frösche, im Bruststil, brav hintereinander her. Wir waren dermaßen brav, dass wir selbst, hätten wir uns von Weitem sehen können, verblüfft gewesen wären. Was wir uns dabei zuflüsterten, zählte nicht, es hörte uns ja eh keiner. Im Januar und Februar war die Schule schon vor Mittag zu Ende, dann vertrödelten wir die Zeit zu Hause, ließen dem Winter seinen Lauf und gelangten immer erst bei Einbruch der Dunkelheit zum Schwimmbad, so um halb sechs, zu der Stunde, wenn man sich allerhand einbildet und die Pläne sich dem Siedepunkt nähern. Und in diesen begnadeten Momenten, während wir durchatmeten und ununterbrochen schwatzten, kamen wir auf die Idee mit der Sauna, die nach und nach Gestalt annahm. Entdeckt hatten wir sie schon am ersten Abend durch Zufall, wir gingen durch einen schwach beleuchteten Korridor zum Duschen, als sich seitlich eine Tür auftat und ein Gluthauch uns anwehte, als wären wir an einen Backofen geraten. In den zwei Sekunden, in denen ein kleiner Kerl herausschlüpfte, konnte ich drinnen ein paar Holzbänke mit Lehnen und durchscheinende Nebelschwaden wie Suppendünste ausmachen. In der Suppe schwammen, soviel ich sehen konnte, auch drei weiche fette Klöße in dunklen Badeanzügen. Marcelică wiederum hatte kurioserweise festgestellt, dass die Leiber auf den Bänken aussahen wie panierte, aber noch nicht gebratene Hackschnitzel, während Nițuș an Hühnerschenkel mit verrunzelter Haut auf dem Grill gedacht hatte. Jedenfalls warteten wir ab, bis die Frauen herauskamen, sahen ihnen nach, sie schienen etwas benommen, schlurften mit ihren Schlappen und seufzten hin und wieder, dann versicherten wir uns, dass sonst niemand durch den Korridor kam, und übertraten die Schwelle zur Suppenküche. Eine derart erstickende Lähmung habe ich mein Lebtag nicht erlebt, selbst in dem Gedränge im sommerlich erhitzten Bus war es kühl im Vergleich zu dieser brütenden Hitze, wir lümmelten uns hin, wie es grad kam, und ließen es halt über uns ergehen, eine Ewigkeit oder fünf Minuten, ich weiß es nicht, dann suchten wir das Weite und sprangen ins Becken, nicht auf der Suche nach irgendeiner Perle, sondern nach Erlösung. Als wir dann zum Gehen bereit waren, uns eingemummelt und die Mützen über die Ohren gezogen hatten, merkte Gabi plötzlich, dass er kein Handtuch mehr hatte, und ging zurück, es zu suchen. Wir warteten draußen auf den Stufen, stritten herum, ob schon Vollmond war oder noch nicht, da kam er mit einem schiefen Grinsen im Gesicht und der Nachricht, dass die Dicke mit den Hausschuhen und dem Kittel, überzeugt, dass sie allein war, gerade die Sauna betreten hatte. Wir lachten sechsstimmig im Chor, ergingen uns in allerhand Vorstellungen, wie ihr Po in den Dämpfen schmorte und schmolz, dann aber, an diesem ersten Abend, ließen wir es dabei bewenden, schließlich und endlich war sie ja unsere Wohltäterin und es gehörte sich nicht, dass wir unanständig über sie redeten. Später dann sah die Sache anders aus. Sieben Wochen sind ein Haufen Zeit, ein Riesenhaufen, und in dieser Zeit wuschen wir das Auto vom Gevatter Nelu Velescu noch dreimal, obwohl es zwischendurch geschneit, gestürmt und gefroren hatte, wir schleimten uns ein bei dem tüchtigen Handwerker, der so eine mordsmäßige Wärmezentrale im Griff hatte, suchten ihm so viel zu entlocken wie irgend möglich, wie denn diese Riesenmaschinerie in Gang gesetzt und unter Druck gehalten wird, wie die Leitungen im Hotel zu entlüften sind, wie man das Wasser im Schwimmbecken auf 27 Grad hält und was all der langweiligen Dinge noch sein mochten, die der Mann gelangweilt herunterleierte,

77

aber unter all den läppischen Einzelheiten und Erklärungen kriegten wir auch spitz, was wir spitzkriegen wollten, wieso nämlich die Dicke eine Schwäche für ihn hatte und wie die Sauna aufgeheizt wurde, als sei es der Kessel einer Dampflok. Zum einen wurden wir maßlos enttäuscht: Die Kartenverkäuferin mit ihren rotgefärbten Dauerwellen war nicht die Geliebte des Heizers, sondern eine verheiratete Kusine, die im Blockviertel wohnte. Zum anderen jedoch landeten wir einen Volltreffer, das war eine ganz heiße Sache, und heiße Sachen taten jetzt im Februar, wenn in der Stadt die ärgsten Fröste herrschten, besonders gut. Wir wussten, dass es in dem kleinen Raum, wo die Leute schwitzten wie im Höllenschlund, in einer Ecke eine kantige Konstruktion von der Größe eines Fasses gab, hatten jedoch nicht geahnt, dass in den Wänden glühende Spiraldrähte mit der Heizkraft von Buchenscheiten eingelassen waren. Und diese Spiralen, sagte der Gevatter Nelu, brachten die Steine so zum Glühen, als wären sie stundenlang im Ofen erhitzt worden. Das Wasser, das man mit der Schöpfkelle darübergoss, verdampfte sofort und wurde zu blassem, feuchtwarmem Nebel, der ganz anders war als die Dünste, die aus den Tälern und Klüften stiegen und die Berge verhüllten. Wenn man etwas lernt, ist ganz wichtig, dass man es bis ins Letzte lernt, in allen Abstufungen und Einzelheiten, sonst ist es bald nur noch einen Dreck wert. Uns aber war, obwohl wir bei jedem Besuch im Schwimmbad verstohlen zur Herrin jenes Ortes hinüberschielten, damit wir sie nicht unvermittelt gegen uns aufbrachten, obwohl wir eine Menge Vorwürfe und Schikanen schluckten, erst recht eine Kleinigkeit entgangen, dass nämlich genauso, wie das Glück aus trockener Erde oder ödem Stein sprießt, auch das Pech aus einem fast leeren Schwimmbecken, genauer von der den Fenstern gegenüberliegenden Seite hervorschießen kann. Der Februar ging zu Ende, am Vortag hatten wir den dunkelroten Opel zum vierten Mal gewaschen, wir spielten *Perle* wie immer, balgten uns wie die Narren um einen kleinen Kieselstein, machten unserem Ärger auch mit saftigen Flüchen Luft, als plötzlich ein Nieselregen wie im Herbst einsetzte, obwohl kein Loch im Dach war. Eine Matrone um die vierzig, dunkelhaarig und mit rotlackierten Fingernägeln, stand einen Meter von uns entfernt am Rand, sie hatte die eine Hand in die Hüfte gestemmt und reckte die andere empor, wobei sie mit wedelndem Zeigefinger den Regen dirigierte, einen trostlosen Regen, dessen Tropfen uns zu verstehen gaben, dass sie gekommen war, um zu entspannen, nicht um ihren Blutdruck in die Höhe zu treiben, dass sie uns gesagt habe, wir sollten aufhören, wir aber nicht aufgehört hatten, dass wir sie ganz schwindlig gemacht und ihr den Spaß verdorben hatten, worauf sie sich umdrehte, als wollte sie die Wolken zerteilen, und zur Kasse ging. Das war umso schlimmer, als die Brünette nicht irgendeine Brünette war, sondern eine Erzieherin in einem Kindergarten, und nicht irgendeine Erzieherin, sondern die der mittleren Gruppe des Kindergartens im Blockviertel. Und in die mittlere Gruppe jenes Kindergartens in dem öden Blockviertel ging der kleine Sohn der Dicken im weißen Kittel. Das war's dann aber auch mit dieser Geschichte. Barsch und mit verzerrten Zügen, die das Herz eines Feldwebels offenbarten, befahl die Dicke, wir sollten uns anziehen, und schwor dabei, wir kämen da nie wieder rein, selbst wenn sie von der Straßenbahn überfahren würde. Bei uns in der Stadt gab es keinerlei Schienen, Remisen, Waggons und Schaffner, aber das zählte kaum, wir schlichen zur Umkleide, still, mit gesenkten Köpfen, als ginge es zum Schafott oder in den Krieg, erkundigten uns erst mal nach der Uhrzeit, darauf sagte uns ein älterer Herr, es sei Viertel vor acht, also kurz vor der Sperrstunde, wir gingen unter die Dusche und seiften uns ausführlich ein, spülten nach und trockneten uns sorgfältig ab, mit jeder Socke und jedem Trikot suchten wir Zeit zu schinden und horchten darauf, was sich im Eingangsbereich tat, Gabi stahl sich wie ein Schatten in die Sauna und holte die größere Kelle, um die zwei Liter, die pinkelten wir voll, und Gabi brachte sie zurück und stellte sie zwischen dem Wassereimer und jener eckigen Konstruktion von der Größe eines Fasses ab, in deren Wänden die glühenden Spiraldrähte eingelassen waren. Nun denn, im Winter trägt der

Mensch ja allerhand Pullover, es braucht seine Zeit, bis er sie aus-
schüttelt, von Flusen reinigt, sie zurechtlegt, die Vorderseite nach
vorn und die Hinterseite nach hinten, wir zogen uns weiterhin in
aller Ruhe an, wir hatten ja keinen Grund zur Eile, bis die Tür zur
Sauna knarrte. Es war die Brünette mit den roten Fingernägeln, die
gekommen war, sich zu entspannen. Eine Weile herrschte sirrende
Stille, die ihre eigene Sprache zu sprechen schien, dann drangen ein
spitzer Schrei und Gepolter zu uns herüber. Weiße Badelatschen
schlappten über den Korridor, die Tür knarrte erneut, und dann ergoss sich eine wahre Sintflut, obwohl das Dach noch immer kein
Loch hatte. Die Dicke ließ es blitzen und donnern, vielleicht hätte
sie sogar Hagel geschafft, und unter all den gewittrigen Böen stank es
ganz fürchterlich nach Pisse. Unser aller Pisse.

Unweigerlich nahte dann der Monat März, wenngleich ich mich
einen feuchten Kehricht um den ersten und den achten scherte, an
denen die Mädchen und die Lehrerinnen sich aufbrezelten wie für
einen Ball, befallen von einer merkwürdigen Grippe, zwar ohne
Schnupfen, Husten oder Halsweh, dafür mit einem verheerenden
Fieber. In der Schule wurden massenweise Märzchen angeschleppt,
ich bin sicher, alle zusammen hätten kaum in zehn Koffer hineingepasst, während die Blumen, Hunderte von Sträußen, einen ganzen
Lkw ausgefüllt hätten. Am frühen Morgen schon gab es einen
Schwall von Umarmungen, Küsschen und Lächelattacken zu sehen,
allesamt vollzogen in heller Aufregung, zu vernehmen war allenthal-
ben: Ach wie süß, welch eine Überraschung, wie nett, wie schön und
andere Süßholzraspeleien, man sah, wie die Schreckschrauben aus
dem Lehrerzimmer mit tortengleich aufgetürmten Frisuren gütig taten und wie sich die Streber und Schleimer ranschmissen wie Puder-
zucker oder Sahne, sodass ich vor dem Mittag, wenn wir gottlob
nach Hause gingen, ums Verrecken keinen Kuchen angerührt hätte,
obwohl ich ihn so gern mochte. Ein einziges Mal wäre auch ich zum
Internationalen Frauentag beinahe mit Rosen angerückt, Mutter
hatte mich dazu gezwungen, weil ihr zu Ohren gekommen war, dass

ich in Mathe in der Luft hing, und wahrscheinlich hoffte, dass die Anzahl der Stiele, fünf, der Gebescu den Gedanken an eine rettende Mittelnote nahelegen würde. Das geschah allerdings später, nicht unmittelbar nach dem Ende des Abenteuers im Schwimmbad, erst 2002, da war ich schon in der Sieben. Jedenfalls nahmen die Rosen nicht den von Mutter geplanten Weg zur Schule, sie kamen nur etwa hundert Meter weit bis zur ersten Ecke, dann strandeten sie mitsamt Schleife und Zellophan in einer Mülltonne, und ich rannte zur Bushaltestelle. Der Brauch, den Schulkameradinnen Märzchen zu schenken, fand ich bescheuert, zumal ich merkte, wie die Mädel buchhalterische Anwandlungen kriegten, die Trophäen verzeichneten und die Beute maßen, wie eine der anderen Brei um den Mund schmierte, wobei sie sich lieb hatten wie Salz in den Augen, wie sie sich allerhand bemalte Federn, blecherne Schmetterlinge und Schneeglöckchen und sonst was an die Brust steckten, nicht weil sie scharf drauf waren, sondern um irgendeinem Jungen verschlüsselte Signale zu senden, etwa: Schau, ich trage, was du mir gebracht hast, nur das zählt für mich. Ich für meinen Teil habe gewiss nie die Absicht gehabt, jemandem ein Märzchen zu geben, obwohl es mir, ich geb's ja zu, reizvoll erschien, die weiß-rot geflochtenen Schnüre an die Brüste der Mädchen zu heften, sorgfältig Knoten zu schürzen und Schleifchen zu binden. Um ehrlich zu sein, den Gedanken hatten mir nicht die Farben von Dinamo, meiner Leib- und Magenmannschaft, eingegeben, vielmehr hatte ich ihn bei Tudi geklaut, der wie schon im Schwimmbad, als er die Titten der Dicken mit Schmirgelpapier hatte reinigen wollen, sich wünschte, möglichst viele, Dutzende von Märzchen an den Blusen und Blazern der Lehrerinnen anzubringen, vor allem bei der Biologielehrerin, Fräulein Manea, einem seltenen Phänomen in Sachen Vollbusigkeit. Klar, aus jenen Träumen zum ersten März wurde nie was, immerhin war es aber ganz interessant, davon zu träumen. Ansonsten war mir unbegreiflich, wie jedes Jahr dieser Frühlingsrausch aufkam, wieso man uns mit Gedichten, Liedchen, Aufsätzen und anderen Spinnereien in den Ohren lag, wobei das Märzchen zum Boten der neuen Jahreszeit ernannt wurde, während in der Stadt am Fuß der Berge noch Winter herrschte, wie er im Buche stand. Draußen schneite es immer weiter, das Quecksilber der Thermometer schaffte es selten über null, die weißen Gebirgskämme leuchteten wie das arktische Eis, die Tagundnachtgleiche stand noch nicht vor der Tür, in der Schule aber war von Krokussen und Veilchen, dem sonnigen Antlitz der Mutter, frisch umgegrabener Erde im Garten, Käfergesumm und auf der Wiese umhertollenden Lämmern die Rede. Nun, einige Lehrer waren wirklich mit diesem Leierkasten unterwegs und drehten an der Kurbel wie verrückt, aber das war nicht mein Ding. Ich wartete in jenem Jahr 2001 ab, bis es richtig Frühling wurde, dann schritt ich zur Tat. Unter anderem ließ ich mir Anfang April, als der Schnee matschig wurde, dass Gott erbarm, und erstes Grün zu sprießen begann, eine Freilichtvorstellung einfallen, die ohne Licht und Ton, ohne Tricks, ja sogar ohne Worte auskam, eine Art stummes Theater. Wie jede Vorstellung brauchte auch die meine Zuschauer, also machte ich mich mit Sandu und Niţuş, den einzigen, die für eine solche Rolle infrage kamen, an die harte Arbeit, die Kunde zu streuen; diskret, von Mensch zu Mensch, kündigten wir eine Geheimvorstellung an, mit allerhand Risiken und ohne halbe Sachen. Obwohl die anderen Jungs ihre Teilnahme verweigert hatten, halfen sie mit, machten zuerst in ihren Klassen, auf dem Korridor und auf den Klos unter den Rauchern Werbung, dann kümmerten sie sich um den Kartenverkauf und vergraulten die Neugierigen, die gratis zugucken wollten. Die bildeten sich wohl ein, sie könnten sich mit derlei Kleinigkeiten, bei denen sie nur ein bisschen mit den Armen rudern mussten, von der Verachtung, mit der wir als Schausteller sie straften, loskaufen und ihre fadenscheinigen Ausreden vergessen machen. Tudi etwa berief sich auf Zahnschmerzen, die nicht einmal mit Algocalmin weggingen, Marcelică jammerte, Chemie dürfe er nicht schwänzen, weil er dann auch im zweiten Trimester keine Versetzungsnote schaffen würde, und Gabi brabbelte etwas von seiner neuen Lee-Jeans. Am

Tag der Premiere, einem Mittwoch, spielte das Wetter richtig verrückt, mal kam die Sonne heraus und schien so anheimelnd, dass man fast eingedöst wäre, dann wieder zogen die Wolken auf, es wurde so feucht und kalt, dass man sich nach der Steppjacke sehnte. Als Regisseur und Drehbuchautor war mir die Witterung egal, weil ich meinte, sie könne die Aufführung nicht beeinträchtigen, als Produzent wiederum, muss ich gestehen, erschien sie mir wesentlich. Es war ja nicht dasselbe, ob der Himmel in der großen Pause aufklarte und der Hof voll war oder es ein wenig nieselte oder gar herunterprasselte, dass es eine Art hatte, mit Sturmböen und Schneeschauern. Gar nicht zu reden davon, dass der Schneeregen im April in seinem Element war und aufkam, wie es ihm grad passte. Geduldig wartete ich ab, dass die Geografie- und die Rumänischstunde verging, aber ich allein weiß, wie jenes Warten schmeckte, nämlich verdammt angekokelt, nichts reizte mich, weder das Spiel X und O oder das Galgenmännchen, auch nicht Beobachtungen, wie die Mädchen sich noch kämmten, noch irgendwas zu zeichnen, oder eine der schlaftrunkenen Fliegen zu fangen, die nach langem Überwintern zum Leben zurückkehrten. Meine Gedanken waren ständig bei dem eingeübten Stück, wie es laufen und wie das Publikum sich sammeln würde. Endlich, als die Klingel auf dem Gang zum zweiten Mal rasselte und Sandu und Niţuş fragend zu mir herüberschielten, senkte ich einmal kurz die Augenlider, es war wie der Befehl zum Angriff. Wir schossen durch die Tür, rannten zur Treppe und polterten die Stufen hinab, ohne das Geländer auch nur zu berühren, fegten quer über den Handball- und Basketballplatz bis zu den Sträuchern an der Straße, fanden auch gleich das Loch im Zaun, schlüpften hindurch und hielten auf die Brücke zu, wo wir die Bühne und die Zuschauerränge improvisiert hatten. Glücklicherweise hatte ich kein kompliziertes Bühnenbild vorgesehen und wir mussten keine der zwanzig Pausenminuten auf Vorbereitungen verschwenden. Vorhang gab's keinen, die Kostüme waren die Kleider, die wir an dem Tag trugen, Schminke hatten wir nicht nötig, und die Kulisse war vielfältig wie das Leben, jenseits der Brücke gab es ein paar Häuser zu sehen, einen parkenden Lkw und einen Kran, hie und da alte Tannen, die sich zwischen den Hausdächern wiegten, dahinter die Wälder am Fuß der Berge, grau und kahl, und im Hintergrund die aufragenden Berggipfel, von denen der Winter sich noch nicht verabschiedet hatte. Auf dem Fuß folgten uns, wie eine Meute, die Zuschauer aus den Klassen fünf bis acht, sie nahmen einen steilen Pfad durch das zugemüllte Gebüsch zum Ufer hinab. Jeder zahlte tausend Lei, nicht die Welt, aber auch kein Pappenstiel, dann nahmen sie die Logen ein, das waren kleine Vorsprünge mit rutschigem, weichem Boden oder Geröll, alle mit vollkommen freier Sicht auf die Bühne. Die Bühne war selbstverständlich die Brücke, genauer die handbreite steinerne Brüstung, auf die wir zu steigen versprochen hatten, um unsere Rollen zu interpretieren. Zu unserem kleinen Glück verzogen sich die bedrohlich daherjagenden Wolken, als hätten auch sie Pause, wohlig wärmende Strahlen umfingen uns und machten uns Mut, Nițuș und ich streiften unsere Pullover ab, Sandu verzichtete auf seine Trainingsjacke, ohne zu zögern kletterten wir auf die Brüstung, verneigten uns vor dem Publikum, was uns ersten Beifall einbrachte, reichten uns die Hände, ich in der Mitte, richteten den Blick nach vorn, in die Zukunft und auf die kahlen Gipfel jenseits des Tales, federten leicht in den Knien, alle zugleich, reckten die Arme in die Höhe und sprangen ab. Irgendwie war's das dann auch. Den Einnahmen nach zu urteilen müssen sechsundfünfzig Leute drei Körper gesehen haben, die steif wie Bretter auf die trübe gurgelnden Strudel des von der Schneeschmelze angeschwollenen Flusses zuschossen. Dann sahen sie nichts mehr. Ich vermute, es war das kürzeste Theaterstück der Welt, und vom Handlungsverlauf und dem Höhepunkt, dem Fall, sind mir eine Art kollektiver Seufzer und darüber hinweg die Schreie einiger Mädchen in Erinnerung geblieben. Ebenfalls aus jener Sekunde, in der wir, dem Gesetz der Schwerkraft folgend, die viereinhalb Meter zurücklegten, ist mir ein großer Vogel im Gedächtnis geblieben, ein schwarzer Punkt im Blau des Himmels. Ich tauchte ein mit der Frage, ob es ein Rabe, ein Habicht oder eine Eule gewesen war, Antwort fand ich keine, die Flut schluckte mich und schwemmte mir die Frage aus dem Kopf, ich stieß mit den Füßen auf steinigen Grund, der Aufprall wirbelte mich herum, ich schlug einen Purzelbaum, stieß in der dichten Finsternis gegen etwas, das sich ebenso überschlug wie ich, es schien kein Baumstamm zu sein, eher Sandu, der nach Perlen suchte oder, warum auch nicht, nach dem Wrack eines portugiesischen Schiffes tauchte, das, strotzend vor Schätzen, im Flussbett der Ghindura lag. Die Strömung spülte uns weit unterhalb der Brücke an Land, die Zuschauer hatten die Logen verlassen, standen aufgereiht am Ufer und suchten zu ergründen, ob wir noch lebten, der Beifall und die Ovationen summten mir in den Ohren, ich zitterte wie Espenlaub und hatte böse Schmerzen in einem Fußgelenk, dem rechten, konnte, verwirrt, wie ich war, kaum aufstehen, und derart durchnässt, das Klappern meiner Zähne im Ohr, dachte ich an die Sauna im Hotel Silvana und die heißen Dämpfe dort wie an das Himmelreich auf Erden.

In die Sauna kamen wir nicht, wie denn auch, dafür ins Klassenzimmer auf der Etage, nachdem Gabi uns die Pullover und das Geld gebracht hatte. In meinem trockenen dunkelblauen Pulli mit Edelweißmuster auf der Brust kam ich halbwegs zu mir, obwohl sich die Wolken wieder zusammenzogen und es zu regnen begann. Noch bevor Marcelică zur Chemiestunde in die Schule rannte, steckte er mir, Raluca habe, als ich sprang, beide Hände vors Gesicht geschlagen und meinen Namen gerufen. Ich glaubte ihm nicht, zumal Tudi, dem solche Feinheiten nie verborgen blieben, keinen Ton sagte. Das Klassenzimmer war, wie wir es erhofft hatten, leer, weil die Klassenkameraden alle zum Sportsaal gegangen waren. Ich will nicht lügen, aber irgendwie empfand ich jetzt jenen Unterrichtsstoff mit dem lächerlichen Namen Leibesübungen als Segen und verschrieb uns eine Art Wiederherstellung, Ruhe und Rekonvaleszenz. In erster Linie mussten wir aus dem runzligen Zustand eingelegter Tomatenpaprika herausfinden, also streiften wir in aller Ruhe unsere Kleider ab, wrangen sie aus und breiteten sie über die Heizkörper, sodann beschlossen wir, in Unterhosen auf dem Parkett zwischen den Bänken herumlatschend, dass der Hunger uns nicht mehr umlauern sollte, sondern wir ihm offen im Felde begegnen wollten, mit aufgepflanztem Bajonett. Infolgedessen nahmen wir uns jedes Pult, jede Tragetasche und jeden Rucksack vor, legten alle Jausenpäckchen, die die große Pause überstanden hatten, auf dem Katheder zusammen, pulten sie aus den Servietten und Tüten und breiteten sie in schöner Rangfolge zu einem königlichen Picknick aus. Ich entsinne mich, dass wir im Türkensitz auf dem Katheder hockten wie auf der grünen Wiese, zunächst Eier aneinanderstießen, obwohl noch die Fastenzeit vor Ostern galt, dann zu Käse, Schinken und Wurst übergingen, das einzige Schnitzel, dessen wir habhaft geworden waren, dreiteilten und schließlich zum Dessert ein paar Kuchenschnitten und Äpfel genossen. Wie bei einer Vesper auf freiem Feld üblich, verzichteten wir auf Besteck und achteten nicht besonders auf Reinlichkeit, sondern griffen mit beiden Händen zu, schmatzten nach Herzenslust, warfen Papier, Schalen und Schwarten wahllos umher, verschmierten, aus Unachtsamkeit, den Lehrerstuhl mit Butter und Mayonnaise, und wenn uns an etwas mangelte, dann nur an Senf. Gerade als wir durchatmeten und Durst verspürten, ging mit einem Mal die Tür auf, und wir erstarrten allesamt. Auf der Schwelle stand, starr vor Staunen und blitzenden Auges, unsere Klassenlehrerin Madame Pitulescu, an ihrer Seite wankte mit schiefer Mütze und trübem Blick mein Vater. Nach einem Zwischenspiel giftigen Schweigens zeigte die Pitulescu auf mich und machte sich daran, ihm die Lage zu schildern, als hätte sie es mit einem Kurzsichtigen zu tun, der wer weiß wie viele Dioptrien nötig und seine Brille vergessen hatte. Sie sagte ihm, ich sei in der Unterhose und habe mich auf dem Katheder hingeflätzt, als sei ich im Waschraum und nicht in der Schule, ich sei ein Taugenichts, wie ihr noch keiner untergekommen sei, sie habe diese Schurken und Halunken satt, hätte ich doch, man stelle sich vor, sogar die belegten Brote der Kollegen geklaut und mich vollgefressen, als ließe er mich zu Hause hungern. Dann hielt sie einen Augenblick inne, drehte sich um und fragte Vater, ob er mir überhaupt jemals irgendwas zu essen gebe. Vater lehnte am Türstock, so wankte er etwas weniger und schaffte es, die Mütze zu ziehen, sich zu verneigen und ihre Hand zu küssen und, indem er sich aufrichtete, zu sagen: Jaaaa, gnääää Frau, zu essen geb' ich ihm ständig, hätt' ich doch lieber ein Schwein gefüttert!

* * *

Schon aufgrund meiner Gepflogenheiten als Ingenieur, ein Mensch, der ein Leben lang um die Gunst der Geometrie gebuhlt hat, würde ich sagen, dass mein Urgroßvater, mein Großvater, mein Vater und ich, vereinzelte Punkte in einer Unmenge von Punkten, gewiss auf ein und derselben Geraden liegen, verbindet uns doch die kürzestmögliche Linie, jene des Blutes. Wollte ich astronomischen Spielchen frönen, wozu ich hin und wieder neige, würde ich sogar sagen, dass wir vier, verlorene Sterne am weiten Himmelszelt, uns neben unzähligen anderen, älteren und ferneren, bekannten oder unbekannten Sternen mit Sicherheit auf einer Linie befinden, die keinen Anfang hat, ein Ende wohl schon. Aber das alles ist dummes Geschwätz. Gefasel. Niemals habe ich dick auftragen wollen, weder Butter noch Marmelade, ich habe die Dinge an und für sich betrachtet und so genommen, wie sie sind, wie sie waren, allerhöchstens und höchst selten habe ich zu erraten versucht, was sich hinter ihnen verbirgt.

Noch bevor ich aber vierzehn wurde, im Herbst '54, fand ich heraus, dass die Gerade nicht gerade ist, die Linie keine Linie, dass diese männliche Abkommenschaft im Zickzack verläuft wie auf jenen Schaubildern, die Großmutter, den Bleistift in der einen, das Thermometer in der anderen Hand, zeichnete, wenn jemand in der Familie Fieber hatte. Damals, in jenem Herbst, kehrten Vater und Großvater nach Hause zurück. Nicht zugleich. Nicht auf gleiche Weise. Da gab es unzählige Unterschiede in ihrer Erscheinung, ihrem Auftreten, ihrem Schicksal, nichts von alledem hätte mich aber stutzig gemacht, wenn nicht etwas Wirres, Farb- und Formloses, Geruchloses in der Luft gelegen hätte. Vater kam im September, kahlgeschoren, braungebrannt, sehnig und mit Muskeln bepackt, wie ich sie noch nie gesehen hatte, während Großvater im November kam, abgehärmt, bleich, mit einem trockenen Husten und wirrem Haarschopf. Als sie, im Abstand von zwei Monaten, zur Tür hereinkamen, erkannte ich sie fast nicht wieder. Vater deshalb nicht, weil er kahlgeschoren war und zu Boden starrte, Großvater, seit dessen Verhaftung dreihundertachtunddreißig Tage vergangen waren und nicht eintausendfünfhundertsiebenundzwanzig, deshalb nicht, weil er aussah wie ein Schatten desjenigen, der gegangen war. Ich weiß nicht, was los war in meinem Kinderkopf, aber da mir Vaters Bild unter den beiden Eschen, wo ihn die Männer mit Pistolen in den schwarzen Pobeda bugsiert hatten, mitsamt den hoch in den Bergen blinkenden kleinen Schneefeldern so gegenwärtig war, hatte ich erwartet, dass er noch eine zerschlagene Lippe hatte, die Unterlippe. Die hatte er nicht mehr. Merkwürdigerweise war Vater, obwohl er mit eisernen Armen, gestählter Brust und geheilter Lippe aus dem Gefängnis kam, bedrückt und ständig in Gedanken, während Großvater, spindeldürr und geschüttelt von einem Husten, den er sich dort geholt hatte, die Lebhaftigkeit von ehemals an den Tag legte. Wir wohnten jetzt zusammen, was mir, ich schwör's, wie ein Geschenk des Himmels, wie ein Wunder erschien, wenngleich Großmutter und Tante Marieta, während sie im Vorzimmer zusammen kochten, mit gedämpfter Stimme die Nationalisierung verfluchten und dem Haus am Park Cişmigiu, dem Gutshof in Cernica, dem Geschäft an der Calea Victoriei und der Reitstute Stela nachtrauerten, die nicht mehr gesattelt werden konnte, weil sie zu Wurst verarbeitet worden war. Überdies hatte der Volksrat dafür gesorgt, dass uns in dieser Wohnung eines ehemaligen Gymnasiallehrers nur zwei Räume, das Schlaf- und das Arbeitszimmer, zur Verfügung standen, während der dritte, das Esszimmer, von sechs Mietern, Studenten der Wirt-

schaftswissenschaften, bewohnt wurde. Und das war gut so. Sehr gut
sogar. Ich war nie allein, ich schlief mit Vater und Mutter im Bett,
und weil sie mich nicht in ein anderes Zimmer schicken oder in den
Kleiderschank sperren konnten, bekam ich alle Auseinandersetzun-
gen, Szenen, Heimlichkeiten und Aufregungen der Familie mit. Was
scherte es mich schon, dass die große Küche mit dem Kastanien-
baum vor dem Fenster den Studenten zustand und dass ein paar von
denen im gemeinschaftlich genutzten Badezimmer mit den Schuhen
auf den Klodeckel stiegen. Wir waren alle zusammen, ich, Mutter,
Vater, Großvater und Tante Marieta, zudem kamen manchmal, da
habe ich keine Zweifel, mit einigem Geräusch verbunden, Lili und
Urgroßvater zu Besuch. Nur lag, ich wiederhole, inmitten der Dinge
und der Familie etwas Wirres, Farb- und Formloses, Geruchloses in
der Luft. Vater, der in vier Jahren und zwei Monaten nicht vor Ge-
richt gestellt und nicht verurteilt worden war, weigerte sich, die Gefängnisse, durch die er gezerrt worden war, beim Namen zu nennen,
als wären diese Namen von Städten, Dörfern und Ödnissen von der
Pest verseucht und er hätte, wenn er sie aussprach, die Seuche zum
Leben erweckt und über uns gebracht. In meiner Gegenwart jedenfalls verlor er an keinem Abend, an keinem Morgen, zu keiner Stunde des Tages oder der Nacht auch nur ein Wort über das, was er erlebt hatte hinter Gittern und Stacheldrahtzäunen, dicken Mauern
und verriegelten Türen, am Absatz der Treppen zu den Kellerräu-
men. Für ihn war dieser Zeitabschnitt stumm, und diese Stummheit
durchlitt er, glaube ich, in gewissen Momenten, wenn sich sein Gesicht verfinsterte und sein Körper mit gekrümmten Schultern, ge-
senktem Haupt und zwischen die Knie geklemmten Händen vorn-
übersank. Dann verdüsterten sich seine Augen, und er wankte leicht.
Etliche Male kam es vor, dass ich, ein Heft oder ein Lehrbuch auf
dem Tisch, an meinen Hausaufgaben saß, ihm ganz einfache, beiläu-
fige Fragen stellte und keinerlei Antwort erhielt. Sooft Mutter in der
Nähe war, sah sie mich bittend an und legte den Finger an die Lippen zum Zeichen, ich sollte besser schweigen. Im Übrigen hat Vater

mir ein einziges Mal Einblick gewährt in das, was seine Gefängnisse bedeuteten, allerdings nicht unmittelbar nach der Entlassung, sondern erst im Frühjahr darauf, etwa Mitte Mai. Da unsere Küche den Wirtschaftsstudenten zugeteilt worden und unser Vorzimmer keine drei Quadratmeter groß war, hatte er sich an den Bau einer neuen Küche unmittelbar neben der Eingangstür gemacht. Gern ging ich ihm zur Hand, gewöhnlich arbeiteten wir am Nachmittag und am Abend, wenn die Sonne mild schien und erst spät unterging. Aufgrund unserer hergebrachten Markenzeichen, des seinen als Geschichtslehrer am Lyzeum Cantemir Vodă und dann als Grundschullehrer auf dem Dorf, des meinen als verwöhntes Kind, sollte man meinen, wir hätten das Bild zweier Kesselflicker abgegeben, die sich mit dem Hammer auf die Finger hauen, über Besen, Säcke und Eimer stolpern, sich gegenseitig in die Quere kommen, von der Leiter fallen und manchmal so auf die Zähne der Harke treten, dass der Stiel just gegen die Stirn schnellt. So war es nicht. Zum einen, weil wir Laurel und Hardy beide mochten und den Teufel getan hätten, ihre Fertigkeiten nachzuahmen, zum andern, weil wir nicht mehr jene alten Markenzeichen trugen, sondern neue, wie alle Welt. Vater arbeitete schon seit der Vorweihnachtszeit als Anstreicher, weil ein ehemaliger Schüler, der Chefbuchhalter geworden war, ihm zu einer Anstellung verholfen hatte, ich wiederum war vierzehn und hatte schon eine ganze Weile, ob ich es gewollt hatte oder nicht, die Rolle des einzigen Mannes in der Familie gespielt. So gab eins das andere, wir arbeiteten tüchtig und, wie ich meine, auch gut, sodass wir in etwa drei Wochen, nur bei sinkender Sonne, jenes Häuschen hinkriegten, das, wenngleich aus Abrissziegeln gebaut, gottlob mehr nach miniaturhaftem Zwergenhäuschen aussah als nach Hütte oder Schuppen. Vater hatte es mit Schindeln gedeckt, hatte Dachrinnen und Fallrohr geklempnert und montiert, hatte den Außenputz aufgebracht und die Dielen verlegt, und als es an den warmen Tagen Mitte Mai an den Innenputz ging, mischte ich den Kalkspeis in einem Trog an, und er trug ihn mit Kelle und Reibbrett ganz fein auf.

Da die Wände zum Streichen zu feucht waren, ließen wir Fenster und Türen offen, damit sie im Luftzug schneller trockneten. An einem Freitag, nachdem wir sattsam Kürbisplätzchen gegessen hatten, die Tante Marieta auch mit etwas Zimt verfeinert hatte, schüttete er heißes Wasser über ein paar Brocken Tonerde, knetete sie durch und rührte das Ganze mit einem Stab um. Dann krempelte er die Hemdsärmel hoch, rührte noch einmal in dem Blechkessel und ging damit hinein, um mit dem Pinseln zu beginnen. Ich verweilte als lernbegieriger Gehilfe auf der Schwelle und erzählte ihm, wie ein bebrillter Schulkamerad in der Chemiestunde linkisch, wie er war, ein volles Gestell umgestoßen und alles, was sich darauf befand, Berzeliusbecher, Reagenzgläser, einen Mischstab, Tiegel und Erlenmeyerkolben, zerdeppert hatte. Wie ich da so am Türstock lehnte, hörte ich es in einer Ecke hinter den restlichen Dielen- und Täfelungsbrettern rascheln und sah die Ratte hervorschießen wie ein Gespenst. Sie versuchte durch die Tür zu entweichen, sah in mir wohl ein Hindernis, erschrak aber nicht, wendete scharf mitsamt ihrem langen Schwanz, kletterte die Wand hinauf und verschwand durchs Fenster. Vater aber, der seinerzeit eine lange schwarzschillernde Schlange mit bloßer Hand gefangen hatte, der im Dunkeln mit einem Knüppel in den Schnee hinausgestapft war, um ein Wolfsrudel zu verjagen, dem es gelungen war, sich wenigstens für ein paar Augenblicke aus der Umklammerung der Männer mit Pistolen loszureißen, dieser Vater ließ meinen Atem stocken, meinen Mund sprachlos klaffen und mich zur Salzsäule erstarren, das alles zugleich und auf einen Schlag, schlimmer als diese elende Ratte. Er sprang auf einen Stuhl, die braunen Augen quollen ihm aus den Höhlen, die gespreizten Finger verkrampften sich zu Krallen, der Kopf wackelte besinnungslos und das Haar flatterte wirr, obwohl der Wind nur sanft fächelte. Und er brüllte. Brüllte aus den Tiefen der Brust und der Innereien. Entfesselt. Ich für mein Teil hatte mir nie vorstellen können, dass ein Mann so brüllen könnte, aber es gab so vieles auf dieser Welt, von dem ich nichts wusste.

Großvater redete ohne Rücksicht auf seinen trockenen Husten, der nicht mehr aufhörte, er redete ungeheuer viel, als könnte er Hunger und Kälte im Nachhinein mit Reden beikommen. Dabei mied er die Hafterinnerungen keineswegs, er verfluchte auch nicht die morastigen Zeitläufte, die ihn an den Bettelstab gebracht hatten, er jammerte überhaupt nicht. Außer an den lieben Gott, mit dem er sich auf eigene Weise verständigte, wobei er nicht so sehr um die Kirchen als um die Priester einen Bogen machte, glaubte er an vier Dinge: daran, dass die Amerikaner kommen würden, an den Zauber der Juwelen, an die Liebe und an den Wiederaufbau der Pferderennbahn. Die erste und die letzte seiner Überzeugungen, ja Prophezeiungen hatten kein Fälligkeitsdatum, das mochte in einer Woche sein, in zwei Jahren oder wer weiß wann, sie standen aber unausweichlich fest, wie nach dem Winter stets der Frühling kommt, früher oder später. Die Amerikaner, die er in aller Ruhe erwartete, ohne mit dem Ohr am Radio zu kleben oder unablässig den Himmel mit den Blicken abzusuchen, erschienen als Zaubermittel gegen alle Arten von Gift, als Arznei, die jedwelche Krankheit zu heilen vermochte. Manchmal, vor allem sonntagmittags, wenn er gegen den Rat der Ärzte ein Glas Weißwein trank, pflegte er zu sagen, ihre Rolle sei die einer Panazee, wobei dieses Wort mir eher nach der Bezeichnung für eine Insektenlarve oder einen Käfer klang. Diese Rolle wiederum nähme sie in die Pflicht, eine Lösung zu finden auch für die Galopp-Arena, nachdem der Jockey-Club dem Erdboden gleichgemacht worden war und anstelle der Tribünen, der Rennbahn, der Stallungen und Restaurants jetzt ein türmchenbestücktes Ungetüm, die Casa Scînteii, die getreue Kopie eines Universitätsbaus in Moskau, aufgezogen wurde. Ungesund war für ihn nicht nur die sowjetische Luft, weil sie seinen Husten verschlimmerte, sondern auch der Gedanke, es würde eine Welt ohne Rassehengste, ohne Stuten wie Stela und ohne Galopprennen geben. Mit dieser Theorie suchte er alle paar Tage den Kummer zu verjagen, der Großmutter und Tante Marieta überkam, ebenso wie er mit seinem unverwüstlichen Optimismus Mutter zu erheitern versuchte, wenn sich von allen Seiten bedrohlich schwarze Wolken auf sie zuwälzten. In der Sache, an die er als Drittes fest glaubte, der Liebe, scherte er sich nicht um Salonfähigkeit, puritanische Prinzipien oder spitzfindige Rezepturen. In den Familiengesprächen wurde das Thema, wenn ich in der Nähe war, ausgeklammert und er musste sich selbst die diskretesten Anspielungen verkneifen, sobald wir aber unter uns waren, erzählte er mir alles Mögliche und Unmögliche, ermunterte mich, alle Scheu und sämtliche Gemütsaufwallungen sausen zu lassen, weil, so raunte er mir zu, die Brüste und Schenkel einer Frau mit nichts zu vergleichen seien. Er fügte dann noch, gleichsam als Geheimwissen, hinzu, auf die Dauer könne keine Frau einem Schmuckstück widerstehen, jede Frau habe ihre Schwächen, ihre Bedürfnisse und Gelüste. Unter seinen Geschichten, in denen er keineswegs im Einzelnen auf Flirts und bei gewissen Damen zugebrachte Nächte einging, sondern einfach ein dezent pikantes Kompendium skizzierte, das den Ohren eines Heranwachsenden schmeichelte, ist mir eine von der Ostsee in Erinnerung, aus Ostpreußen, wo er in einem Sommer der frühen Dreißiger ein Geschäft mit Bernstein hatte anbahnen wollen. Auf diese Episode kam er eines Vormittags zu sprechen, als ich gerade aus der Schule gekommen war, nachdem Vater am Vorabend auf der Suche nach einer kurzen Textstelle in einem Buch mit rotbraunem Umschlag geblättert hatte. Es hieß *Der Tod in Venedig*, und es war just das Exemplar, das auch jetzt in meiner Bibliothek steht, die erste rumänische Übersetzung von Baltazar im Verlag Cugetarea. Großvater hatte allerdings nicht der Titel gereizt, sondern der Name des Autors, den hatte er nämlich erstaunlicherweise seinerzeit in einem kleinen Fischerdorf etwa achtzig Kilometer nördlich von Königsberg kennengelernt. Dort in dem Gasthaus, in dem er Thomas Mann getroffen hatte, setzte ein bunter Haufen von Malern, Dichtern, Musikern und Schauspielern noch zu später, schwer benebelter Stunde ihr Gelage fort, nachdem sich der Schriftsteller, schon gesetzten Alters, längst in sein abseits auf einem kiefernbewachsenen Hügel gele-

genes Haus zurückgezogen hatte, und da beteiligte sich auch Großvater an einer allgemeinen Wette, bei der sie unter dem Geklirr
unzähliger Bierhumpen und Schnapsflaschen alle, einer nach dem
andern, eine dralle und blonde junge Kellnerin zu überreden versuchten, ihre Kleider abzulegen und sich ihnen als gerade den Wellen entstiegene Göttin der Dünen zu zeigen. Sie verhießen ihr Rei-
sen, Kleider, Bilder, Parfüms und Liebe, jemand legte ihr gar seine
Brieftasche zu Füßen, doch die junge Frau streifte Rock, Bluse und
Schuhe, Ringelstrümpfe und die leinene Unterhose erst ab, als Großvater ihr ein mit lila Samt ausgeschlagenes Schächtelchen mit vergol-
deten Ohrringen darreichte. Wenn ich danach, wieder allein, seiner
Logik nachsann, an Schmuck und an Bilder aus einer Vorkriegszeit-
schrift mit dekolletierten Schauspielerinnen und Kabaretttänzerin-
nen dachte, gab ich ihm zu hundert Prozent recht, denn in dem
Maße, in dem sich in meiner Hose etwas längte, wuchs auch in meiner Vorstellung der Glanz der Juwelen und der Schmiedekunst, mit
der sie gefertigt waren. Die Zeitschrift hatte mir, damit das klar ist,
mein Freund Radu Tomulescu geliehen, als ich sie ihm aber nach
den Frühjahrsferien zurückgab, sagte ich kein Sterbenswörtchen
über die daheim empfangenen Lehren oder gar über meine Hirnge-
spinste.

Was nun die praktische Seite des Lebens anlangt, hatte Großvater
sich ungeachtet seiner Blässe und Schwäche und des unerträglichen
Hustens unmittelbar vor dem Fenster ein Tischchen mit den wenigen aus der früheren Werkstatt geretteten und etlichen im Lauf der
Zeit auf dem Flohmarkt oder von Bekannten erworbenen Werkzeu-
gen eingerichtet. Mit der Lesebrille auf der Nasenspitze, gekrümm-
tem Rücken und einem verhaltenen Pfeifen, das Tante Marilena erst
recht an die Nerven ging, arbeitete er da gewöhnlich mit kindlicher
Freude, als hätte er völlig vergessen, dass er noch vor ein paar Jahren
der Besitzer eines berühmten Juweliergeschäfts auf der Calea Victoriei gewesen war, mit Dutzenden Angestellten, lauter bewährten
Meistern ihres Fachs. Stunde um Stunde, Tag für Tag regten sich sei-

ne Hände, schwebten wundertätig über den Drehfuttern, der Waage, den Gussformen, dem kleinen Schraubstock, der Stahlplatte für Stanzarbeiten und der Kautschukplatte für Polier- und Schleifarbeiten, dem Brenner und den Schmelztiegeln, betätigten dabei wie Zauberstäbe Hämmer, Feilen, seltsame Zangen, Schmirgel und besonderes Werkzeug zum Schmelzen, Löten, Biegen und Gravieren. Viele Arbeitsgänge fanden unter einer großen runden Lupe statt, und was dort geschah, beschränkte sich nicht auf Präzision und Routine, das war reine Kunst, ein fantastisch verrückter Tanz der Finger, der mir buchstäblich den Atem raubte. Bald nachdem er aus dem Gefängnis entlassen worden war, wurde er von Kunden überrannt, was uns alle zumindest im Hinblick auf das Geld hätte erfreuen müssen, es war allerdings keine ungetrübte Freude. Er selbst fasste diese bizarre Situation folgendermaßen in Worte: Er konnte es sich erlauben, reizvolle und herzerwärmende Aufträge anzunehmen, doch war er nicht in der Lage, jene auszuschlagen, die mit erhobenem Finger an ihn herangetragen wurden oder ihm an die Nieren gingen. Zur ersten Kategorie gehörten natürlich die seltenen Stücke, die ihn forderten, seine Sinne befeuerten und ihm bei der Wahl der Formen, Linien und Details vollkommene Freiheit ließen, während die zweite in großkotzigen Aufträgen vonseiten irgendwelcher aus allen Nähten platzender Rüpel bestand, deshalb sprach er ja auch von dem drohend erhobenen Finger und davon, dass sie ihm an die Nieren gingen und seine Leber belasteten wie eine in ranzigem Fett schwimmende Speise. Dazu kam, dass jene aus wer weiß welchen Löchern emporgekrochenen und in schwarze Autos und bedeutende Posten eingesetzten Gestalten so gekleidet waren, dass mir im zarten Alter von vierzehn Jahren nicht klar war, ob Großvater von den Nähten ihrer Menschenhaut oder denen ihrer Anzüge redete. Wie auch immer, in dem ernsthaften, unversöhnlichen Disput im Haus, jenem zwischen ihm und Großmutter, ging es um etwas anderes, der Zankapfel war seine frühzeitige Entlassung lange vor Ablauf des Strafmaßes. Bis zu einem bestimmten Punkt stritten sie nicht, da sie beide der Überzeugung waren, dass sich, solange die roten Fahnen an Hunderten von Gebäuden im Winde wehten, kein Mensch um eine Lungenkrankheit und einen als Volksfeind hinter Gittern verkümmernden Greis geschert hätte. Dann jedoch gingen ihre Gedanken auseinander, die eine wie der andere hatten je eigene Erklärungen. Sie war der Überzeugung, dass sie ihn durch die in sieben Klöstern eingereichten Fürbitten, durch die an Altären und unter den Ikonen angezündeten Kerzen, durch die Tränen und Gebete, die schließlich von der heiligen Jungfrau und dem Heiland erhört worden seien, erlöst habe, während er im Spiel mit dem Feuer und den Wörtern behauptete, er habe das Gefängnis in Gherla in der Tat dank einer Intervention von oben verlassen, es habe sich dabei allerdings nicht um eine göttliche Macht, sondern um eine göttliche Diva gehandelt. Als hätte ein Wecker zu einer bestimmten Stunde geläutet, brach Großmutter bei diesem Stichwort regelmäßig in Tränen aus und wurde grün im Gesicht. Welche Worte sie dann zornbebend in den Mund nahm, sollte ich hier lieber verschweigen und nur auf das zu sprechen kommen, woran ich unmittelbar beteiligt war, nämlich auf unsere ausgedehnten Spaziergänge auf dem Boulevard 6 Martie, hin auf dem Bürgersteig am Park Cişmigiu und dem Cerc Militar, zurück am Block Beldiman und dem Rathaus entlang, wobei wir kein einziges von all den Kinos betraten, sondern nur achtsam zu Boden starrten und das Pflaster mit den Blicken abtasteten, um ja keine vielversprechende Zigarettenkippe zu übersehen. In dem Schwall von Vorwürfen versäumte Großmutter es nie, jenes demütigende Kapitel anzusprechen, an dessen Anfang die Tabakpflückerei stand, und zwar auf der Straße, nicht auf dem Feld, und sie fuhr fort mit der Verfertigung der Zigaretten abends beim Licht der Nachttischlampe, bei der man diese elenden Reste sortierte und aufschnitt, worauf zwei oder drei Stümpfchen mühselig in Zeitungspapier gewickelt und verkleistert wurden. Außerdem ritt sie auf jenen fünf nicht enden wollenden Bahnreisen herum, die sie in weniger als einem Jahr bewältigt hatte, auf denen sie sich mit Paketen abgeschleppt oder tagelang in der

Kälte vor den Toren irgendwelcher Gefängnisse ausgeharrt hatte und ein einziges Mal vorgelassen worden war. Wenn sie, am Ende ihrer Kräfte, innehielt, strich ihr Großvater übers Haar, säuselte ihr ins Ohr und versuchte sie zu besänftigen. Das gelang ihm nicht sofort, denn sie war vom Tierkreiszeichen und der Wesensart her eine Löwin, und er war kein Dompteur. Spät erst vertrugen sie sich dann, aber sie vertrugen sich wieder. Wenn er jedoch mit mir plauderte, während ich Sirup trank und er in einem fort Pfefferminzbonbons lutschte, für den Hals, wenn ich dastand wie der Ochs vorm Berg und er wie ein Zauberer Edelsteine und Edelmetalle bearbeitete, kam er erst recht auf die Gottheit und die göttliche Diva zurück, ja er erweiterte sogar seine Theorie und wusste ihr weitere Nuancen abzugewinnen. Wie er mir gleich zu Anfang spaßeshalber erklärte, muss das ganze Ungemach ein teuflisches gewesen sein, denn das Auge des Teufels war nicht die Münze, sondern das Gold, hatte doch ein Teufelchen sich aus heiterem Himmel in sein Leben gemogelt, eine Kleine, die ihre Brötchen keineswegs am Teerkessel oder in der Folterkammer verdiente, sondern sich als die große Tochter des Beelzebub selbst erwies, also als launische und, mit Verlaub, liederliche Prinzessin, und nun mochten die Kommunisten zwar Atheisten sein und den lieben Gott schmähen, aber an den Teufel wagten sie sich nicht heran, eher wichsten sie seine Hufe und leckten seinen Hintern. Zu dieser abgefahrenen Variante, von der ich so gut wie nichts begriff, gab es auch eine normale Spielart, sobald der geheimnisumwitterte Unterton nach und nach verklang, als würde sich Nebel lichten. In der Landschaft, die dann auftauchte und in der es keine Schneeglöckchen, Tannenbäume, Rehlein oder weiße Wölkchen gab wie in anderen Landschaften, war eine dunkelhaarige junge Frau mit üppigen Brauen auszumachen, etwas untersetzt und mollig, die unablässig in ein Spiegelchen starrte und vor lauter Schmeicheleien dem Glauben verfallen war, sie sei eine Fee, die schönste im Lande. Mit der Anmutung einer in Daunen gebetteten *femme fatale* trug sie mal einen Pelzmantel aus Silberfuchs, mal eine Handtasche aus

Schlangenleder, dann einen orientalischen Schal oder Seidenkleider oder Kaschmirkostüme, dann wieder Reitstiefel oder einen Filzhut, wobei sie alle Tricks der Kosmetik und der Parfümdüfte ausspielte und, das ging ihr über alles, davon träumte, Schauspielerin zu werden, Beifallsstürme zu entfesseln und zu glänzen. Sie, diese Vasilica Gheorghiu, Lica, Väterchens Augenstern und Gattin eines farblosen Menschen, der mit beiden Ellenbogen austeilte, um Handelsminister zu werden, hatte urplötzlich ihre Rollen als Ehefrau und Mutter dreier Kinder satt und sehnte sich mit ihren sechsundzwanzig Jahren, nun, da ihr Blut ins Wallen geraten war, nach Rollen als Primadonna, nach Ruhm, nach glühenden Liebschaften und ausgefallenem Schmuck, an dem sie sich nach Herzenslust ergötzen wollte, wenn ihr der Sinn danach stand, auf Bestellung, und nicht nur dann, wenn sie Streifzüge durch Pariser Geschäfte machen konnte. Ihr war es ein Leichtes gewesen, herauszufinden, dass von den alten Juwelieren Bukarests, den Meistern ihres Fachs, nur noch Ioan Stratin lebte, der eine sechsjährige Gefängnisstrafe absaß, weil er einem aus dem Arbeitslager auf der Großen Donauinsel bei Brăila Geflüchteten, einem ehemaligen Lehrling, Unterschlupf gewährt und ihm dann geholfen hatte, die Grenze von Jugoslawien zu erreichen. Jedenfalls wurde Großvater eines Nachts unversehens aus der Zelle geholt und durch die Gänge mit düster flackernden Glühbirnen geführt, allerdings nicht zu einem weiteren Verhör, wie er vermutet hatte, sondern um irgendwelche Papiere zu unterschreiben und die bei Strafantritt abgegebenen Kleider und Schuhe in Empfang zu nehmen. Die Mütze war nicht mehr aufzufinden, also wurde ihm die Schildkappe eines Postboten verpasst. In der verregneten Finsternis draußen wartete mit laufendem Motor und aufgeblendeten Scheinwerfern ein Geländewagen, der ihn zum Bahnhof brachte. Vom Vordersitz reichte ihm ein Typ, der in einem fort rauchte, die Fahrkarte nach hinten und warf ihm, nachdem er ihn eingehend gemustert hatte, auch eine Zigarette zu. Mit Filter und dünnem Papier, nicht aus Kippen in Zeitungspapier gedreht und mit Kleister geklebt. Dabei sagte der nur dies: Er solle vorsichtig sein, sehr vorsichtig, sonst würde es böse enden. Großvater aber sah, als sie durch die zähe Dunkelheit auf die Berge zufuhren, während sein Herz klopfte und ihm vom Schnaufen der Lokomotive und all den Signalpfiffen schwindlig wurde, wie der Regen zu Schneeregen wurde und dieser zu Schnee, sah auch, wie der Morgen neblig grau über den Feldern vor Bukarest heraufdämmerte, wo die Flocken wieder zu Tropfen wurden und der Winter zum Spätherbst. Zu Hause dann war er vorsichtig, so oft und so gut er es eben konnte, wurde einige Male von einem schwarzen Auto aus der Stadt abgeholt, damit er der launigen Prinzessin zu Gebote stand, die die Muster auf Fotos und in Katalogen mit der Lupe studierte, woraufhin ihr der Sinn nach so ausgefallenen Modellen stand wie etwa einem Anhänger mit Rubinen, einer Platinbrosche in der Form einer Seerose, einem Armband im griechischen Stil und einem komplizierten Ring, mehrere ineinandergewundene Schlangen mit erhobenen Köpfen. Das Märchen aber nahm seinen Lauf, die Kunde breitete sich aus und gelangte auch an fremde Ohren. Und da der Beelzebub sehr wohl seine Ratgeber hatte, den Gehörnten, den Pferdefuß, den Höllenbraten, den Gottseibeiuns und den Satan, versammelt im teuflischen Zentralkomitee, und diese wiederum über Dutzende von treuen Knechten geboten, wurden alsbald andere Saiten aufgezogen. Diese unzähligen Teufel waren verheiratet oder in Liebschaften verwickelt, manche von ihnen hatten Großfamilien am Hals, mitsamt verheirateten, verlobten oder entflammten Töchtern, Schwiegertöchtern, Nichten, Kusinen und Schwägerinnen, hatten also viele Mäuler zu stopfen und, vor allem, furchtbar viele Wünsche zu erfüllen, damit Frieden herrschte in den Häusern und zwischen den warmen Bettlaken. Einige der Teufelinnen, die dem Honigtopf auf den Geschmack gekommen waren, reckten die Nase und plusterten sich auf, sie begnügten sich nicht damit, in gutsherrlichen Gemächern zu schlafen, sondern tranken im Geheimen Tinte, damit ihr Blut blau würde, und träumten davon, sich als Prinzessinnen allerhand Geschmeide um den Hals zu hängen. Im wahren Leben bedeutete dies alles, dass Großvater sich keineswegs langweilte. Er arbeitete, solange er wollte und Spaß daran hatte, ohne sich krummzulegen, und wenn er es langsam angehen lassen oder sich einen Lenz machen wollte, dann nahm er sich in aller Ruhe diese Freiheit. Schade, dass Dummheit nicht wehtut, sagte er bedächtig, wobei er seine Teetasse mit beiden Händen umfasste, denn seinen anderen Spruch über den frechen Snobismus seiner Klientel, den mit der Sau auf dem Baum, hatte er inzwischen satt. Auch mir war klar – ich war ja schließlich nicht blind –, dass diese Sorgfalt nichts mit der Kraft in den Armen zu tun hatte, dass diese Arbeit im miniaturhaften, filigranen Maßstab etwas ganz anderes war als das Gerackere mit Spitzhacke, Schaufel und Axt, von Hammer und Sichel ganz zu schweigen. Deshalb war ich leicht verängstigt durch sein Schweigen, wenn ihn jemand unter Druck zu setzen versuchte, wenn sie auf ihn einredeten oder gar unverfroren darauf anspielten, dass er, sollte er nicht brav sein, jederzeit wieder hinter Gittern landen könnte. Er ließ sich nicht hetzen, Schluss, aus. Grundsätzlich. Eile mit Weile. So gewann er jede Partie gegen die lästigen Drängler, selbst wenn er, da er mit Schwarz spielte, ständig im Hintertreffen zu sein schien. So war es beispielsweise im Hochsommer, im August, als die sechs Studenten der Wirtschaftswissenschaften mitten in den Semesterferien plötzlich auftauchten, ihre Siebensachen packten, den Boden kehrten und gingen. Ein langer schnurrbärtiger Jüngling raunte am Tor Tante Marieta zu, sie seien von irgendwelchen Typen vom Innenministerium ins Sekretariat der Fakultät beordert und gezwungen worden, unverzüglich umzuziehen. Selbst wenn der Himmel nicht plötzlich von amerikanischen Flugzeugen und Fallschirmjägern übersät war, selbst wenn jenes Ungetüm am Standort der Pferderennbahn, die Casa Scînteii, weiter wuchs, bekamen wir wenigstens das Esszimmer und die Küche zurück und waren die Untermieter endgültig los. Damit hatte auch die kleine Außenküche auf dem Hof, die ich mit Vater gebaut hatte, ihren ursprünglichen Zweck verloren, und sie wurde zur Goldschmiede-Werkstatt umfunktioniert, einem Ort weitab der übrigen Räume, wo das Hämmern und das Feilen und das verhaltene Pfeifen niemandem auf die Nerven ging. Aber noch vor jener Wohltat, die einer Rochade gleichkam und sich schachmäßiger Strategie verdankte, hatte Großvater auf irgendeine Weise einen anderen Segen heraufbeschworen, der abermals auf sein Geschick zurückging, über die Flanken zu attackieren, mit Springern und Läufern. Es handelte sich um zwei Aufenthalte im Krankenhaus Filaret, Abteilung Lungenkrankheiten, wo er von einer Menge Ärzte umschwärmt wurde, die alle möglichen und unmöglichen Analysen machten und ihm eine langwierige und kostspielige Behandlung zu Hause verschrieben, welche, und das war der Gipfel, vom Krankenhaus aus Eigenmitteln getragen wurde. Schwer zu sagen, wer sich in den beiden Fällen der misslichen Umstände angenommen hatte, vielleicht die launische Prinzessin, vielleicht eine andere Genossin, die den Juwelen verfallen war, aber ich bin sicher, dass Großvater eine seiner Lieblingseröffnungen eingesetzt hatte, das Evans-Gambit, die Benoni-Verteidigung oder den Torre-Angriff, im Verbund mit der Erklärung, seine Leistungsfähigkeit sei durch die Krankheit und die räumliche Enge im Haus beeinträchtigt. Eigentlich wussten wir nicht, welche Diagnose die Doktoren gestellt hatten, zumal es nie einen Kommentar dazu gab, als handelte es sich um einen Schnupfen, dem keinerlei Beachtung geschenkt werden sollte. Merkwürdig nur, dass Großvater ganz abgehoben tat und bei jeder seiner Antworten auf unsere Fragen mit einem »Es scheint, als ...« oder »Es wäre nicht ausgeschlossen, dass ...« anhob. Irgendwie wohltuend süß war diese Abgehobenheit schon, denn er kümmerte sich um seinen Kram, und dazu gehörte allerhand, unter anderem der Plan, den ich bis in alle Einzelheiten kannte und der nichts mit uns zu tun hatte, sondern nur mit seinen Tagen und Erlebnissen im Gefängnis. Zudem waren wir seit einiger Zeit, da Vater eine Arbeit und ein Gehalt hatte und der Schmuck ebenfalls genügend Geld einbrachte, die bittere Armut von früher los, als wir zu viert von einem Hungerlohn gelebt hatten, den Mutter verdiente. Mit wacher Erinnerung und entzückten Geschmacksnerven erlag ich dem Reiz von geröstetem Butterbrot, Moussaka, Gulasch und Käsekuchen. Gleichzeitig wurde Großvater von Tag zu Tag dürrer in des Wortes eigentlicher Bedeutung, lachte aber unverdrossen darüber, wie er in seinen eigenen Kleidern schwamm, und schaffte es, mich zu überzeugen, dass er zwar mit Stepptanz nichts am Hut habe, aber aus demselben Holz geschnitzt sei wie Fred Astaire. Mehr noch, in dem Nest, in dem er sich jetzt mit seinem Werkzeugschränkchen und den mit Schachteln und Schächtelchen, ihrerseits überquellend von allerhand Merkwürdigkeiten, vollgeräumten Regalen häuslich eingerichtet hatte, schraubte er seinen Verzehr von Mentholbonbons und heißem Tee herunter und zündete sich hin und wieder im Geheimen eine Zigarette an. Er rauchte genießerisch, in einem Sessel versunken, wobei er es Fred Astaire nachzutun suchte, wenn der in Momenten der Müdigkeit und der Melancholie an die Locken von Ginger Rogers, an ihre gezupften Brauen und an verschlungene Tanzfiguren dachte. Ich wiederum riss, damit er mich nicht als dem feindlichen Lager zugehörig, also als Spion der Frauen in der Familie oder Nahkämpfer gegen den Tabak betrachtete, das Fenster weit auf, um die Spuren unseres Komplotts zu tilgen, und stöberte, neugieriger noch als eine Krämerin, in den Schachteln auf den Bretterborden. So machte ich mich nach und nach vertraut mit Charms in der Form von Giraffen, Engelsflügeln oder Beinchen, patinierten Ringlein, Milanaisegeflechten, Brisuren, Ohrsteckern mit Bügeln, Nadeln, Pousetten oder Schweifchen, Karabiner-, Schraub- und Federschließen, Binde-, Stahl- und Silberdraht, Schlussösen für Armbänder, rötlichem Jaspis, Pampeln aus Lapislazuli und Malachit, geschmiedeten Agraffen, dunkelschimmernden Brioletten, Kugeln aus Aventurin und Koralle, aus Türkis, Obsidian, Jade, Karneol, Fluorit und Magnesit. Ferner erlebte ich, wie Großvater in den von Hustenanfällen bedingten Pausen, wenn sein ganzer Körper gebeutelt wurde und seine Augen feucht hervortraten, die Hände hob, damit er nicht die Juwelen verkratzte oder sonstige Schäden anrichtete.

Darauf ließ er die Hände auf die Tischecken sinken und lehnte sich viele Sekunden lang im Sessel zurück, bis er endlich zur Ruhe kam.

Ich glaube, er hatte jenen Plan schon im Gefängnis gefasst und immer weiter verfeinert, ihn im Kopf mit sich geführt, während er im Nachtzug fünfhundert Kilometer durch Regen, Schneeregen und Schnee zurücklegte, vielleicht hat er ihn auf dem Krankenhausbett noch um einige Einzelheiten erweitert, ihn zu Hause dann keinen Augenblick aufgegeben, sondern sich mit heiligem Ernst und der Disziplin eines Soldaten daran gehalten. Nach einigen Wochen Haft in Jilava, wo er allerhand erfuhr, dies war nämlich ein Durchgangsgefängnis, wo sich die Nachrichten und Gerüchte von überall kreuzten, wurde er nach Rîmnicu Sărat verlegt. Sein Kopf war zum Bersten gefüllt mit Grausamkeiten, die auch das böseste Böse der Albträume übertrafen, sodass auch er sich mit derart schlimmen Träumen herumzuschlagen begann, wie er sie noch nie gehabt hatte, noch nicht einmal an der Front im Ersten oder inmitten des Entsetzens im Zweiten Weltkrieg. Ächzend und zähneklappernd, in eisigen Schweiß gebadet fuhr er aus dem Schlaf. Dann wurde ihm kalt, sehr kalt, er kauerte sich unter der elenden Decke zusammen und versank in der tiefen, bodenlosen Finsternis um ihn her wie in Strudeln schlammigen Wassers, aufgewühlt von der Furie der Sintflut. Von dem Schwall erfasst, klammerte er sich an alles, was er zu greifen vermochte, und das war kein Brett und kein entwurzelter Baum, es waren die rasselnden Atemzüge und das Schnarchen der anderen Häftlinge, die ihm zeigten, dass er nicht allein war. Vor lauter Gespenstern und grauenhaften Szenen, die ihn heimsuchten, hütete er sich wieder einzuschlafen und zog es vor, wach zu bleiben, ohne sich um das Geraschel der Mäuse und den Gestank des Notdurftbottichs zu scheren. Sosehr er sich in all den Stunden auch mühte, vermochte er nicht zu angenehmen Ereignissen von früher durchzudringen, etwa zu dem Nussstrudel der Kindheit, zu dem Ballabend, als ihn zwar der Schuh gedrückt, er aber ein Mädchen geküsst hatte, an die Zirkusleute und Kettenkarusselle auf dem Jahrmarkt zu Moşi, an den milchweißen Bauch, der unter den Champagnerperlen und seinen Küssen bebte, an die wundersamen Abende in Balcic, an das Schnauben der Stute in vollem Galopp im Frühling auf den Waldwegen bei Cernica, an das weiche, warme Händchen eines kleinen Jungen auf der Tribüne des ONEF-Stadions vor einem Rugbyspiel und an so vieles andere. So bezeugte er es zumindest mir gegenüber, wobei er die Geschichten inständig wiederaufnahm und beim Erzählen bald im Raum, bald weit weg war, bald mich ansah, dann wieder ins Leere blickte, jenseits der Wände, in die Ferne. Was den kleinen Jungen betraf, zu der Episode vor dem Rugbyspiel kam einmal auch eine andere hinzu, in der er ihn zu einer Kahnfahrt mitgenommen und die Sonne seine blonden Haare liebkost hatte, dann wieder schilderte er, wie der Kleine mit untergeschlagenen Beinen im Gras gesessen und mit zwei Welpen Milchreis gegessen hatte, wobei er selbst ein Löffelchen nahm und dann brüderlich auch den beiden je eines abgab. Gerade dieser kleine Junge begleitete ihn in der Finsternis, wenn er ihm auch nicht hinweghalf über die Pritschen in der Zelle, allerdings nicht mit seinem weichen und warmen Händchen, auch nicht mit zerzausten Haaren, er begleitete ihn als Bild, das nicht Gestalt annehmen wollte, immer wieder verschwamm und die Züge eines gefolterten Mannes anzunehmen drohte oder im Sumpf der Nacht versank, bis nichts davon übrigblieb. Der kleine Junge war Vater, das hatte ich gleich erraten, Großvater aber wurde von den stummen dämmergrauen Lichtstreifen gerettet, die sich durch das Fensterchen unter der Decke hereinschlichen und den Tag ankündigten. Tagsüber wiederum, an all den Tagen, rang er sich aufgrund Dutzender von Gesprächen, die er unablässig wiederkäute, und einiger unverbürgter Nachrichten zu dem Glauben durch, sein Sohn sei im Lager am Kap Midia, wo er Steine klopfte und Kipploren belud. Ein Fahrdienstleiter der Eisenbahn hatte in Aiud von einem gewissen Stratin gehört, nachdem vier Männer windelweich geschlagen worden waren, weil sie Weihnachtslieder gesungen hatten, ein griechisch-katholischer Priester war ihm in Tîrgşor begegnet, er hatte aber dessen Beruf nicht richtig behalten und meinte, sich an einen Juristen zu erinnern, ein Bauer aus Nereju hatte sogar in aller Ruhe mit ihm geplaudert, über Zugpferde, Sägemühlen an Flüssen und über jenen kalbsledernen Urkundenband, Uric geheißen, der seit Jahrhunderten unauffindbar, vielleicht aber auch nur eine Erfindung war, sollte doch Fürst Ștefan damit den Untertanen in Vrancea sieben Berge mitsamt ihren unermesslichen Wäldern übereignet haben. Jener Bauer aber, ein Kerl wie ein Baum, der den Blechnapf auf der Stelle auslöffelte, als schmeckte das Gebräu aus Futterrüben mit Graupen besser als Hühnerkeulen, hatte ihm gesagt, der Herr Ștefan, der Lehrer und nicht der Fürst, arbeite in Fußfesseln am Kanal, schon seit mehr als fünf Monaten. Der hatte ihn nicht mit eigenen Augen gesehen, war aber überzeugt, dass es stimmte, nachdem ein Schreiner aus dem Nachbardorf, der auch nach Jilava geraten war, ihm von einem Lehrer aus Bukarest erzählt hatte, einem Mann von Bildung und mit einer angenehmen Stimme, der in einem Steinbruch den Vorschlaghammer schwang und den es manchmal ankam, weiß Gott, warum, ihm Geschichte beizubringen. In Großvaters Berichten kam jeder Einzelheit kapitale Bedeutung zu, als könnte, wenn er mir besonders kräftige Pferderassen aufzählte, etwa Ardenner, Huzulen und Bretonen, oder mir erklärte, wie eine Sägemühle mit einem Wasserrad und großen, starken, senkrecht arbeitenden Sägeblättern funktionierte, auch seine alte Hoffnung wieder Gestalt annehmen, dass Vater lebte und sich nicht quälte wie ein kreuzlahm geschlagener Hund. Mit jener Hoffnung im Herzen, einem Herzen allerdings, das auf die Größe eines Flohs geschrumpft war, hatte er den Kastenwagen mit vergitterten Fenstern bestiegen, der ihn nach Rîmnicu Sărat brachte. Dort allerdings widerfuhr ihm ein anderes Grauen, eine furchtbare Grabesstille, die in jede Ecke drang, die sich wie ein erstickender giftiger Nebel überall ausbreitete. Niemand durfte dort auch nur einen Mucks von sich geben, nicht einmal die Wachleute, die in Filzpantoffeln durch die Gänge schlichen, um nicht die bleiern lastende Luft vor all den Gewittern aufzuwirbeln.

Die Gewitter allerdings brachen urplötzlich los, sobald eine Tür aufgerissen und die Häftlinge dahinter blindwütig verprügelt wurden, auch das ohne ein einziges Wort, nur die dumpfen Hiebe brachten die Sekunden zum Stillstand, ließen sie erstarren. Erst dann, wenn die Gewitter sich entluden, waren Geräusche zu vernehmen, und man hatte die Gewissheit, dass das eigene Trommelfell noch lebte. Sie bestanden in Geschrei und Gebrüll, wohl auch einem Weinkrampf im Hintergrund, denn jene anhaltende Stille zwang jeden nach und nach in den Wahnsinn. Hinter den schallgedämpften Mauern, wo man nicht einmal im Flüsterton oder durch Klopfzeichen kommunizierte, war Großvater gezwungen, sein Leid verborgen, unter Verschluss zu halten, bis er spürte, dass seine Schläfen zu bersten drohten von all dem, was sich unter seiner Haut und den zerzausten Haaren angesammelt hatte. Durch eine himmlisch glückliche Fügung wurde er verlegt, noch bevor er durchdrehte, als ein Unteroffizier aus der Schreibstube bemerkte, dass er fälschlicherweise dort eingewiesen worden war, weil man ihn mit einem ehemaligen Abgeordneten der Bauernpartei verwechselt hatte. So kam er nach Gherla, schon im Auto redete er ununterbrochen und summte verhalten alte Romanzen, obwohl in jenem rollenden Kerker außer ihm niemand war, der ihm hätte zuhören können. Unterwegs wischte er sich oft mit dem Ärmel die Tränen aus dem Gesicht, soweit die Handschellen das zuließen. Und aus alledem, vor allem aus seiner langen Initiation in die Poesie, war ein ausgetüftelter, subtiler und beschwingter Plan entstanden, den er jetzt, nach der Heimkehr, verwirklichen wollte. Eigentlich sah Großvater, wenn er arbeitete, las oder in die Stadt ging, nicht aus wie ein Vogel, aber ich nehme an, sooft er neue Ziele erreichte, wuchsen ihm Flügel, wenigstens für einen oder gar mehrere Augenblicke. Gesehen habe ich sie nie, aber mir kam es hin und wieder in einem der Zimmer oder in der Werkstatt vor, als hörte ich sie rauschen. Und im Hintergrund, im Halbschatten, irgendwo in der Grauzone jenseits des offen zutage Liegenden befand sich die Gestalt von N., die für mich ein Geheimnis blieb

und keine Gesichtszüge hatte. Wie aus Skizzen hervorging, zu denen
es keiner Stifte, Kohle, Tusche oder Wasserfarben bedurfte, sondern
nur der Lust Großvaters, zu schwatzen und jenes Porträt immer weiter auszuführen, war N. hager, grauhaarig, untersetzt, sanftmütig,
aber nicht untertänig, diskret, aber nicht gleichgültig anderen und
dem gegenüber, was um ihn passierte, er hatte buschige Augenbrau-
en und eine hohe Stirn, kümmerte sich in gleichem Maße um alles,
was er in seinem Inneren und außerhalb wahrnahm, hatte leuchten-
de Augen, gerade weil er gleichzeitig in drei Richtungen blickte, in
sich selbst, in die konkrete Wirklichkeit und in die Wirklichkeit, die
nicht mit Händen zu greifen war. Wie die Stirn waren auch Mund
und Ohren groß ausgeprägt, ein deutlicher Beleg dafür, dass er nicht
davor zurückschreckte, auszusprechen, was auszusprechen war, oder
zu hören, was zu hören war. Kennengelernt hatten sie sich im Obergeschoss des Hauptgebäudes in der letzten Zelle links, von der aus
sie, wenn sie auf die Ränder des Schaffs kletterten, einen Blick erha-
schen konnten: auf zwei verstaubte Pappeln, ein Stückchen Himmel,
einen Wachturm und das Ziegeldach eines alten Gebäudes, errichtet
etwa um die Wende vom 16. zum 17. Jahrhundert, noch bevor Kaiser
Joseph II. die Festung zum Kerker gemacht und zum Carcer Magni
Principatus Transilvaniae ernannt hatte. Die Schwierigkeit bestand
darin, dass das Schaff arg wacklig war und sie sehr vorsichtig sein
mussten, wenn sie auf seinen Rand steigen wollten. Als Neuzugang
in der Zelle und begierig, den Strahl der Sonne, den Regen, das Laub
der Bäume und die Krähen, die im Geäst hockten, zu sehen, war
Großvater der äquilibristischen Herausforderung nicht gewachsen,
sodass er bei einem der ersten Versuche abrutschte und das stinken-
de Fass umstieß. Er wäre böse gestürzt, aufs Steißbein oder das Genick, wenn ihn nicht jemand von hinten aufgefangen hätte. Es war
N., mit dem warmen Schmunzeln eines alten Freundes. Und das einfache Schmunzeln, das seine Antwort in einem verlegenen und
dankbaren Lächeln fand, entfachte eine Art Brand, wie Feuersbrünste von einem aus ersterbender Glut aufstiebenden Funken ausgelöst

werden. Fürs Erste reinigten sie Seite an Seite, wie Kleinkinder auf allen vieren kriechend, schnell den Fußboden und hatten Glück, dass das Schaff gerade erst, vor nicht einmal einer Stunde, geleert worden war. Dann verlegte sich Großvater, der soeben dem absoluten Schweigen entkommen war, aufs Reden, das tagelang anhielt, als wäre er eine Drehorgel, die statt mit dauernd sich wiederholenden Melodien mit Tausenden von stets neuen Sätzen prallvoll bestückt war. Schwer zu erraten, was der Andere zu normalen Zeiten von Hörspielen gehalten hätte, aber in der Ecke des Raumes, in die sie sich mit dem Gesicht zur erdfarbenen Mauer setzten, lange bevor das Licht gelöscht wurde, schien er die langen Monologe zu genießen. Nie unterbrach er den Protagonisten, und langweilig war es ihm sicher auch nicht. Im Übrigen bemühte sich dieser Mann, der seine Blicke in drei Richtungen schweifen ließ, selbst dann, wenn die Kurbel der Drehorgel sich selbsttätig drehte, keineswegs um die Entzifferung der Inschriften im Putz. Vielmehr dienten jene Zeichen und Botschaften, die im Laufe der Zeit auf Ungarisch, Rumänisch, Deutsch, Serbisch, Jiddisch, Polnisch, Tschechisch, Armenisch, Türkisch, Russisch, Slowakisch, Ukrainisch, Bulgarisch und vielleicht auch in anderen Sprachen eingeritzt worden waren, als unverzichtbare Kulisse der Monologe und ihrer Dialoge. Nach einer Woche gab N. seine Zurückhaltung als Zuhörer auf, packte Großvater an den Schultern, schüttelte ihn kurz und sagte, alles werde gut, so schlimm es auch sei. Er meinte damit alles und jeden: das Schicksal von Vater, der in einem Arbeitslager oder einem Gefängnis verschollen war, die bitteren Tränen von Großmutter, den Husten, der die Zähne fletschte und zuzubeißen drohte, mich, die Jahreszeiten, die Engel und das Leben im Jenseits. Ich bezweifle, dass Großvater sich auf der Stelle beruhigen ließ, und doch war etwas passiert, schließlich gestand er es selbst ein, an einem kalten Nachmittag mit Nieselregen, als er mich beim Kartenspiel fertigmachte und die Beseligung pries, die einem der Schwebezustand beschert, die Betrachtung der Welt von oben, aus der Luft, abgehoben von allen Geschöpfen und

Taten, von der Niedertracht und der Liebe. Um ehrlich zu sein, als er diese Theorie vom Stapel ließ, glaubte ich, er hätte einen Knacks wahrscheinlich von den Mittelchen, die er davor geschluckt hatte. Allerdings hatte er weder einen Knacks, noch befand er sich in der Schwebe, er beschwor nur eine Art und Weise, an die Dinge heranzugehen, die er selbst noch nicht ganz durchschaute. Der Ansturm der Gedanken, der etwa ein halbes Jahr anhalten sollte, brach erst später los, als sie ihre Lebensläufe links liegen ließen und sich in weite Territorien vorwagten, wo die Verse nicht wie Mühlsteine lasteten, aber schwerer sein konnten als Blei, wo die Poesie nicht schnitt wie eine Messerklinge, aber Tropfen von Blut, Leidenschaft, Anmut oder Staunen zum Rinnen brachte, wo Rhythmus und Reim ihren Zweck nur erfüllten, wenn sie einem über die Beschaffenheit einer gekochten Pastinake hinaushalfen, wo der Sprachklang an magische Beschwörung grenzte und ein Komma manchmal mehr bedeutete als das Stöhnen beim Vollzug der Liebe. Die alltäglichen Sauereien, quälend wie alle Sauereien, von den Flüchen und Fausthieben der Wachleute bis zu den Läusen in den Matratzen und den Abfällen, die statt Essen verteilt wurden, hatten zwar nicht unmittelbar damit zu tun, bestärkten sie aber darin, ihre ureigenen Gefilde standhaft zu verteidigen und darauf zu achten, dass sie sich in jenen grenzenlosen Weiten nicht verirrten. Interessant ist, dass Großvater bis zu seiner Ankunft in Gherla und dem Stoß, der ihn in die Zelle am Ende des Korridors links befördert hatte, keinen Zentimeter von seiner Geringschätzung abgewichen war, mit der er die Dichtung als Getue abgestempelt und mit dem einen oder anderen verächtlichen Etikett versehen hatte: Mal war sie Sirup für ältere Damen, mal eine Beschäftigung von Kirchendienern und Milchbärten, mal schlicht vertane Zeit, mal eine Fabrik für Rauch, Illusionen und Lobhudelei. Angesichts seines Sinneswandels machte ich natürlich Augen, groß wie Zwiebeln, und dachte unaufhörlich zum Vergleich an die Schindmähre im Stall des Märchenprinzen Harap-Alb, die das Heu verschmäht, einen Scheffel Glut verschlungen und dann unversehens wiehernd ihre Mähne und ihr räudiges Fell geschüttelt hatte, um sich in einen Hengst zu verwandeln, wie es auch auf der Galopprennbahn nie einen gegeben hatte. Wenn ich mich recht erinnere, hatte er früher keinen anderen Namen als den von Alecsandri und keine anderen Titel als die von dessen Balladen »Der Sergeant« und »Peneş Curcanul« in den Mund genommen. Und eines Abends, als er in meinem Lesebuch blätterte und auf die Strophe mit den beiden Großbauern stieß, die sich ein schattiges Plätzchen gesucht haben und beim fröhlichen Brummen eines Traktors und den Liedern der Genossenschaftsbauern auf den ertragreichen Feldern vor Neid platzen, hatte er das Buch wutentbrannt auf den Boden geschleudert und gesagt, das sei ein Scheißgedicht. Ja es war sogar vorgekommen, dass er, wenn Mutter, Vater oder Tante Marieta, weil sie gerade etwas lasen, sich zum Essen verspäteten oder eine Frage nur einsilbig beantworteten, sie mit einer wegwerfenden Geste zum Arzt schickte. Ich werde also niemals, in alle Ewigkeit nicht, begreifen, was im Gefängnis geschehen ist, wie jener N. mit dem Geheimnis, das ihn umgab, es geschafft hat, ihn umzukrempeln. Gewiss ist nur, dass Großvater einige Monate lang, wie es in einer blödsinnig pompösen Darstellung heißen würde, die Epochen der Lyrik, die Gattungen, Strömungen und Strukturen, die Gebote der Lautung und des Rhythmus durchwandert hat. Was daran dumm ist, schmeiße ich in den Müll und versuche, seine Darstellung möglichst getreu wiederzugeben, und ich verbürge mich dafür, dass er sich dort in der Zelle mit zwanzig Betten und viel mehr Häftlingen von einem guten Zauber behütet gefühlt hat. Es handelte sich nicht um einen Intensivkurs, sondern um chaotisch und leidenschaftlich geführte Diskussionen, in denen als einziges Kriterium die Freundschaft gegolten haben muss. Aus Abscheu vor Klassifizierungen kam N. beseelt vom Hölzchen aufs Stöckchen, ohne sich um Vorurteile, Gewohnheitsrechte und Hierarchien zu scheren. Seiner Meinung nach gefährdete nichts so sehr die Poesie wie Zähmung und Disziplin, und als ungefähres Zitat eines ungewissen Zitats, als das nämlich, was ich von einer Erin-

nerung Großvaters in Erinnerung behalten habe, kann ich folgende
Formulierung beisteuern: »Um die Poesie umzubringen, reicht es,
sie an die Leine zu legen.« Es kam vor, dass sie morgens mit all den
anderen, die denselben Zwillich trugen, der sich von der Kleidung
der strafrechtlich Verurteilten unterschied, für eine halbe Stunde auf
den Hof gelassen wurden. Dann ergab sich, während sie am Zaun
Grashalme rupften und kauten, eine Art Bruderschaft der politi-
schen Häftlinge, wenn sie den einen oder anderen Bekannten trafen.
Dabei gelang Großvater der erste Zug in einer denkwürdigen Schach-
partie, einer der großen Partien seines Lebens, als er mit dem Bauern
vor der Königin auf D4 vorrückte. Er kämpfte nicht gegen jemand
Bestimmtes, nicht gegen ein Wesen mit Geburtsurkunde und Personalausweis, er hatte sich einen abstrakten Gegner ausgesucht, vielleicht das Schicksal oder die Barbarei, vielleicht die Justiz jenseits der
Gesetze und Gerichte. Zur Vorbereitung dieser Bauerneröffnung
zog er einen Notar aus Lugoj heran, der in der Küche arbeitete und
etwa alle zehn Tage an der Reihe war, die Mittagsbrühe im ersten
Stock des Hauptgebäudes auszuteilen. Dieser erwies sich ebenfalls
als leidenschaftlicher Schachspieler, sodass er das Angebot des Gold-
schmieds, ihm aus Brot wunderschöne nagelneue Figuren zu kneten,
gerne annahm. Dafür verlangte jener die Zinke einer Gabel aus dem
Besteck des Wachpersonals und einen armlangen, zwei bis drei Zentimeter breiten Streifen dickes Wachstuch, wie man ihn überall ab-
schneiden konnte, ohne dass es auffiel. In den unzähligen Stunden
hinter Gittern formte er Könige, Türme und Königinnen, wobei er
bei der einen Hälfte darauf achtete, dass die Brotkrume nicht verun-
reinigt wurde, auch wenn sie nicht gerade weiß war, und die andere
Hälfte mit dem Sud roter Bete tränkte, bis die Figuren schwarz wurden. Als naiver Schlachtenbummler nahm N. hin und wieder die
beiden Armeen in Augenschein und zeigte sich begeistert vom Zustand der Truppen. Abends dann durchstreiften sie ihren riesigen
Kontinent, ohne sich um Himmelsrichtungen, Geländebeschaffen-
heit oder wilde Tiere zu kümmern, wandten sich zu Pferde oder zu

Fuß, mal im Galopp oder auch im Laufschritt, mal eher gemächlich, nach Lust und Laune bald hierhin, bald dorthin und machten Halt, wann und wo ihr Herz begehrte. Ins Gefängnis drang selbstverständlich kein Regen, in meiner kindlichen Vorstellung jedoch sah ich ihre Haare oft tropfnass vor Freude und Freiheit. Wenn sie auf ihren Fahrten Pausen einlegten, und das taten sie unzählige Male, hielten sie vor dem Tor eines Dichters nicht etwa inne, um seinen Garten, seine Liegenschaften und sein Werk zu erkunden, sondern ließen ihren Blicke eine Weile auf wenigen Versen oder einem einzelnen Gedicht ruhen. Für N., der all diese Aufenthalte anregte, waren die Laute hinter den Buchstaben enorm wichtig, jenseits derer man wiederum, wenn man sich nicht vom oberflächlichen Anschein verführen ließ, eine vollkommene Leere vorfinden konnte wie in tauben Nüssen, ab und an aber auch einen ungeahnt wohlschmeckenden Kern. Wichtig war außerdem, bis zu welcher Bedeutungshöhe oder in welche Untiefen der Sinnlosigkeit man gelangte auf jenen beiden unendlichen Leitern, auf denen auch er selbst noch die eine oder andere, sei es auch noch so kleine Stufe zu nehmen sich mühte. Ich für mein Teil bedauere es unsäglich, dass ich in jenem Jahr 1955, als ich mich blind nicht in ein Mädchen, sondern ins Volleyballspiel verliebte, nicht wenigstens ein Viertel der Namen, die Großvater nannte, aufgeschrieben habe. Wenn ich in meinem Gedächtnis zu schürfen beginne wie Archäologen auf dem Gelände einer Burg, entdecke ich stets nur ein einziges Bild, das der Bücher, die durch seine Hände gegangen sind: das *Kopfkissenbuch* von Sei Shonagon, Rilkes *Duineser Elegien*, Guillaume Apollinaires *Alkohol*, Petrarcas *Auf das Leben der Madonna Laura* und François Villons *Balladen* in der Ausgabe der königlichen Stiftung Fundaţia Regală pentru Literatură şi Artă. Es fällt mir überhaupt nicht schwer, dieses Bild lebendig zu halten, denn so wie *Der Tod in Venedig* auch heute noch in meiner Bibliothek ruht, schlummern auch die anderen Bände auf ihren Regalböden und werden nur gelegentlich von mir geweckt. Die restlichen Titel, die Großvater später durch einen weiteren originellen

Schachzug beschaffte, sind längst verschollen, das ist halt der Lauf der Dinge. Inzwischen war er aber auf dem Schachbrett immer weiter vorangekommen, hatte die Feindbewegungen ständig im Blick gehabt und sich zahlreiche Angriffsmöglichkeiten eröffnet. Um es kurz zu machen: Sobald er die Gabelzinke und den Wachstuchstreifen ergattert hatte, machte er sich an die Arbeit. Und das war vielleicht eine Arbeit! Er spitzte den Metallstift, indem er ihn auf dem Fußboden schliff, allerdings nur, sobald Lärm herrschte, Näpfe gefüllt wurden oder jemand eine Kanne Wasser schöpfte, damit er auf dem Flur nicht gehört wurde. Dann trat er einen riskanten, beschwerlichen Weg an, für den er Zeit, seine ganze Geschicklichkeit und unendlich viel Geduld brauchte. Mit der zur Nadel umfunktionierten Gabelzinke begann er auf die gewachste Seite des Tuchstreifens zu schreiben, indem er zierliche winzige Zeichen einritzte, neben denen ein Floh nachgerade wie eine Heuschrecke erschienen wäre. Eines nach dem anderen hielt er so als Miniatur der Miniatur in weniger als hundert Tagen die neunzehn Sonette fest, die N. im Gefängnis gedichtet hatte und natürlich auswendig konnte. Zusammengerollt sah der kleine Wachspapyrus wie ein Zigarettenfilter oder ein dünnes und buntes Schneidermaßband aus. Er versteckte ihn zusammen mit der Gabelzinke in einer Ritze im Bettgestell, wo kein Mensch etwas gesucht hätte. Ein einziges Mal wurde er von einer Durchsuchung überrascht, als plötzlich die Tür aufsprang, sechs Wachleute unter dem Kommando eines heiser brüllenden Offiziers hereinstürmten und sie zwangen, in einer Reihe niederzuknien. Er vollendete gerade hochkonzentriert die Schleife eines s, und es gelang ihm nicht, das schmale Band einzurollen und an seinem Platz zu verstauen. Er knüllte es in der Faust zusammen, in der er auch die Nadel hielt, tat, als müsste er niesen, führte dabei die Hand zum Mund und verstaute beides unter der Zunge. Die Zähne und den Hals wollten sie nicht untersuchen, sie waren hinter einem größeren Gegenstand her und keine Sanitäter. Trotzdem kassierte er einen Tritt in die Rippen, damit er sich merkte, dass er nicht zu niesen hatte, wenn es ihm nicht befohlen wurde. Irgendwie quetschte er ans Ende des Sonettzyklus auch eine Liste mit verbotenen Autoren und Büchern, von denen N. träumte wie von Einhörnern. Der Heftigkeit des Traumes und dem Vergleich mit den gehörnten Pferden nach zu urteilen, muss ihr Erwerb sehr schwierig und gefährlich und der Preis gepfeffert gewesen sein.

In der Nacht der Freilassung erwies sich der Geist der Poesie als großmütig. Großvater, aus dem Schlaf gerissen und auf den Flur hinausgestoßen, hatte seine Brille unter dem Kopfkissen vergessen. So hatte er einen guten Grund, darum zu bitten, in die Zelle zurückkehren zu dürfen, kurz, nur für ein paar Sekunden. Und in diesen Sekunden stopfte er den Wachspapyrus in den Strumpf und drückte N.s Hand so fest, dass er später im Zug auf der Fahrt durchs Gebirge befürchtete, er könnte ihm irgendein Knöchlein ausgerenkt haben. Zu Hause setzte er seine Partie fort, allerdings hatte er den gewaltigen Umbruch nicht in Betracht gezogen. Praktisch war sein detaillierter Plan, dem er getreulich folgte, nichts als ein Schlachtplan für seinen Entlastungsangriff gegen die Angst und gegen das Absurde, ohne dass er ihn so genannt hätte. Um aber ehrlich zu sein: Jene denkwürdige Partie hat es gar nicht gegeben, sie hat sich nur in meinem Kopf abgespielt, eine Chimäre, die seinen Geschichten und seiner Schachleidenschaft entsprungen ist. Er aber wartete ab, bis genügend Geldscheine in der Hosentasche zusammengekommen waren und verführerisch raschelten. Dann zog er, um weiterhin in den Bildern meiner fixen Idee zu sprechen, mit dem Springer von G 5 nach F 7, sodass er Königin und Turm zugleich bedrohte. Er klapperte sämtliche Antiquariate der Stadt ab, sah sich um, wühlte und fragte, schmeichelte sich bei den Antiquaren ein, gewann ihr Vertrauen, erzählte ihnen, was er für seltene Vögel zu jagen gedachte, und stellte ihnen diskret, aber nachdrücklich in Aussicht, dass er was auch immer bezahlen würde. Irgendwie forderte er das Schicksal ärger heraus denn je und riskierte, wieder verhaftet zu werden. Er nannte Summen, die man nicht ausschlagen konnte, verwendete einen falschen Namen, kam aber hartnäckig immer wieder, redete von der Gesundheit und vom Wetter, bekräftigte aber auch seine Versprechungen. Monatelang verpfiff ihn niemand bei der Securitate, schließlich sind Antiquare ja auch keine Schuhverkäufer, und Geld ist sympathischer als ein Revolver. Im Spätherbst, ein Jahr nach seiner Entlassung aus dem Gefängnis, hatte er die sieben gewünschten Titel beisammen. Es war das erste Geschenk, das er N. an dem Tag ihres Wiedersehens machen wollte, und aus meiner Sicht der vorletzte Zug vor dem Schachmatt. Das zweite Geschenk, das dem letzten Zug zum Sieg gleichkam, sollte ein erstaunlicher Gegenstand sein, nur wenig größer als eine Tabakdose. Darin war irgendwie ein einziger Gedanke aufgehoben: Die Worte leuchten wie Gold, die Poesie übertrifft jedes Schmuckstück an Glanz. Es war ein Buch in einem braunen Ledereinband mit einer Einlegearbeit im Stil alter persischer Inkunabeln mit Rubinen, Saphiren und Jadesteinen, in Silber gefasst. Gefertigt hatte es Großvater selbst, und drinnen standen auf Pergamentblättern in Schönschrift mit sepiafarbener Tinte die neunzehn Sonette. Als er mir das Buch zeigte, hustete er gottsjämmerlich und war dem Ersticken nahe. Eine Woche später bemerkte ich Blutstropfen in seinem Taschentuch.

N. hat die Geschenke aus Vaters Hand entgegengenommen, mehr als drei Jahre danach, ich war dabei, es war kurz vor meinem Abitur. N. war ein menschliches Wrack. Er empfing uns in der Tür, bat uns ins Haus, bestand darauf, dass wir ein Gläschen Likör tranken, als er aber die Päckchen aufschnürte, kehrte er uns plotzlich den Rücken zu. Sein ganzer Körper bebte wie in einem Stummfilm.

IV

Sollte es für jenen Sommer einen Namen geben, so müsste er Sommer der merkwürdigen Geräusche heißen. Dabei denke ich an so manches, wenngleich mir weder eine wiehernde Katze noch redende Bäume noch Grüße von Marsmenschen oder der Ausbruch eines Vulkans widerfahren sind. Ich weiß nicht, ob es angebracht ist, hier so unter allerhand Merkwürdigkeiten von Musik zu sprechen, allerdings neige ich, was mich betrifft, schon dazu, denn ich war schändlich ungebildet, gänzlich unbeleckt und hellauf begeistert von den Klangwundern, die aus den Lautsprechern eines Plattenspielers schallten. Mit Emils Schallplatten entdeckte ich Amerika stets aufs Neue, mir war, als sähe ich nach so manchen auf See zugebrachten Monden das Ufer, manchmal spürte ich, wie mein Herz raste, als wollte es die Brust sprengen. Damals, von Juni bis September, überquerte ich dreimal den Ozean: einmal mit Janis Joplin und *Piece of My Heart*, dann mit dem *Requiem* von Mozart, jenem jungen Mann mit Perücke, dessen Bildnis die Verpackung von Schokoladenbonbons zierte, und schließlich mit Nini Rosso und seiner Trompete in *Uomo Solo*. Die Kombination klingt eher nach einer bunten Mischung, da ich aber weder Kompass noch Karte hatte, ließ ich mich von den Strömungen treiben, mal nach Patagonien, mal in die Karibik oder an die Küste von North Virginia. Ansonsten kümmerte ich mich, da ich kein geborener Seefahrer war, sondern nur ein Junge, der gerade die sechste Klasse beendet hatte, um meine Sachen und ließ das Leben weitergehen, Schritt für Schritt. Und eine dieser Sachen war, Mutter im Schloss zu helfen, das schon seit Wochen gestrichen wurde. Alles hätte ich drangesetzt, um nicht zur Tante Pia, zur

Frau Sanda oder den anderen Damen mitgehen zu müssen, bei denen sie nachmittags schuftete, ich hätte Schwindel oder eine Migräne erfunden, schließlich konnte ja auch ich Kopfschmerzen haben, nicht nur die, so aber war es was anderes und ich durfte mich nicht beklagen. Auf den Weg zum Schloss machte ich mich erst spät, nachdem ich mir den Schlaf aus den Augen gerieben und noch zwischen den Bettlaken gedöst hatte, gähnte ich, zog mich an, trödelte herum, ließ meine Blicke schweifen, rauf und runter, nach links und nach rechts durch die Küche und über den Wald zu den Bergen und in die blaue Ferne. Nach und nach wurde ich vom Schauen wach und ging zum Hoftor. Zuri sprang aus seinem Unterschlupf, den er unter dem Nussbaum oder im Schatten des Schuppens gefunden hatte, heran und stemmte sich mit den Pfoten gegen meine Brust, winselnd versuchte er, mich im Gesicht zu lecken, schüttelte den Kopf wie ein Pferd, das von Bremsen befallen ist, und schnaufte, als müsse er gleich niesen. Ob er nun ahnte, wohin wir gingen, oder auch nicht, jedenfalls versäumte er unterwegs nicht, das Hinterbein zu heben, die Zäune, Masten und Bäume zu markieren, damit wir uns auf dem Rückweg nicht verirrten. Bei der Kasse am Eingang zum Schlosspark wölbte sich seine Brust, er reckte den Schweif und würdigte die Hündchen des Wächters keines Blickes, allerdings hielten die vier Köter die Köpfe auch unterwürfig gesenkt, sie hatten nicht vergessen, wie er sie rangenommen hatte, als sie es gewagt hatten, ihn anzufallen. Noch bevor wir aber das geschwungene schmiedeeiserne Gittertor mit verrostetem Wappenschild passierten, erwies sich die Wahrheit eines alten weisen Wortes: Gabe für Gabe wird der Himmel erschaffen. So wie ich Mutter zu Hilfe eilte, sprangen auch die Jungs, mal der eine, mal der andre, mir bei. Auf der Straße, wo der Morgen kaum mehr nach Morgen, sondern eher nach Mittag aussah, gesellte sich stets einer von ihnen zu mir, denn der Sommer war lang, es war brütend heiß und verdammt langweilig. Im Schloss dann verzogen wir uns in die hinteren Räume, wo wenige Arbeiter zugange waren, krempelten die Ärmel hoch und schleppten eine Weile Abfallsäcke, nahmen dann Witterung auf und schielten nach den mit Laken und Folien abgedeckten Möbeln; sobald wir dann allein waren und keinerlei Überraschung befürchten mussten, stöberten wir in den Kisten mit Kerzenleuchtern, Stickereien, Spitzen, Teppichen, Kissen und anderem Krempel, der fachmännisch verpackt und vor Feuchtigkeit und Staub geschützt war. Unter all den Museumsstücken hatte jeder von uns so seine Vorlieben. Tudi war scharf auf Akte und Liebesszenen, Sandu träumte wie üblich von Geschmeide und Goldmünzen, Niţuş hatte es auf Schwerter, Dolche und Jatagane abgesehen, und Gabi suchte nach Briefmarken und Markenalben, denn er war gerade der Philatelie verfallen. Natürlich konnten wir uns unsere Süchte auf den Hut stecken, denn der Krempel in den Kisten war in der Tat nur Krempel, sonst hätte man ihn nicht den Maurern, Tischlern und Parkettlegern überlassen. An jenem Mittwoch, an dem ich das Schloss zum letzten Mal betrat, weshalb ich mich an den Tag und an alle Einzelheiten erinnere, schulterten wir die in der Bibliothek gefüllten Säcke, gingen damit durch einen gewundenen Korridor und warfen sie in den Abfallcontainer vor dem Gebäude, ein Riesending, das mit einem Lkw angeliefert worden war. Es war ein ständiges Hin und Her, und wenn ich dabei über den Hof kam, hing Zuri an mir wie eine Klette, ich konnte ihn kaum beruhigen. Es kostete Minuten, bis ich ihn endlich los war. Ich schimpfte, warf ihm das Stöckchen möglichst weit und floh über die Marmorfliesen im Flur, oder ich verjagte ihn mit Steinwürfen. Bei all der Mühe, den Hund zu überzeugen, dass er draußen zu bleiben hatte, verpasste ich den magischen Augenblick drinnen. In dem hohen Zimmer mit Butzenscheiben und eichengetäfelter Decke vollbrachte Gabi engelsgleich ein Wunder, indem er sich mit dem Ellbogen an ein Regal lehnte. Aus der ihrer Bücher beraubten, an drei Zimmerwänden ragenden Bibliothek aus lackierter Eiche löste sich ein viereckiges Stück von der Größe einer Kellertür, tat sich zur Seite auf und eröffnete den Blick auf einen unergründlichen Gang. Ich kam dazu, als die Jungs sich vor diesem Wunder versammelt hatten, allesamt stumm, weiß um die Nase, mit aufgerissenen Augen. Nachdem wir die Geheimtür untersucht und uns an die Dunkelheit dahinter gewöhnt hatten, sah alles ganz anders aus: Die Dunkelheit war gar nicht so dunkel, und der unergründliche Gang war gerade mal anderthalb Meter lang und führte zu einer schmalen Wendeltreppe, die sich in den Turm hinaufwand. Irgendwo da oben, an ihrem Ende, musste es Fenster geben, sonst wäre ja die Dunkelheit zum Schneiden dicht gewesen. Wir vergewisserten uns, dass niemand in der Nähe war, schlüpften in den Gang, zogen die Tür hinter uns so weit zu, dass wir nicht entdeckt werden konnten, allerdings nicht ganz, damit wir uns den Rückweg nicht versperrten, und begannen uns emporzutasten, Stück für Stück, ohne Lampe oder Kerzen, die Stufen knarrten bei jedem Schritt, das Geländer wackelte bedenklich, Gabi stolperte unvermittelt und fluchte dumpf, da erst kam Nițuș auf den Gedanken, das Feuerzeug anzuzünden, an der Mauer entdeckten wir einen Blecheimer, der ins Wackeln geraten war, stiegen an ihm vorbei weiter hinauf, auf den Stufen machte ich zweierlei Spuren aus, die breiten eines Mannes und die von Damenschuhen, spitz zulaufend und mit ringförmigem Absatz, ich achtete nur auf meinen Tritt, habe also von den Spinnweben in den Winkeln nichts zu berichten, irgendwann erreichten wir schließlich die Turmspitze und hielten Ausschau. Bei allem, was sich dem Blick von da oben rundum darbot, wäre man am liebsten an zehn Orten zugleich gewesen wie auf einem Jahrmarkt voller schauriger Wunder. Ich hätte mir beispielsweise nie erträumt, dass wir in den Bauch der Turmuhr gelangen, ihre Innereien, die Räder und Rädchen, Hebelarme und Keilriemen eingehend untersuchen, ja die Rüstungen der vier Ritter reinigen würden, die seit so vielen Jahren regelmäßig Stunde um Stunde aus dem Turm traten, die Höhenangst überwanden und an dem römischen Zifferblatt vorbeidefilierten. Die Ärmsten hatten nach einem arbeits- und tatenreichen Leben fürwahr etwas Zuwendung verdient, denn aus der Nähe betrachtet, waren sie wirklich verdammt arm dran. Die Rüstungen starrten vor Vogelmist, eine Hellebarde war drauf und dran, zu zerbrechen, und die Schilde waren von der Sonne ausgebleicht. Wir reinigten sie nicht mit Schwämmen und Seifenschaum, brachten sie nicht auf Hochglanz, sondern wischten sie nur ein wenig ab und redeten ihnen gut zu, dann ließen wir sie sich in aller Ruhe auf die nächste Parade vorbereiten und wandten uns den Paketen zu, die unter einem verschlissenen Vorhang in einer Ecke lagen. Geordnet gingen wir zu Werke, ich zerschnitt die Bindfäden mit dem Taschenmesser, die Jungs rissen das bräunliche Packpapier auf, zerrten die Watte und die zerknüllten Zeitungen heraus und stellten die Fundstücke auf den Boden. Und nach all dem Schneiden, Entblättern, Auspacken und Anordnen sahen wir uns einer Sammlung alter Humpen aus bemaltem Steinzeug gegenüber, die uns den Atem raubte. Die gotischen Schriftzüge konnten wir zwar nicht entziffern, aber die Glasur, die Ornamente und die Silberdeckel berauschten uns wie Bier und ließen allerhand Vögelchen in den Köpfen schwirren. Ich glaube, wir hätten uns gezankt wie die Kesselflicker oder wären aufeinander losgegangen, hätte ich mich nicht erinnert, wie Mutter ein Jahr davor schwarz vor Ärger nach Hause gekommen war und einige Abende am Stück geheult hatte, weil der Direktor nach dem Verschwinden einiger bayerischen Humpen im Schloss die Putzfrauen beschuldigt hatte. Nach meiner Geschichte war Niţuş mucksmäuschenstill, während Gabi auf einem Stückchen Packpapier zwei Buchstaben entdeckte, Großbuchstaben, mit grünem Filzstift geschrieben. Wir untersuchten die auf dem Boden herumliegenden Fetzen und zerknüllten Bögen, als wendeten wir Rummysteine, und kriegten sage und schreibe acht Schnipsel zusammen, auf denen MT stand, die Initialen des Museumsdirektors. Ich gestehe, dass ich, obwohl mir der Atem nicht ganz wegblieb, nach Luft schnappte, wenngleich es einstweilen nur eine Vermutung war, dass die Pakete Mihai Toporaş gehörten. Jedenfalls rührten wir die Humpen nicht mehr an, wandten uns ab und beschlossen, noch bevor wir uns um den verschnürten Ballen kümmerten, der an der Wand lehnte, in einer Kommode zu kramen. Einen oder zwei Augenblicke lang schien es mir ein Glück, dass Sandu an jenem Tag mit einer Tante zum Markt gegangen und nicht mitgekommen war. Als wir dann in der Kommode die Tüte mit Erfrischungstüchern, Kondomen und sauberen Handtüchern entdeckten, dankte ich dem Herrn, dass auch Tudi fehlte. Ebenfalls dort, in der mittleren Schublade, fanden wir auch eine Brosche in Rosenform und ein Schminkköfferchen, den großen Fang aber machten wir in der unteren Schublade, wo wir zwei langstielige Kelche und fünf Flaschen Champagner fanden. Zwar war es kein französischer, wie ich gehört hatte, dass er sein müsste, ein billiges Gesöff war es aber auch nicht. Und ich sage das aus tiefster Überzeugung, wir kosteten ihn nämlich kurz danach, nachdem wir herausgefunden hatten, dass der an die Wand gelehnte Ballen eine zusammengerollte dicke Schaumstoffmatratze war, blütenweiß bezogen und mit Kissen bestückt. Wir fläzten uns auf die Laken, lasen dunkle krause Haare auf und dachten, während wir Champagner schlürften, in Muße an das Fräulein Elena, die Museografin mit Bleistiftabsätzen und lockiger Mähne. Später dann, ehe die Turmuhr dreimal schlagen und die Ritter wieder zur Parade ausrücken sollten, öffnete ich eines der runden Fenster, nicht das zum Park, sondern das zum Innenhof. Das Prickeln hatte sich von der Zunge in die Schläfen und ins Genick gezogen, die Säure war mir in die Fußsohlen gesickert, das Aroma hatte sich in meiner Brust ausgebreitet, aber nichts hinderte mich daran, den Champagnerflaschen das Fliegen beizubringen. Ich nahm sie in beide Hände wie Taubenküken, erklärte ihnen den Flügelschlag, hielt sie aus dem Fenster und gab eine nach der anderen frei, damit sie aufflogen. Sie flogen nicht auf. Und ihr dumpfer Aufschlag unten auf dem Pflaster klang erstaunlich, unwirklich, weder wie Dynamit noch wie Gewehrschüsse. Der Abstieg auf der Wendeltreppe war äußerst schwierig, ich stieß auch gegen den Blecheimer, der treppab polterte, wir hatten keine Hand frei, aber sie sollten gleich alle freikommen, damit wir sie in den Hosentaschen vergraben konnten, nachdem wir die Humpen hübsch ordentlich auf den Stufen zum Schloss aufgereiht hatten.

Mutter betrachtete das alles mit einem lachenden und einem weinenden Auge, obwohl sie weder zwinkerte wie bei ihrem gewohnten Lächeln noch ihre Wimpern tränenfeucht waren. Sie versuchte wütend zu wirken, aber unter der Zornesmaske jenes Mittwochs schimmerte die Zufriedenheit mit dem, was spielende Kinder dem Museumsdirektor Toporaş beschert hatten. Loben konnte sie mich nach einem solchen Vorfall nicht, sie bestrafte mich mit einer Woche Hausarrest, damit ich mich nie wieder mausig machte in Dingen, die mich nichts angingen. Die Dinge zu Hause allerdings waren, so gern ich es anders gehabt hätte, nicht besonders rosig. Die Küche sah halt aus wie eine Küche, mit Gasherd, Tisch und Stühlen, Spüle und Geschirrtüchern, Töpfe und Pfannen hingen an den Haken einer Anrichte, auf einem Regalbrett darunter waren Tassen, Becher, Gläser und Gewürztütchen aufgereiht, das alte Gloria-Radio war seit immer und ewig auf den Nachrichtensender Romậnia Actualitặţi eingestellt, und der noch ältere Kühlschrank der Marke Fram rasselte wie ein heiserer Eisbär, über dem Regal hing die Uhr, daneben der Kirchenkalender mit all den Heiligen, die einen schwarz, die anderen rot gedruckt. Zudem war unsere Küche auch noch Vorzimmer oder Flur, wie immer man es nennen wollte, denn man betrat sie unmittelbar vom Hof, also waren wir gezwungen, unsere Jacken am Kleiderhänger hinter der Tür zu lassen und die Stiefel und Schuhe darunter zu verstauen. So kam es, dass meine Trainingsjacke und meine Windjacke nach Eintopf, Suppe oder Würstchen rochen. Dazu kam, dass die Küche auch eine Art Dachsbau für Vater war, ein Ort, an dem er döste, aß, mit den Kunden feilschte und mit den Nachbarn palaverte, trank, nachdachte, hustete, sein Auftragsbuch führte und schnarchend pennte, bei Tag oder bei Nacht, wann immer ihn der Schlaf überkam. Wie in jedem Bau konnte man, selbst wenn es da kein Lager aus Stroh und trockenem Laub gab, stets die Witterung des Körpers spüren, der dort hauste, ob Vater nun arbeiten war oder sich auf seinem schmalen Bett unter dem Kalender ausgestreckt hatte. Und die Witterung jenes Körpers, die über die

Dünste von Gesottenem und Gebratenem erhaben war, ging lediglich zu einer seltenen Gelegenheit in ihnen auf, wurde mit ihnen eins, wenn Vater sich, alle paar Monate mal, ans Kochen machte. Er kochte immer Bohnen mit Eisbein, ich war wahnsinnig scharf drauf. Ich weiß nicht, wie lange er die Bohnen weichen ließ, wie er sie andünstete, wann er die kleingeschnittenen Zwiebeln, Salz, Pfeffer, Paprika und Estragon hineinrührte, wie er das Räucherfleisch vom Knochen löste, wann er die Lorbeerblätter dazugab und wie lange er alles köcheln ließ, schließlich aber, bei Tisch, waren nur das Schnaufen und das Klirren des Bestecks in den Tellern zu hören. Gewöhnlich ging ich, sobald ich ihn kochen sah, weil das Stunden dauerte und ich genügend Zeit hatte, zur Bäckerei bei der Post und holte ofenfrisches Brot, dann tat ich mich bei dem Eingemachten im Keller um und fischte aus den Gläsern mit saurem Gemüse alles, was mein Herz begehrte, in eine Schüssel: Blumenkohl, grüne Tomaten oder mit gehobeltem Kraut gefüllte Tomatenpaprika. Allerdings kam es selten, ganz selten dazu, nur im Rhythmus der Jahreszeiten, und also die Gerüche, der Küchendunst und die Witterung des Baus, voneinander geschieden blieben. Deutlicher als sonst bemerkte ich den Unterschied in der Woche des Hausarrests, als ich die Zeit totschlagen und mir die Wände anschauen musste in der Hoffnung, dass sie zu Luftschlössern würden. Damals im Juli hatte Vater gut zu tun, er ging, bevor ich erwachte, und kehrte heim, wenn es dunkel war, wenn auch die Straße schon nach Luftschloss aussah im grünlichen Schimmer der Laternen, wenngleich sie ihm, so wie er schwankte, eher rosa erscheinen mochte, und verdammt breit noch dazu. Solange er weg war, konnte ich tun und lassen, was ich wollte, ich verwandelte die Küche nach Gutdünken, denn jener kleine Raum, den Mutter zweimal im Jahr, vor Ostern und vor Weihnachten, kalkte, konnte nicht nur drei, sondern unzählige Gestalten annehmen. Anfangs, als der Zwangsaufenthalt noch nicht seine ganze Gemeinheit offenbarte, improvisierte ich ein Lesekabinett, lümmelte mich aufs Bett und ließ mich auf allerhand russischen Guts- und Herrenhöfen herumfahren, von einem dicklichen niederträchtigen Kerl, der in einer trägen Kutsche über Land gondelte zu einem Zweck, der noch niederträchtiger war, er kaufte tote Seelen. Das Buch hatte ich zu Beginn der Ferien bei Emil ausgeliehen und wollte es ihm bald zurückbringen, wie es sich gehörte. Da ich schon an die zweihundert Seiten gelesen hatte, stellte ich mir vor, ich könnte es am ersten Vormittag oder am frühen Nachmittag auslesen. So um Viertel nach elf aber legte ich es beiseite, mir war eine neue Idee gekommen, als Tschitschikow auf den Gutshof des Peter Petrowitsch Pjetuch gelangt war und, nach Fischpastetchen und Vorspeisen sowie am Spieß gebratenen Rücken- und Nierenstücken eines Kalbs, jener Fettwanst beim Koch eine Fischpastete mit Backen und Knorpeln vom Stör, einen Brei von Buchweizengrütze, Pilzen und Zwiebeln, süßer Fischmilch und Hirn, garniert mit sternförmig geschnittenen roten Beten und Stinten und Pfifferlingen, auch mit Rüben, Möhren, Bohnen, bestellt hatte. Von einem Wahnsinnsappetit getrieben, machte ich mich an die Zubereitung von Baiser. Ich schlug zwei Eiweiß mit sechs Löffeln Zucker zu Schaum, fettete ein Blatt Papier mit Margarine und legte es auf ein Backblech, reihte darauf an die dreißig Schaumtüpfelchen aneinander und schob es in den Ofen. Als ich es nach einer halben Stunde herausnahm, waren die Tüpfelchen noch weich, obwohl schon leicht angebrannt und schwer zu lösen. Ich schlang sie gierig hinunter wie süßen, heißen Leim, aber für diesen und die folgenden Tage war mir die Lust auf Leckereien vergangen, denn ich hatte mir den Magen verdorben. Ansonsten verwandelte ich die Küche in jener Woche des Strafvollzugs ohne Einsatz irgendeines Zauberstabs in ein Ermittlungsbüro, ein Jagdrevier und eine Konzertbühne. Um es kurz zu machen: Ich nahm mir Vaters Heft vor, ein Schulheft für Mathematik, bis mir klar wurde, dass es Seite für Seite nur Materiallisten, Kostenberechnungen, Bauzeichnungen, Namen und Telefonnummern enthielt, ganz anders als jenes in gelbes Leinen eingeschlagene Heft von Emil. Für die Jagd brauchte ich weite Räume, also drang ich in die beiden Zimmer der Wohnung vor, die ohne jeden Luftzug dahindämmerten und in denen eine unsichtbare Hand eine Schicht feinen Staubs ausgestreut hatte, der wie ein Schlafmittel wirkte. Ich war auf Fliegen aus und fing nach und nach, von einem Mittwoch bis zum nächsten, sechsundvierzig große und mittelgroße Exemplare, die ich in einer Limonadenflasche sammelte. Ich muss gestehen, die Flasche wurde zum Massengrab. Weil die Fliegen nicht überlebt hatten, dachte ich um und tat mein Möglichstes, die einzige Maus, die ich fing, durchzubringen. Um diesen Fang zu machen, setzte ich meine ganze Schläue ein, ging an meine Grenzen wie die Fußballer, opferte das letzte Dreieck Schmelzkäse aus dem Kühlschrank und meine einzige Schuhschachtel, die von den weißen Adidas. Bäuchlings lag ich da, legte Käsestückchen unter Betten und Schränken, vor den Löchern in der Wand und im Fußboden aus, regte mich nicht, atmete nicht, lag Dutzende Minuten auf der Lauer, bis mir der Schädel brummte. Bei den ersten fünf Versuchen vermochte ich, sosehr ich mein Ohr auf den Teppich presste und der Stille im Putz und unter den Dielen nachhorchte, nicht das geringste Geräusch auszumachen, als wären die Mäuse, weil sie meinen Plan durchschaut hatten, wie durch ein Wunder verschwunden oder allesamt in den Wald geflüchtet. Ich war drauf und dran aufzugeben, weil ich es satthatte, dass in diesen Lauerstellungen schon mal ein Arm oder das Genick oder die Knie steif und taub wurden, aber am Freitagnachmittag entschloss ich mich dann doch zu einem weiteren Angriff. Ich war etwas unaufmerksam, als ich es irgendwo links zwischen dem Küchenherd und Vaters Bett rascheln hörte, ich wandte nur den Blick, vergaß, dass ich gerade hatte pinkeln wollen, starrte auf die Tüte mit Kartoffeln an der Wand und sah, dass die Maus, klein wie ein Feuerzeug, sich ängstlich hervorwagte, ließ sie schnuppern, sich beruhigen und von dem Käse Marke Hochland kosten, für die ja nicht umsonst so viel Werbung gemacht wurde, zog sachte an dem grauen Faden, Zentimeter um Zentimeter, mit Pausen zwischendurch, lockte sie mit dem Köder bis zu einem Ort, der mir genehm war, und als sie schließlich, dem Käse hinterher, auf den Ab-

treter aus Jute gelangt war, stülpte ich die Schuhschachtel über sie.
Als ich dann aufsprang und die Schachtel mit einer Dose vom Tisch,
wohl einer mit Erbsen, beschwerte, da merkte ich, dass meine Finger
zitterten. Im Bad dann, als ich mich wusch und mir vorstellte, wie
beeindruckt Emil sein würde, sah ich im Spiegel, dass ich blass war,
als hätte mir jemand eine sahneweiße Creme ins Gesicht geschmiert.
Bis zum Treffen mit Emil, bei dem ich mit meiner Beute auftrump-
fen und wir zusammen zu den Eulen gehen würden, war es allerdings
noch eine Weile hin, Gefängnisstrafen können ja nicht auf einer Backe abgesessen werden. Am Samstag ging Mutter nicht wieder zum
Schloss, sondern putzen bei Magda, der Friseurin, während Vater
schon im Morgengrauen ohne ein Wort verschwunden war, ob nun
zu der Villa, wo er das Parkett abzuschleifen hatte, oder sonst wohin.
Da nun aber Gott der Herr den Sonnabend zu einem fröhlichen Tag
bestimmt hat, sah ich mich genötigt, etwas zu erfinden, das meine
Traurigkeit und meinen Frust besänftigte. Ich suchte die Stirnlampe
mit der eckigen Batterie heraus, stellte die Blinkfunktion ein und
hängte sie als Lichtorgel an den Lüster im großen Zimmer, zog die
Vorhänge zu, damit es richtig dunkel war, zündete sieben oder acht
Kerzen auf dem Nachtkästchen, dem Ofen und der Wäschetruhe an,
stieg dann auf mein Bett, verstrubbelte mein Haar und hampelte mit
einem Besen statt einer Gitarre herum, dass die Stahlfedern erbärmlich ächzten, tanzte und sang aus Leibeskräften, klatschte und brüllte und versuchte nach Kräften, es Freddie Mercury im Delirium auf
der Bühne des Wembley-Stadions nachzutun. Das Konzert endete,
ohne dass die Menge mir Ovationen dargebracht hätte, dafür war
ich nassgeschwitzt und völlig ausgepumpt, während unser Nachbar
Bugiulescu mit einem Stock ans Fenster klopfte und brüllte, ich sollte verdammt noch mal still sein, ich hätte sein Enkelchen geweckt.
Ich war still und lag flach, im Bett versunken, bis ich wieder zur Besinnung kam. An diesem Samstag tauchte dann auch noch unversehens mein Bruder Dan auf, der schon lange vom Wehrdienst entlassen worden war, sich im Hafen und in den Bars von Konstanza

herumtrieb und davon träumte, auf einem Schiff anzuheuern. Er war braungebrannt, trug ein gestreiftes Trikot und war geschoren wie früher, bis auf den gegelten Schopf. Eigentlich hatte er sich gar nicht verändert und bestellte wie zur Bestätigung gleich in der Tür einen Kaffee mit ein paar Tropfen Milch. Bald darauf, nachdem er geduscht hatte, machte er auch wieder seine blöden Witze und sagte, als Sträfling sähe ich aus wie ein begossener Truthahn hinter Gittern. Zum Glück legte er sich ein bisschen hin, dann rasierte er sich und ging in die Stadt, noch bevor Mutter nach Hause kam. Der Sonntag schleppte sich träge dahin, fürchterlich langsam, und ich betete in der Halbzeit meiner Gefangenschaft zum Himmel, dass eine Amnestie erlassen oder ich begnadigt würde. Wunder gab es allerdings keine, es wurde Montag, da aber erlebte ich mein blaues Wunder, als Dan gegen Mittag mit einer Blondine im Minirock erschien, die ihre Augenringe nur spärlich überschminkt hatte. Das Mädchen grüßte nicht zurück, dafür entdeckte ich, den Blick starr auf ihren Ausschnitt gerichtet, auf der verschwitzten weißen Haut ein paar rote Pickel und einen Fleck in der Farbe einer grünspanigen Kupfermünze. Auf dem Weg in sein Zimmer raunte mir mein Bruder zu, er würde mir, wenn ich mich von dem Stuhl rührte oder den Mund auftat, den Schädel einschlagen. Ich blieb brav am Tisch sitzen und mühte mich ab, einen Dinosaurier zu zeichnen. Irgendwann hörte ich durch zwei Türen den kurzen, scheinbar erstaunten Aufschrei des Mädchens, darauf schrie sie immer öfter und immer lauter wie unter ständigen Nadelstichen, derart seltsam keuchende Schreie hatte ich wirklich noch nie gehört, sodann, als die Schreie anhielten und ohne Unterbrechung ineinander übergingen, drang das Stöhnen von Dan herüber, derart langgezogen und inbrünstig, dass man nicht wusste, ob er den Kleiderschrank gegen die Decke stemmte oder erstochen wurde. Merkwürdigerweise trommelte Bugiulescu nicht mehr mit dem Stock gegen das Fenster und brüllte auch nicht, sein Enkel würde weinen, ich wiederum malte in aller Ruhe die Zacken auf dem Rücken des Dinosauriers hellbraun und die Schwanzschuppen rötlich gelb aus. Als das Mädchen beim Abschied wieder durch die Küche ging, warf sie einen Blick über meine Schulter auf die Zeichnung, strich mir über die Wange und sagte: »Vieh ssööön!«

Eines Abends im August, dem August im Sommer der merkwürdigen Geräusche, blieb ich mit Tudi, Gabi und Marcelică auf der Brücke unterhalb des Schlosses stehen, wo die Ghindura sanft dahinfließt und nicht mehr rauscht. Es war schon seit einer guten Stunde dunkel, und da die Straßenlaternen nicht rechtzeitig angingen, hatten wir uns an die unbestimmten Schatten und die pechschwarzen Umrisse der Bäume gewöhnt. Gewiss hätten wir, so auf dem Brückengeländer aufgereiht, wenn ein Lichtstrahl über uns gehuscht wäre, ausgesehen wie vier Vögel auf einem Ast oder auf einem Telegrafendraht. Ich erinnere mich, dass Marcelică davon erzählte, wie er bei seiner Großmutter auf dem Land auf einer gescheckten Stute geritten war, worauf Tudi anhob, eine Szene aus einem Western zu schildern, in der die gescheckten Pferde der Apachen vor einer Bisonherde Reißaus nahmen. So ließen wir denn unter Geschwätz und Gelächter der Freundschaft freien Lauf und unsere Blicke den in Finsternis liegenden Weg hinunterschweifen, als Gabi plötzlich meinte, er habe ein Stampfen gehört. Wir spitzten die Ohren, vernahmen allerdings nichts als das Plätschern des Wassers, und keiner von uns vermochte dort auf dem grauen Streifen Wegs einen Hund, irgendein Tier oder gar einen Menschen auszumachen. Ich blickte hinauf zum Himmel, er war sternenübersät, und der Mond machte noch keine Anstalten, aufzugehen. Tudi nahm den Film wieder auf, die Kühle senkte sich ins Tal, Gabi aber vermeinte wieder das rhythmische Stampfen zu hören und versuchte es zu beschreiben. Wieder schwiegen wir, horchten, durchforschten die weiche, glitschige Schmiere, die man Dunkelheit nennt, glaubten ihm nicht, weder jetzt noch später, obwohl er von einem Holz sprach, das wieder und wieder auf Fels stieß, wie ein Wanderstab. Da trat mitten in unser Gelächter ein gekrümmter alter Mann mit langem Bart und einem

Holzfuß. Wir erstarrten, und Tudi stieß einen Schrei aus wie ein entsetzter Apache.

* * *

Vor drei Wochen, im November, habe ich von Mutter geträumt, wie sie in einem Schaukelstuhl ein Buch mit rötlichem Umschlag las, dessen Titel nicht auszumachen war. Sie war weit weg auf einer Wiese, und die Sonne, selbst wenn sie hin und wieder von Wolken geschluckt wurde, überließ sie nicht dem Schatten, sondern hatte stets ein Bündel Strahlen für sie übrig, einen Kegel goldgelb schimmernden Lichts. Immer noch vor Augen habe ich die Margeritenbüschel um sie herum, die alten Buchen im Hintergrund und den spindeldürren Hund mit schlaff herabhängenden Ohren, der das Gras abweidete wie ein Zicklein. Irgendwann ließ Mutter das Buch sinken, stützte sich auf eine Lehne des Schaukelstuhls und richtete ihre Blicke talwärts auf einen Hang, den ich nicht sehen konnte. Dann wandte sie sich ab, zeigte aber mit dem Finger weiter in die Richtung, wobei sie leicht schwankte. Aus der Entfernung, es müssen wenigstens fünfzig Meter zwischen uns gelegen haben, konnte ich nicht erkennen, ob sie vor freudiger Ungeduld hin und her rutschte oder sich über etwas ärgerte. Das Gute an den Träumen ist, dass einem so über alle Maßen vieles möglich erscheint, sodass ich ohne zu rennen oder zu fliegen oder zu denken augenblicklich bei ihr war. Sie weinte stumm, die Bewegungen ihres Körpers erwiesen sich als Krämpfe und Zuckungen, eine Art Schüttelfrost. Mein Gemüt trübte sich essigsauer ein, und ich blickte zu dem Ort, von dem sie kein Auge wandte. Auf einer Riesenbühne, vor der wir als die einzigen Zuschauer saßen, war jenes Haus im Gebirge erstanden, wo wir von '48 bis zum Frühjahr '51 gewohnt hatten, als wir, nur zu zweit und endgültig besiegt, das Dorf verließen, ohne noch an Wunder und an Vaters frühzeitige Freilassung zu glauben. Daneben lag der Obstgarten, den ich kannte wie meine Westentasche mit all seinen blühenden Apfel- und Weichselbäumen, gehegt und gepflegt nach allen Regeln der Kunst. Dutzende Männer in Arbeitskluft wie am Bau wuselten hangauf, hangab, schwangen schwarze Kettensägen und fällten die Bäume in schwindelerregendem Tempo. Merkwürdigerweise war weder das Geheul der Motoren noch das Gebrüll der Arbeiter zu hören, dafür war die Luft erfüllt vom Stöhnen der stürzenden Bäume, ihrem trockenen, dumpfen Aufprall. Mutter hörte nicht auf zu weinen, auch nachdem der Obstgarten plattgemacht worden war und wir beide begriffen hatten, dass ein Stück Vergangenheit in Staub und Asche versunken war, ein Stück von der Torte des Lebens, in dem sie, noch jung, unter Apfel- und Weichselbäumen Vater geküsst hatte und ich mir eine Hütte gebaut, mich von Ast zu Ast geschwungen und mit Schleudern, Holzschwertern, Keulen, Pfeil und Bogen unzählige Schlachten geschlagen hatte.

Als ein Herr in kariertem Hemd und Leinenhose mit einer Tasche am Schulterriemen und einem Reißbrett unterm Arm auftauchte, kam Mutter zur Ruhe. Mit leicht geöffneten Lippen verfolgte sie gespannt den Mann, der von links an den gefällten Bäumen vorbei über die Bühne ging. Sodann stellte jener Herr mit ein paar routiniert geschickten Handgriffen sein Reißbrett auf wie eine Staffelei, spannte sorgfältig einen großen Bogen feinsten weißen Papiers auf, legte seine Stifte, Lineale, Zirkel und Winkelmesser zurecht, hüstelte kurz und machte sich ans Zeichnen. Er trug eine Brille mit braunem Rahmen, und obwohl er Federhalter und Tuschefässchen benutzte wie in alten Zeiten, ballten sich auf dem Papier in atemberaubendem Tempo bizarre geometrische Figuren mit Schattierungen und Konturen, winzigen Ziffern und nicht zu deutenden Zeichen. In ihrer geschmeidig genauen Beweglichkeit erinnerten seine Finger an die eines leidenschaftlichen Klavierspielers in der Hitze eines Konzerts. Zudem übertraf sein, ich wiederhole, atemberaubendes Tempo jede Vorstellungskraft, und er präsentierte uns, noch ehe wir zur Besinnung kamen, mit einer leichten Verbeugung die fertige Zeichnung, die keineswegs so einfach war, dass wir auch nur irgendetwas darin hätten erkennen können. Dann überließ er den Papierbogen dem

Wind und wies mit der Hand auf den verschwundenen Obstgarten, damit wir sahen, was dort aus der Erde erstand. Und das war ein butterfarbener Bau, der verhaltene Eleganz ausstrahlte und keineswegs Eindruck schinden wollte, zwischen Erdgeschoss und Etage zog sich ein Fliesenspiegel, das Dach wölbte sich über einem filigranen Sims, zwischen den großzügig ausgelegten Fenstern prangten die Namen und Wappenschilder von sechs Fürstinnen im sechsfachen Zeichen desselben Kreuzes. Das Gebäude zerstob in wenigen Augenblicken, und Mutter, die einst in dieser Zentral-Schule gelernt hatte, vermochte ihr Staunen nicht zu verbergen, wenngleich sie kein Wort sagte. Sie stützte sich nicht mehr auf die Lehne des Schaukelstuhls, sondern hatte sich vorgebeugt, eine graue Haarlocke, die aus der Spange geschlüpft war, fiel ihr über die Stirn. Der Herr im karierten Hemd und den grauen Wildlederstiefeln trat wieder ans Zeichenbrett, nahm einen anderen Entwurf in Angriff und brachte ihn mit derselben Behendigkeit zu Ende, noch bevor ich niesen konnte. Der zweite Bogen flog dem andern in den Äther nach, und an der Stelle des Obstgartens erstand ein unverputzter Backsteinbau, der genau der Druckerei glich, in der Mutter monatelang gearbeitet hatte, als Vater im Gefängnis war. Sie staunte nicht länger, sondern stützte die Ellbogen auf die Knie, das Kinn in die Hände und beobachtete, wie sich der neue Bau ebenso schnell auflöste wie ein Löffel Zucker im Tee. Sodann zogen immer kompliziertere Zeichnungen mit Querschnitten, die sich jeweils rechtwinklig aufeinander bezogen, nach und nach vor unseren Augen vorüber: ein Krankenhaus, mit ziemlicher Sicherheit das, in dem ich geboren worden war, eine Fabrik mit bleifarbenen Schloten und Rauchsäulen, in der sie später angestellt gewesen war, ein von Stacheldrahtzäunen und Wachtürmen umgebenes Gefängnis, in dessen Hof ich Vater in Häftlingskleidung zu sehen vermeinte, eine marode alte Villa wie die, in der Mutter schließlich Bibliothekarin geworden war, ein Wohnblock wie jeder andere in den unzähligen Blockvierteln, und zwar jener, in den wir gezogen waren, nachdem Großvater gestorben war und sie unser Haus abge-

131

rissen hatten, nun ja, allerhand Bauten, die in der Mehrzahl in direkter Beziehung zur Familie standen, sowie manche andern, die in einer Beziehung zu uns allen, zu absolut allen standen, etwa das Pressehaus Casa Scînteii, das an der Stelle der Pferderennbahn spitz aufgetürmte Ungetüm, und das Haus des Volkes, das Ungeheuer, das einen Teil der Stadt verschlungen hat. Ganz ehrlich, ich wunderte mich über gar nichts mehr, denn der Herr auf der Bühne war ein vollkommener Künstler, ein Zauberer der Zeichenfeder und der glaubhaften Vorspiegelungen, und wenn er in der Lage gewesen war, das alles so gut darzustellen, Giganten aus Backstein und Beton in den Obstgarten im Gebirge zu holen, dann war er gewiss zu allem in der Lage. Ebenso locker, wenngleich etwas müde, erwies er sich auf dem letzten Blatt als Zauberarchitekt, denn diesmal zeichnete er mit seinen aberhundert geraden und geschwungenen Linien nicht die Umrisse bestehender Gebäude nach. Zwischen den Apfel- und Weichselbäumen, die wieder an ihrem Ort standen, allerdings nicht in Blüte, sondern mit reifen Früchten behangen, erschien ein Haus, rund wie eine Melone, mit buntscheckigem Schindeldach, lustig anmutenden pastellfarbenen Flusskieseln im kalkweißen Putz der Wände, einem Vorbau, strotzend von Puppen und Marionetten, die an der Dachrinne oder am Geländer hingen oder auf den Stühlen saßen, Blumenkästen voller Studenten- und Mohnblumen vor den Fenstern. Als Mutter dies sah, lachte sie laut auf und klatschte in die Hände. In meinem Traum war ich sicher, es war das Haus ihrer Träume. Als ich erwachte, war mir, als wäre mein Herz in Honig gebadet.

* * *

Die Maus in der Küche, die ich mit einem Stückchen Schmelzkäse geködert und in einem Schuhkarton gefangen hatte, war anders als andere Mäuse. Sie hatte keine fünf Beinchen und kein blaues Fell, redete nicht und schlug keine Purzelbäume, aber sie brachte mich zu der Überzeugung, dass sie etwas draufhatte. Ich hielt sie in einem größeren Einmachglas mit einem Bodenbelag von zwei, drei Fingerbreit Sägemehl, wie meines Wissens das Nest eines Hamsters ausgestattet war. Damit es nicht endete wie mit den Fliegen in der Limonadenflasche, die den Erstickungstod gestorben waren, bohrte ich eine Menge Löcher in den Deckel. Durch eines davon, das ich mit einem dicken Nagel erweitert hatte, streute ich ihr Weizenkörner und Brotkrumen, einmal fischte ich auch Nudeln aus der Suppe und ließ sie einzeln hineingleiten. Zunächst reizte ich sie natürlich, ließ die Nudel vor ihrer Schnauze pendeln, hob und senkte sie, ließ sie langsam kreisen, bis die Maus ihre Furcht überwand und ihr rundherum hinterherlief. So kreiselte sie eine Weile, fast eine Minute lang, dann blieb sie stehen und versuchte, sich auf die Hinterläufe zu stellen wie ein Stehaufmännchen. Benommen, wie sie war, kippte sie zur Seite und rührte sich eine Weile gar nicht mehr. Es war klar, entweder ich war übergeschnappt oder sie, denn wir waren beide zu harten Strafen verurteilt worden und vermochten die Haft kaum zu ertragen. Während ich von Mutter für die Vorfälle im Schloss bestraft worden war, hatte sie es mit keinem Geringeren als dem Gott der Eulen zu tun, wobei ich als ergebener Tempeldiener auftrat. Noch bevor ich sie jedoch zum Hohepriester Emil bringen konnte, wo sie unter die Opfergaben eingereiht werden und auf dem Altar ihr Leben lassen sollte, stellte ich fest, dass die Maus mitnichten Todesängste litt. Sie klagte nicht, hatte keinerlei Wehmut oder Gewissensbisse, sondern schlicht wahnsinnigen Hunger. Da mochte ich sie noch so sehr füttern, sie wurde nie satt, also gab ich es auf, sie zu verwöhnen, war sie doch wirklich ein Fass ohne Boden. Da ihr der Opferaltar blühte und sie das überhaupt nicht scherte, beschloss ich, ihr die Augen zu öffnen, ihr zu verstehen zu geben, welchen Weg sie zu gehen hatte, sie am Ärmel zu zupfen, obwohl sie nicht bekleidet war. Allzu viele Möglichkeiten gab es nicht, also griff ich auf eine einfache zurück, sobald ich an einem von Lämmerwölkchen bekrönten sonnigen Tag das Haus verlassen durfte. Zuri schlief im Schuppen, in den es am Vorabend nicht hineingeregnet hatte, die Hühner stocherten mit den Schnäbeln im Morast, auf der Oberleitung in der Nähe des Mastes saß ein Spatz, auf der Tanne an der Straße ein Eichhörnchen, aber zu jenem Zeitpunkt an jenem Ort war mir das alles völlig egal. Ich war auf der Suche nach Cici, der Nachbarskatze, auf deren Überzeugungskraft ich setzte. Der Bugiulescu war wie immer zu dieser Zeit auf dem Markt, und wundersamerweise war die Bugiulescu nicht gerade dabei, Blumen zu gießen, Wäsche zum Trocknen aufzuhängen, zu stricken oder ihren Enkel im Kinderwagen auszuführen. An einen Baum gelehnt, nahm ich ihren Hof in Augenschein, musterte ihn aufmerksam und rief leise, um den Hund nicht zu wecken, mal den Namen, mal wie man halt eine Katze ruft: psss, psss, psss. Antwort kam natürlich keine, dafür schlich Cici schläfrig von der Hinterseite des Schuppens heran, grau und rötlich gefleckt, den Schwanz gereckt, sprang auf den Zaun und kam näher, indem sie auf den Spitzen der Latten träge eine Pfote vor die andere setzte. Ich streichelte sie ein bisschen, bis sie zu schnurren begann, dann nahm ich sie in den Arm und ging mit ihr hinein. Als sie die Maus mitten im Zimmer entdeckte, war ihre Schläfrigkeit mit einem Mal verflogen, als wäre der Teufel in sie gefahren. Wie ein Bussard schwang sie sich von meinem Arm, was nicht ohne Kratzer abging, stürzte sich auf das Einweckglas, warf es um und rollte es in dem Bemühen, durch das Glas zu brechen, unter den Vorhang. Dort unterm Fenster verlegte sie sich auf ein fürchterliches Maunzen, als wäre sie ein Leopard. Durchbeißen konnte sie den Deckel nicht, aber sie entdeckte die Löcher, die ich gebohrt hatte, hieb die Krallen hinein und war drauf und dran, ihn aufzureißen. In dem Gestöber von Sägemehl drinnen, das an einen Schneesturm gemahnte, flatterte die Maus wie ein Blatt im Wind und fand, meine ich, gerade heraus, dass das Jenseits nicht fern war und anders schmeckte als die Nudeln.

Am Tag elf nach jenem, an dem ich das Tierchen von der Größe eines Feuerzeugs erbeutet hatte, Tag fünf nach dem Wüten von Cici, wollte ich die Sache zum Abschluss bringen und dem ganzen Elend ein Ende bereiten. Es war ein Dienstag, aber ich hatte keinen Sinn für die unheilschwangeren Prophezeiungen des Volksmunds. Schon am Sonntag hatte ich mich mit Emil zu einem Gang zu den Eulen verabredet, ohne Zuri und, wie immer, ganz im Geheimen. Nach meiner Rechnung, und die war, wenn ich meinen Geburtstag als Stichtag nahm, überhaupt nicht schwer anzustellen, war es zwei Jahre her, genauer: zwei Jahre und einen Monat, seit sich einfach so, von jetzt auf gleich, der Dunst verzogen und im Herzen des Waldes eine Schranke aufgetan und mir Eingang gestattet hatte zu einem Bereich, der mir nicht einmal im Traum erschienen war. Gewiss, der Dunst hatte keinerlei Beziehung zum Nebel oder zum Sonnenuntergang, und die Schranke, von der ich rede, war nicht die eiserne, grün-weiß gestreifte oberhalb des Sammelbeckens. Den Forstweg war ich in der Zwischenzeit schon unzählige Male abgegangen, und stets hatte mein Herz sich zusammengekrampft und so aufgeregt geschlagen, als sollte es zerspringen. An jenem Dienstag jedoch schlug ich den Vormittag mit allerhand Unsinn tot, spielte auf dem Schlackenplatz neben der Villa Brîndușa Fußball, schwatzte mit den Jungs und band schließlich, als der Bus um Viertel nach eins die Endstation erreicht hatte, ein Bündel Stacheldraht an seine hintere Stoßstange, das irgendjemand neben etlichen Säcken mit Bauschutt liegengelassen hatte. Als ich mich später nach Hause verzog, konnte ich über die Entfernung von einem Kilometer und trotz Gegenwind noch dumpf die Flüche des Fahrers vernehmen. Der Gevatter Moșoianu klang jedenfalls, als wäre er schwer von Hornissen befallen, drauf und dran, mit aller Macht irgendein Ding irgendwo einzurammen, wobei er, der zum vierten Mal verheiratet war, seine Verwünschungen ausschließlich Müttern zudachte, nicht etwa kinderlosen Frauen. Beim Eintreten dankte ich dem Himmel, dass Vater sein Plätzchen eingenommen hatte und nicht in der Küche um ein Gläschen herumtanzte. Mich plagte zwar kein Hunger, aber Mittag ist Mittag und Regel ist Regel, deshalb wärmte ich mir etwas von dem Eintopf auf und ließ die dünne Kürbissuppe links liegen. Obwohl ich mir am Morgen, während ich die Schnürsenkel band, insgeheim geschworen hatte, nicht auf die Uhr zu schauen, ertappte ich mich dabei, dass ich

nach jenem runden roten Gegenstand mit einem Zipfelchen obenauf schielte, der auf dem Schrank stand. Und dass die Zeiger gerade
übereinanderlagen, ließ darauf schließen, dass es erst zehn nach zwei
war. Unter dem Ticken der Uhr, das traf mich wie Nackenschläge,
zog ich das Mittagessen, so gut es ging, in die Länge, kaute träge,
trank Wasser, obwohl ich keinen Durst hatte, ja ich spülte, was selten
vorkam, den Teller, den Topf und das Besteck, wischte sogar den Li-
noleumboden mit einem feuchten Lappen und versuchte mich selbst
zu betrügen, indem ich mich geflissentlich aufs Gähnen verlegte und
Schläfrigkeit mimte in der Hoffnung, dass der Schlaf mich übermann-
nen würde. Vergebens wälzte ich mich im Bett herum mit den viel-
fältigsten Vorstellungen, was Emil für ein Gesicht machen würde,
sobald ich das Glas aus dem Rucksack holte und ihm reichte. Mir
war schwindlig von all den Mienen, von entzückt bis verärgert, von
verständnisvoll über spöttisch bis abweisend, die ich nach und nach
durchspielte. Um diesen Vorstellungen zu entgehen, zwang ich mich
zu lesen, aber die Buchstaben stoben auseinander und gerannen
nicht zu Wörtern, die Zeilen verwarfen und schlängelten sich. So
ließ ich denn auch das Buch sinken, es war nicht mehr das von den
Toten Seelen, sondern ein gerade erst ausgeliehenes, *Der Schaum der
Tage*. Obwohl die verrückte Geschichte mir im Innersten guttat,
konnte ich mich überhaupt nicht darauf konzentrieren, als hätte die
eigene Geschichte mich versklavt, mir Arme und Beine in schwere
Ketten gelegt. Es wäre unverschämt gelogen, würde ich nicht eingestehen, dass ich mich auch um die arme Maus sorgte, nicht nur um
Emils Reaktion. Man mag sagen, was man will, aber elf Tage sind immerhin eine beachtliche Zeit, und wenn man in dieser Zeit jeman-
den versteckt hält und betreut, ist dessen Schicksal einem unmöglich
egal. Noch dazu war ich, damit das Rascheln aus dem Innern des
Glases nicht zu vernehmen war, genötigt gewesen, es mit einem alten
Teppich abzudecken, den ich aus dem Keller geholt hatte, und das
Bündel, sobald Mutter oder Vater nach Hause kamen, in einer Ecke
neben dem Kleiderschrank hinter der Nähmaschine zu verstecken.

Einmal, als ich ein Häuflein Weizenkörner auf dem Fensterbrett vergessen hatte, fragte mich Mutter, was die dort zu suchen hätten. Ich sagte, ich hätte Appetit auf Nüsse gehabt, und da es keine gab, Körner aus dem Sack für die Hühner geknabbert. Sonst hatte es keine Schwierigkeiten gegeben, und an jenem Tag gegen drei versetzte mir das Ticken des Weckers keine Nackenschläge mehr, vielmehr streute es Salz in die Wunde. Ich beschloss spontan, ohne zu zögern, der Maus eine Freude zu bereiten, ihr den letzten Wunsch zu erfüllen. Und da ich mir nicht vorstellen konnte, was ihr durch den Kopf ging, fiel mir eine bestimmte Szene ein, die in allerhand Filmen abgewandelt wird und in der den Leuten, die zum Galgen geführt, vor das Erschießungskommando gestellt oder auf den elektrischen Stuhl geschnallt werden, zugestanden wird, eine letzte Zigarette zu rauchen. Ich musste in der Küche nicht lange suchen, ich wusste, wo Vater seine Tabakvorräte hielt, also stieg ich auf einen Schemel und holte die Kaffeemühle von dem Brett über dem Kühlschrank. Ich schraubte die Kurbel ab und öffnete die Mühle, nach kurzem Zögern bei der Wahl zwischen filterlosen und Filterzigaretten entschied ich mich für eine Carpați, stark sollte sie sein und das Leid lindern. Schwieriger gestaltete sich das eigentliche Rauchen, denn ich hatte keine Ahnung, wie ich die Maus packen, ihr die Zigarette zwischen die Lippen stecken und sie überzeugen sollte, auf Lunge zu rauchen. So sah ich mich denn gezwungen, anders vorzugehen, zu improvisieren, zumal ich im Radio gehört hatte, dass Passivrauchen auf hinterlistige Weise und umso stärker wirkt. Eins gab das andere, ich wickelte das Glas aus dem abgetretenen Teppich, stellte es auf die Nähmaschine, redete der Maus gut zu und erklärte ihr, was da auf sie zukam, alsbald nach Sonnenuntergang auf einer Bergwiese mit etlichen Baumstümpfen, wo merkwürdige Schreie und trügerischer Flügelschlag zu hören sein würden. Für einen Augenblick lag mir eine Entschuldigung auf der Zunge, aber ich sah davon ab, schließlich war es eine mickrige Maus, die unsere Wände angeknabbert hatte. Wie zum Zeichen der Vorsehung wollten die Streichhölzer nicht brennen, als wären sie feucht oder würden von einem Luftwirbel ausgeblasen, mit einiger Mühe zündete ich mir die Zigarette an, paffte einige Male, dann blies ich den Rauch durch das Loch im Deckel, das ich mit einem Nagel erweitert hatte. Immer wenn ich geblasen hatte, hielt ich die Löcher mit der Hand zu, damit sich das stärkende Aroma nicht verflüchtigte und ich zum gewünschten Ergebnis gelangte. Allerdings musste ich feststellen, dass die Maus den dichten Dunst im Glas mitnichten genoss, vielmehr quiekend umherrannte, an der Seitenwand hinaufzuklettern versuchte, abrutschte, im Sägemehl versank, dann wieder auftauchte und wie besessen herumtobte. Ohne lange zu überlegen, schraubte ich den Deckel so weit auf, dass frische Luft hineingelangte und das kleine Wesen wieder zu sich kam. Es war ohne Zweifel ein blöder Plan gewesen, merkwürdigerweise aber war Leben in die Uhrzeiger gekommen, sie hatten sich schneller bewegt als zuvor. Es war jetzt schon zwanzig nach vier, und das Treffen mit Emil um sechs schien nicht mehr so weit hin. Ausgerechnet jetzt packten mich Gewissensbisse, und ich beschloss, den Fehler wiedergutzumachen und der Maus noch einen Wunsch zu erfüllen, einen unbedenklichen. Filme kamen nicht mehr infrage, um Gottes willen, sie hatten mir ja nichts Gutes eingegeben, ich wählte eine sichere Variante, die wahres Vergnügen bereiten sollte. Da ich kein Sparschwein hatte, durchsuchte ich alle Taschen, wühlte in Vaters Kleidern, kippte die Schachtel mit Knöpfen und Nadeln sowie den Beutel mit Arzneien auf den Fußboden, tastete Mutters Überzieher ab und kratzte so mit einigem Glück dreitausendachthundert Lei in Münzen zusammen. Es ging schon auf fünf Uhr zu, und da die Zeit knapp wurde, rannte ich zum Laden des Viertels, wobei ich nicht die Straße, sondern allerhand Abkürzungen nahm. Beim Forminte hing allerdings ein Schloss an der Tür und im Schaufenster ein Zettel mit der Aufschrift *Inventur*. Sekundenlang meinte ich vor Verblüffung zu ersticken, dann rannte ich weiter zu den großen Geschäften in der Innenstadt. Mit dreitausendachthundert Lei konnte ich gerade mal ein Scheibchen Käse kaufen. Erschöpft und verschwitzt kam ich wieder nach Hause und hatte, ehe ich das Glas in den Rucksack stopfte, das T-Shirt wechselte und mich wieder aufmachte, gerade noch Zeit, den Käse in schmale Streifen zu schneiden und diese durch das Loch im Deckel gleiten zu lassen.

Emil stand keine hundert Meter oberhalb der Kurve, mit seiner Tasche am Schulterriemen und einem karierten Schal um den Hals. Ich winkte ihm zu, und als ich auf seiner Höhe war, schlug ich die Hacken zusammen und salutierte wie ein Soldat. Er lächelte. Und befahl: »Rührt euch!« Darauf passte ich meinen Schritt dem seinen an, wobei mein Rucksack nicht unbeachtet blieb, zumal ich ihn zum ersten Mal trug, seit wir unseren Weg zu den Eulen gingen. Vorläufig stellte er keine Fragen, erst als wir die grün-weiß gestrichene eiserne Schranke passiert hatten. Wir durchquerten den Mischwald, dessen Boden von tiefen Gräben durchzogen war, welche die Forsttraktoren irgendwann hinterlassen hatten und die jetzt von Moosen, Sträuchern und Brennnesseln überwachsen waren. Da ich nicht quasselte wie sonst, sondern nur auf die Vöglein achtete, die in meinem Kopf schwirrten, brach seine Frage nicht nur die Stille, sondern irgendwie auch den Rhythmus unserer Schritte. Ich setzte den Rucksack ab, löste den Riemen und die Schnur, hastete an ihm vorbei, holte langsam und verdeckt das Glas heraus, wandte mich um und streckte es ihm wie eine Trophäe entgegen. Emil blieb stehen, betrachtete es, seine braunen Augen verrieten nichts von dem, was ich erwartet hatte, sie wanderten zwischen mir und der verschreckten Maus hin und her wie zwei schaukelnde kleine Pendel, als würden sie etwas Unbekanntes, Unbestimmtes ausmessen und errechnen, das aus meiner Sicht mit Arithmetik nichts zu tun hatte. Gewiss gab es in seinem Ausmessen und Rechnen nichts von dem Entzücken, dem Ärger, der Nachsicht, dem Hohn, der Kälte und den unzähligen anderen Zuständen, die ich mir elf Tage lang vorgestellt hatte, in denen ich mich selbst auf kleiner Flamme geröstet hatte in dem Bemühen, seine Reaktion im Voraus zu erraten. Was man da auf der Lichtung voller Stümpfe und Sträucher, welkem Bärlauch und Himbeergestrüpp in seinem Gesicht lesen konnte, war schwer zu entziffern, denn in Ermangelung einer hochgezogenen Braue, verzogener Mundwinkel, zusammengepresster Lippen oder anderer Regungen und Gesten kann man Empfindungen nicht greifen, sie rieseln einem wie Sand durch die Finger. Die Sonne schwächelte, und in ihrem späten Licht, den letzten Strahlen, wurde mir klar, dass das Glas in den Rucksack zurück- und wir weitermussten. Wir gingen weder ziellos schlendernd noch schnell, irgendwann verließen wir den Forstweg und folgten einem kaum auszumachenden Pfad, der sich auf mehr oder minder gleicher Höhe den Hang entlangschlängelte. Als wären wir stumm, trotteten wir dahin wie noch nie, es war eine merkwürdig gellende Stille, die mich bedrückte, dann aber auch wieder zum Lachen brachte. Während ich Emil zwischen den alten Bäumen folgte, zerfielen meine Gedanken immer wieder zu Scherben, dann zu Splittern. Und die Scherben und Splitter sahen etwa so aus: Was war das doch für ein Blödsinn, wenn in der Schule von stolzen Tannen die Rede war; vielleicht war die Maus in dem Dunkel des Glases eingeschlafen; jenseits des Kammes, auf der Gegenseite des Berges, gab es riesige Felsen und die Staustufen der Ghindura; der Mann vor mir war, was immer er glauben mochte, ein wunderbarer Mensch; wie gut, dass ich denn Pulli angezogen hatte; wenn Mutter herausbekäme, dass ich eine Maus unter ihrer Nähmaschine versteckt hatte, würde sie mich braten und aufessen; da die Eulen hin und wieder auf meinen Ruf antworteten, wäre es doch möglich, dass ich ihre Sprache lernte. Die Schatten wurden dichter und waberten im böigen Wind, und als ich über einen Stein stolperte, ging mir auf, dass ich Emil in den gut zwei Jahren alles erzählt hatte, was es zu erzählen gab. Alles, absolut alles. Beispielsweise hatte ich den Lebenslauf von Mioara Rugea ergänzt, sodass er auch ihre Taten späteren Datums aus den Neunzigern kannte, als die Leute an ihre Tür klopften mit der Bitte, sie möchte ihnen deutsche Prospekte von Fernsehern, Kassettenrekordern, Kaffeemaschinen und sonstigen Geräten übersetzen, die sie in rauen Mengen kauften vor Glück, nachdem sie die Kommunisten vertrieben hatten. Ebenso hatte ich auch die Porträts all der anderen Frauen skizziert, bei denen Mutter zugange war, der Frau Sanda, der Tante Pia, der Frau Iulia, der Apothekerin, der Crinuța und der Friseurin Magda mit ihren ewigen Fisimatenten und Kopfschmerzen. Ich hatte ihm auch gestanden, dass mir, solange ich ein Kind war, Magda stets kostenlos die Haare geschnitten hatte, nur dass ihre Hände nach Essig rochen. Außerdem verfügte Emil über die Personaldaten meiner Freunde bis ins Detail, genauer als in einer Ärztekartei, und er hatte eine Limonade mit Eis und Honig und Pfefferminzblättern zubereitet, als ich ihm die Nachricht überbrachte, dass mein Bruder Dan endlich auf einem Kreuzfahrtschiff angeheuert hatte, nicht als Barkeeper oder Kellner, sondern vorläufig als Klomann. Darüber hinaus waren Hunderte von Nichtigkeiten und Albernheiten zusammengekommen, Zwischenfälle mit Lehrern und Schulkameraden, Klatsch und Tratsch, die Launen von Zuri, Fußballergebnisse, meine ersten alpinistischen Heldentaten, kleine Theorien zum Schicksal des Planeten mit den Russen und Amerikanern, Gaunereien des Bürgermeisters, amouröse Affären, die aufgeflogen waren oder auch nicht, das Getue der Bukarester, die Hitliste ausländischer Autos, Hunderte und Aberhunderte derlei Sachen, zu denen auch noch, wie der Zuckerguss auf dem Kuchen, die Kraftausdrücke passten, die in der Stadt in Umlauf waren. Durch mich und auf mein Gequengel hin hatte Emil mit Sorin Iorguleț Bekanntschaft gemacht, einem Kerl in seinem Alter, der sich die Haare färbte, auf jugendlich und auf Künstler machte, Landschaften malte, Ski und Rad fuhr und seit Neustem als großer Umweltschützer daherkam. Dieser Iorguleț hatte für zweitausend Dollar ein Pärchen Lämmergeier gekauft, sie in Spezialkäfigen aus Spanien, aus den Pyrenäen, einfliegen lassen und mit großem Tamtam am Strîmba-Sattel unweit des Militärrelais ausgewildert in der Hoffnung, dass sie in den Karpaten wieder heimisch würden. Das war im Mai gewesen, als der Almauftrieb der Schafe noch nicht stattgefunden hatte und man nach Herzenslust Aufnahmegeräte einsetzen konnte, ohne dass Reporter und Kameraleute vor Kälte bibberten. Später dann, im Juli, waren die Geier von Hirten mit Gift und Knüppeln zur Strecke gebracht worden, damit sie sich nicht auf die Herden stürzten. Emil hatte sich mit ihm zu einem Kaffee getroffen, mochte den Typ aber nicht. Er hielt ihn für einen Blender. Zu dem Treffen hatte er in der Tragetasche eines seiner Vogelbücher mitgenommen, das englische mit einem hässlichen Geier auf dem Umschlag, aber nicht für nötig befunden, es dem anderen zu zeigen. Dafür bin ich für mein Teil im Namen der Zeiten, in denen Verben stehen können, Vergangenheit, Gegenwart und Zukunft, bereit zu schwören, dass nie jemand erfahren hat, erfährt oder erfahren wird, wo unsere Lichtung liegt und wie dort der Abend kommt.

Der Hauch des Abends aber war als Schauer zu spüren, während wir weiterhin stur schweigend zwischen den sich lichtenden Bäumen hinaufstiegen. Schnell überquerten wir die Lichtung und hatten dabei weniger den in der Abenddämmerung rötlich schimmernden Gebirgskamm im Auge als die Laubkronen, die sich im September, wenn wieder eine Ferienzeit in Schutt und Asche sank, ins Gelbe verfärbten. Wie gewöhnlich setzten wir uns auf Baumstümpfe und tranken, ebenfalls wie gewöhnlich, Tee. Gewiss hätte ich, wenn alles andere gewesen wäre wie gewöhnlich, wenn es nicht die Maus im Glas gegeben hätte, leidenschaftlich losgelegt und ihm von der Seerose erzählt, die in Chloés Lunge erblühte, von dem Aal, der durch das Abflussrohr ins Waschbecken gelangt war, von dem Zimmer, das nach und nach kleiner wurde, vom Herzensausreißer, von den Gewehren, die sich aus der Erde reckten, von dem Mäuschen im Haus von Colin, einem anderen Mäuschen als dem meinen, und von all den Sachen, die sich in dem unerhörten Buch zutrugen, das er selbst mir ein paar Tage zuvor geliehen hatte. Natürlich sagte ich nichts, und Emil machte sich ans Rauchen, wobei er mit strenger Miene vier Finger in die Höhe reckte zum Zeichen, dass er die Zigaretten sehr wohl abgezählt und die Tagesration nicht überschritten hatte. Als er sich herabließ, zu mir zu sprechen, verwendete er nicht viele Worte, noch nicht einmal Buchstaben darauf, er wies mit der Hand auf die Lichtung und raunte lediglich: »Bitte!« Ich widersetzte mich nicht und wollte, den Rucksack auf dem Rücken, nach einem kurzen Hüsteln einen jener langgezogen jodelnden Rufe ausstoßen, die den Eulen verkündeten, dass wir da waren. Ich kriegte ihn nicht richtig hin, als hätte ich einen Knoten im Hals, also versuchte ich es noch einmal und immer wieder, etwa zehn Mal, bis er mir endlich gelang. Da erscholl von dem Gipfel linker Hand, im Süden, ein schrill durchdringender, nachhallender Schrei, in dem ich, wie immer, Einsamkeit und Freude, Reste von Zerrissenheit und Brocken von Wehmut erkannte, der aber zugleich, wer weiß weshalb, in meinem Kinderhirn von damals sogar Erinnerungen an Meeresrauschen wachrief. Krampfhaft packte ich die Tragriemen des Rucksacks und ließ sie nicht mehr aus den Händen. Mit der grauen Eule, die wir schon lange kannten, hat dann Emil geredet. Sie war nicht verärgert und erwartete, da bin ich sicher, keinerlei Opfergaben. Auf dem Rückweg, als wir wieder an der grün-weiß gestrichenen Schranke vorbei und am Sammelbecken waren und man schon das Hundegebell aus der Stadt hörte, ließ ich die Maus laufen, in der Dunkelheit ins Gras, damit sie sowohl im Wald als auch bei den Häusern und bei ihrer Mausfamilie wie bei den Menschen war, so wie sie es, meine ich, gernhatte.

* * *

In all den Jahren, die ich nun schon hier bin, habe ich den Kalender der Ameisen, ihre Sitten und Rituale kennengelernt. Sie kommen im Frühjahr, Ende März oder Anfang April, nehmen das Haus in Beschlag, allerdings nicht mit chaotischer Angriffslust, sondern geordnet und in aller Stille. Zuerst kommen die Späher, kühn und flink, um mit ihren winzigen Antennen alle Geheimnisse zu ergründen, all ihre anderen Sinne, welche es auch sein mögen, geschärft. Sie wuseln, wimmeln, sammeln wertvolle Informationen, erstellen Karten und melden das alles mit Sicherheit den Häuptlingen und der Königin.

Nach einer Weile tauchen bei Tageslicht oder im Schein einer Glüh-
birne Kohorten von Wegbereitern auf, und in ihrem Gefolge mar-
schiert ein ganzes Volk auf Wanderschaft daher. Sie leben unter Dielen, in den Spalten zwischen Brettern und Balken oder in verborgenen
Zwischenräumen in den Wänden, an Leitungsrohren oder elektrischen Leitungen und hinter alten Kacheln. Selten ziehen sie, wer
weiß wieso, von einem Ort zum andern, dann aber krabbeln sie langsam im Gänsemarsch in endlosen Reihen, als zögen sie durch eine
Wüste oder über kahle, von heißen Winden gepeitschte Berge. Die
meiste Zeit tun sich die Arbeitstiere überall um, suchen, wittern und
schleppen allerhand Lasten, Mühlsteinen gleich. Wir sind Freunde,
ich überlasse ihnen auf dem Tisch allerhand Brocken, einen Klacks
Marmelade an der Löffelspitze, geriebenen Käse, gekochten Reis
und Krümel vom Hefezopf, sie zwicken mich nicht und kriechen
nicht in mein Bett. Am meisten mögen sie Süßigkeiten, und ich
muss die Zuckerdose und das Honigglas fest verschließen. Wenn ich
sehe, wie sie auf Zitronenduft abfahren, kommt mir der Gedanke, ob
die Ameisen nicht vielleicht in Asien am Ufer des Ganges geboren
sind, worauf sie Schiffe bestiegen und im Verbund mit den sauren
gelben Früchten die Welt erobert haben. Aus meiner Kindheit weiß
ich noch, dass Lili sie im Haus in Cernica köderte, indem sie schmale Scheiben mit etwas Soda in alle Ecken legte. Diese ihre Leidenschaft scheint sie all ihrer Sinne zu berauben. So sehe ich mich gezwungen, den Teekessel gut abzudecken und die Tasse auszutrinken,
damit sie nicht hineinkriechen und ertrinken. Wochenlang begegnen sie mir in den Küchenschränken, auf den Regalen der Speise-
kammer, in den Schubladen, im Spülbecken und in der Badewanne,
wo es für sie, wie ich meine, nach Tang und Ozean riecht. Dann sind
sie von jetzt auf gleich, ohne Abschied, verschwunden und lassen
mich ratlos zurück. Manchmal verschwinden sie im Mai, dann wieder im Juni oder gar erst im Juli. Jedenfalls hat es, wenn sie weg sind,
auch mit dem kalten Regen ein Ende, ich kann meine Knieschmerzen vergessen und auf Pillen und Salben verzichten.

Die Frage, die mich seit Langem umtreibt, die an mir nagt und mir zusetzt, klingt etwas seltsam. Wie wäre es um meine Tage, meine Nächte, um meine Biografie und mein Schicksal bestellt, wenn nicht Lia neben einem Ameisenhaufen ohnmächtig ins Gras gesunken, wenn nicht die Ameisen über ihre Hände, ihren Hals, ihre Wangen und ihre Lider gekrochen wären? Jedenfalls floss das Leben, während die schwärzlichen Punkte über ihre weiße Haut huschten, zugleich sanft und stockend dahin, eher stockend, nach einer wirren Partitur. Ich hob sie eiligst hoch, trug sie auf den Armen keine zehn Meter weit und legte sie, schlaff, zart und willenlos, wie sie war, bei irgendwelchen Mädchen auf die Decke, eine karierte Decke. Aber ich hatte keine zehn Meter, wenige Sekunden nur gebraucht, um zu sehen, was ich bis dahin nie gesehen hatte, ihr kastanienbraunes Haar, das sich bei jedem Schritt wellte, die gebogenen Wimpern, die zarten kleinen Ohren, die Lippen, deren Farbe an reife Erdbeeren erinnerte, die samten gerundeten Knie, ein Muttermal im Ausschnitt der Bluse, auf der Brust, die Falten des Rocks wie fächerförmig geschwungene Blätter, den Einklang der Gesichtszüge und des Atems, der unter dem bewölkten Himmel wie ein sanftmütiges stummes Lied nachhallte. Ein Lied, das mich betörte. In dieser Ohnmacht, während sie abwesend war, war sie mir gegenwärtiger denn je. Die Wärme ihres Körpers fühlte sich anders an als die Wärme des Sommers, und ich ging, obwohl ich noch nicht an Rheuma litt, in dieser Wärme auf, ich schmolz dahin. Während ich sie auf den Armen trug, ertastete ich, ohne es zu wollen, die Formen ihrer Schultern, ihrer Schenkel, die Taille, und als ich sie danach von den Ameisen befreite und diese von der milchweißen Haut verjagte, ertastete ich zu meiner Verwunderung mit den Fingerkuppen, dass man sich blitzartig verlieben kann, jenseits aller logischen und landschaftlichen Gegebenheiten. An jenem Donnerstag im August, zur Halbzeit eines Studentenlagers, waren wir am Salomonfelsen bei Kronstadt, ich hatte mich abgeseilt und legte Karabinerhaken, Seil und Klettergurt zusammen, sie aber war zunächst nur eine Gestalt unter anderen, im

Schatten am Fuß des Felsens. Plötzlich sank sie hin wie niederge-
mäht in der Nähe eines Baumes, etwas unterhalb des Ortes, wo ich
stand. Mit wenigen Sprüngen war ich dort, staunte über die Schnel-
ligkeit, mit der die Ameisen über sie herfielen, und so schleierhaft der
Grund ihrer Ohnmacht war, so klar wurde mir, dass Großvater recht
gehabt hatte, als er sagte, dass nichts sich mit den Brüsten und den
Schenkeln einer Frau vergleichen lässt. Auf der karierten Decke, die
von einer Menge Neugieriger umringt war, hatte ich auch noch den
unseligen Einfall, ihre zwei Ohrfeigen zu verabreichen. Lia erwachte
wie aus einem tiefen Schlaf, heftig zwinkernd, benommen sah sie
nach rechts und nach links, ihre mandelförmigen Augen waren
schwarz, aber jene ausschwingende Mandelform sollte sich mit der
Zeit, nach und nach, als weit bitterer erweisen als Mandelgeschmack.
Und die beiden Ohrfeigen sollten sich später gegen mich kehren,
aufs Heftigste.

* * *

Närrisch, wie ich nun mal bin, stets bereit, mich über jeden Dreck zu
freuen, ging ich gleich an jenem trostlosen, nebelverhangenen Nachmittag zu Emil, keine Stunde nachdem ich die Polizeiwache verlassen hatte. Dort war mir an einem schwach beleuchteten Schalter
mein erster Personalausweis ausgehändigt worden, mit Kennbuch-
staben und einem kleinen Bild, auf dem ich etwas verschreckt aussah,
Name und Vorname voll ausgedruckt, nicht bloß Luci, wie mich alle
nannten, mit numerischem Personencode und einer Gültigkeit von
zehn Jahren. Unterwegs trug ich jenes Kärtchen in der Brusttasche
der Jacke, aber mir war, als würde es sich in meine Haut brennen oder
bohren, darum zog ich es oft hervor und betrachtete es, um das Brennen loszuwerden. Nach meinem Zeitmaß erschienen mir zehn Jahre
wie ein Menschenleben, eine Ewigkeit, und die blaue Äderung und
wie Rom...nia da in Großbuchstaben über der Trikolore stand, das alles fand ich verdammt gut. Ich war so begeistert, dass ich, nachdem
ich um das Haus der Frau Rugea herum war und auf der Hinter-

146

treppe je zwei Stufen auf einmal genommen hatte, fester anklopfte als sonst.

Drinnen war es warm, und ich erkannte, ohne dass ich nach dem Cover oder dem Plattenspieler geschielt hätte, die Stimme von Aznavour, begleitet von einem Klavier und dem Knistern der Scheite im Ofen in der anderen Zimmerecke. Emil trug einen weiten weichselroten Pullover, den ich sehr gut kannte, und die Lesebrille auf der Nasenspitze. Ich schneite gewöhnlich unverhofft bei ihm herein, wenn mir gerade danach war, die Tageszeit konnte es also nicht sein, weshalb er mich so verwundert musterte. Zu meinem heftigen Klopfen musste noch etwas hinzugekommen sein, vielleicht mein merkwürdiger Gesichtsausdruck, meine Erregung, die ich nicht zu beherrschen vermochte. Um ehrlich zu sein, mit dem Ausweis im Ärmel, den ich ihm alsbald zeigen wollte, war ich außerstande, Ruhe zu bewahren. Als ich ihn dann langsam unter der Manschette des Hemdes hervorzog, ihn in der Hand wendete und damit überm Kopf wedelte, meinte ich wirklich, ich würde in tausend Stücke zerspringen und über den Fußboden kullern wie Splitter einer plötzlich auftauenden Eisscholle. Aber nichts dergleichen, ich blieb ganz, kein Stückchen ging von mir ab, und ich sah mich einem hochgewachsenen hageren Mann gegenüber, mit wirren weißen Haaren, durchdringenden braunen Augen, buschigen Brauen und einem Schnitt in der Wange vom Rasieren, der sich nicht mehr einkriegte vor Lachen, sich bog, als hätte er Bauchweh, dessen tränenüberströmtes Gesicht rot anlief und der sich dauernd auf die Knie haute, dabei hatte er sich schon so oft beklagt, dass sie schmerzten. Später dann riss er sich mehr schlecht als recht zusammen, bat mich, ich solle nicht böse sein, und sagte, ich hätte die Fresse eines bleichgekochten Fisches in einem Suppentopf. So ein heftiges Lachen geht allerdings nicht eins, zwei vorüber, also gluckste er, während er mit mir redete, noch kurz auf, so ernst er auch zu erscheinen bemüht war und darauf bestand, jene kleine Karte von der Größe eines Pik-Asses oder einer Karo-Sieben, die ich gerade erhalten hatte, näher zu betrachten. Eine Weile weigerte ich mich trotzig, sie ihm auszuhändigen, ja ich zog sogar den Reißverschluss der Jacke hoch und tat, als wollte ich gehen. Leider kriegte ich es mit dem Theaterspielen nicht besonders gut hin, ich ging nicht mal bis zur Tür, um die Klinke zu drücken, ja ich wurde plötzlich gewahr, dass ich auf einem Stuhl saß und sagte wie immer, ich würde den Tee mit Honig und Zitrone nehmen. Bevor Emil ihn mir zubereitete, begutachtete er den Ausweis aufmerksam, als läse er Hunderte von Zeilen, die sich auf einem Blatt Papier drängelten, und mir war gar nicht klar, ob das Schweigen echt war oder ob er es absichtlich vermied, dreizehn Ziffern in eine Reihe zu setzen, die einzigartig war und nur mir gehörte, die er aber normalerweise als idiotischen Stempel abqualifiziert hätte, wie ihn jeder Mensch auf der Stirn trägt. Auf dem Weg in die Küche legte er das Kärtchen auf den Schreibtisch und rief mir dann aus dem Vorzimmer zu, ich solle es mir auch noch einmal ansehen, dazu die Schreibtischlampe anmachen und die Lupe nehmen. Ich gehorchte, aber noch ehe ich in den Schubladen nach der Lupe suchte, bemerkte ich beim Nähertreten, dass auf dem ganzen Schreibtisch reihenweise Fotografien angeordnet waren. In der Ecke zur Wand lag der große kaffeebraune Umschlag, den ich nie zu öffnen gewagt hatte. Eine oder zwei Minuten, solange er sich um meinen Tee kümmerte, ließ ich meine Augen flüchtig über das improvisierte Album schweifen, erspähte unbekannte Wesen, Orte und Landschaften, und darin tauchte wiederholt Emils Gesicht von früher auf, schwer zu erkennen, aus anderen Zeiten und unter anderen Umständen. Als er zurück ins Zimmer kam, fand er mich unter den Lampenschirm gebeugt, die Ausweiskarte in der Linken und ein Farbfoto in der Rechten. Ich war verblüfft, denn mir war gerade die auffällige Ähnlichkeit zwischen mir und dem Jungen auf dem Fahrrad ins Auge gesprungen, einem Jungen im Anorak, der sich zu lächeln weigerte vor einem Hintergrund, in dem sich in der Ferne der Eiffelturm abzeichnete.

An jenem Abend im Oktober machte Emil mich anhand der Fotos auf dem Tisch mit seiner Familie bekannt, ohne auf Einzelheiten und Querverbindungen einzugehen oder sich auf Schilderungen und Personenbeschreibungen einzulassen. Vorerst klärte er mich darüber auf, dass jener Junge im Anorak, der fünfzehn Jahre alt geworden war und ebenfalls einen persönlichen Zahlencode, einen französischen, keinen rumänischen, verpasst bekommen hatte, sein einziger Enkel war. Er war in Marseille geboren, einige Zeit nachdem seine Mutter, gerade mal zur Halbzeit ihres Studiums, aus dem Land geflüchtet war. Auch sie zeigte er mir in zahlreichen Schwarz-Weiß-Aufnahmen als Säugling mit einem Plüschhasen, als Mädchen mit Mantel und Mützchen, später mit Zöpfen, ein spindeldürres Mädchen am Strand, ein Fräulein mit Pony und Sandalen, eine Gymnasiastin im Park, eine junge Frau mit hochhackigen Schuhen und enganliegendem Rock, die begeistert tanzte. Die Farbfotos waren allesamt im Ausland gemacht worden und waren, wie ich das sah, für eine weitere Person gedacht. Es handelte sich schließlich um seine einzige Tochter, das einzige Kind. Soviel ich damals verstand, und ich schwöre, es kam mir traurig, sehr traurig vor, hatten sich die beiden Männer, Großvater und Enkel, nur sechsmal getroffen und insgesamt etwa zwei Monate miteinander verbracht. Die längste Zeit waren sie in Paris zusammen gewesen, als Emil am Herzen operiert worden war. Ich verspürte das Bedürfnis, einige Schluck Tee zu trinken, um mir das Ganze etwas zu versüßen, dann gingen wir zurück in der Zeit, ich betrachtete seinen Urgroßvater, jung und schlank, mit über den Mundwinkeln gezwirbeltem Schnurrbart, den Säbel gegürtet, in Schaftstiefeln, mit Schulterstücken und goldenen Tressen, seinen Großvater und seine Großmutter am Morgen ihrer Hochzeit an einem besonnten Fenster kurz vor den Balkankriegen, er im Frack und sie in einem leuchtenden Kleid aus Voile und Seide, das mit reichem Faltenwurf einen ihrer silbernen Schuhe verhüllte, seine Eltern zu zweit, zärtlich einander zugewandt, und einzeln, zurückhaltend, stets dunkel gekleidet. Andere kamen auch noch dran, aber ich erinnere mich nicht an sie, und von den Bildern mit Kollegen und Freunden habe ich nur eines vor Augen, auf dem sie in Arbeitskluft vor einem riesigen Erdwall, wahrscheinlich einem Staudamm, stehen. Wer weiß wieso, jedenfalls hat Emil einen ganzen Abend lang kein Sterbenswörtchen über die Frau verloren, die in Dutzenden Fotografien auftauchte, das Haar mal zum Knoten gebunden, dann wieder gelöst oder kurz geschnitten, meistens zusammen mit ihm und dem Mädchen.

V

Ich war nie im Zoo, zwar veranstaltete man in der zweiten oder dritten Klasse im Frühjahr einen Busausflug dorthin, aber Mutter sagte mir, sie habe kein Geld, um es zum Fenster hinauszuschmeißen. Allerdings habe ich, dagegen ist nichts zu sagen, eine Menge freilaufender Tiere gesehen, wie andere sie nicht in hundert Käfigen und in hundert Leben gesehen haben. Löwen, Nashörner, Antilopen, Leoparden oder Giraffen habe ich keine angetroffen, ich habe keine Ahnung, wie armselig die Viecher hinter den Gitterstäben sind, dafür ist mir in diesen unendlichen Bergwäldern nichts entgangen, auch nicht auf den Straßen und auf den Höfen der Leute. Wenn ich von Straßen und Höfen rede, meine ich nicht Gänse, Kaninchen, Hühner und Enten, sondern Winzlinge wie Eichhörnchen und Igel oder ausgehungerte Bären, die sich an Ställe und Mülltonnen heranmachen. Hier in der Stadt ist das Eichhörnchen so was wie der Buchstabe A, jedes Kind lernt ihn vor allen andern kennen. Selbst Zuri begann schon damals, als er noch so klein war wie ein Schuh, zu knurren und verlegte sich aufs Bellen, wenn er die rötlichen Gespensterchen mit buschigem Schwanz bemerkte. Der arme Hund hat es nie auf einen Baum geschafft, aber noch jetzt springt er an Tannen und Buchen hoch, stemmt sich winselnd mit den Vorderpfoten dagegen und will hinauf. Natürlich bin ich selbst schuld daran, weil ich ihn von klein auf verrückt gemacht und ihn mit meinem Geraune: »Eichhörnchen! Eichhörnchen!«, aufgehetzt habe, anzugreifen. Merkwürdigerweise ist er gut Freund mit den Kätzchen, als schlüge ein Katerherz in seiner Brust. Er lässt sie aus seinem Napf fressen, beschützt sie und leckt sie ab, und manchmal, wenn er in der Sonne schläft, räkeln sich Cici und Pufiţa auf seinem Bauch. Mit den Bären wiederum ist das eine lange Geschichte mit vielen Episoden, wobei meine erste Erinnerung mit Vater zusammenhängt und auf mein fünftes Lebensjahr zurückgeht. Nie und nimmer wäre er mit mir im Park spazieren gegangen und hätte ein Foto von mir mit einem ausgestopften Tier bestellt. Nein, es war einfacher, nach seiner Art. Eines Abends im Winter, als wir alle in der Küche saßen, war ein merkwürdiges Geräusch zu vernehmen, als wäre jemand in der Dunkelheit über eine Blechschüssel gestolpert. Mein Bruder, der gerade Kürbiskerne knabberte, stand vom Tisch auf, sah zum Fenster hinaus, griff sich ein paar Kanten getrocknetes Brot und ging hinaus. Als Vater die Tür aufmachte, ertappte er ihn, wie er einen lebendigen, überhaupt nicht ausgestopften Bären fütterte, der den Kopf hin und her pendeln ließ. Die Ohrfeigen, die Dan verpasst bekam, steckte er ganz gut weg, er trug nur ein gerötetes Ohr und eine leicht geschwollene Wange davon.

Wie jede ansteckende Krankheit wird das Bergsteigen durch Mikroben verbreitet. Und eine dieser Mikroben, die einen Unterschlupf in schlimmen Zeiten suchte, erwischte im Sommer des Jahres 2003 auch mich, in den letzten Schultagen im Juni. Was sie und wie sie es dann anstellte, ist mir nicht ganz klar. Ich vermute, sie hat mich beim Atmen über den Mund oder über die Nase befallen, ist am Adamsapfel und den Mandeln vorbei durch den Rachen und den Kehlkopf zur Luftröhre vorgedrungen und hat dann an dieser einen Verzweigung innegehalten und überlegt, ob sie nun in den linken oder den rechten Lungenflügel fahren sollte, hat schließlich gelost und zugeschlagen. Sich also an die Arbeit gemacht. Sofort. Bekanntlich beschäftigen sich Mikroben mit der Inkubation, ansonsten sind sie ja zu nichts imstande. Infolgedessen kam um die Mitte des Monats die Krankheit zum Ausbruch und erwischte mich voll. Es war eine seltsame Krankheit, ohne Fieber, Husten, Bauch- oder Kopfweh. Ja sie zwang mich noch nicht einmal mit Umschlägen unter die Bettdecke, es gab auch keine Spritzen, die mir den Hintern durchlöchert hätten. Im Gegenteil, sie brannte in meinen Sohlen als eine Art Fernweh, sodass ich, wenn es nicht regnete, morgens aus dem Haus ging und lange nach der Abenddämmerung zurückkehrte. Ziele gab's zunächst wenige, denn wenn sich die ersten Symptome der Bergsteigerkrankheit einstellen, nimmt man nicht gleich die volle Dröhnung, sondern versucht ihr mit sanften Pillen, Johanniskrauttee und Tannensirup beizukommen. Ich stieg entweder hinauf zum Habichtfelsen über dem Kloster oder durch das Tal der Ghindura, an den Wehren entlang zwischen hohen weißen Felswänden oder unter der Seilbahn hindurch zu dem Geröllfeld mit den riesigen Steinen. Solange die Sonne am Himmel stand oder durch die Wolkendecke drang, kletterte ich wie ein Besessener, machte mich vertraut mit der Härte des Kalkfelsens, den Spalten, den scharfen Kanten, den trügerischen Rundungen, den Höhlen drunter und den ungewissen Räumen drüber. Meine Bewunderung für Eidechsen und Spinnen wuchs ins Unermessliche. Die Geschicklichkeit, mit der sie da herumklettern, ließ mich verstummen, ja vor Neid erblassen. Nach und nach merkte ich, wie sich im Verlauf von zwei Wochen mein Wortschatz anreicherte, wie sich allerhand neue Fischlein an seiner Oberfläche tummelten: Seil, Halb- und Zwillingsseil, Klettergeschirr, Abseilen, Karabiner, Klemmkeil, Seilholen, Kletterhaken, Eispickel, Kletterhelm, Selbstsicherung, Seilzug, Kugelbolzen, Halt, Überhang, Kletterschuh und Knoten. Hier, bei den Knoten, tat sich eine weitere Liste auf, und da half kein Herumreden mehr, da war es schlicht und einfach so, dass ich lernen musste, mit eigenen Händen einen Kapstan-Knoten oder einen Halb-Kapstan-Knoten, einen Achterknoten mit Schlaufe, einen Prusik- oder einen Schmetterlingsknoten zu schürzen. Wenn man schließlich imstande ist, die Knoten mit geschlossenen Augen zu binden, dann schläft man, Hand aufs Herz, besser, und das Kissen kommt einem weicher vor. Allerdings ging es mir zu jener Zeit nicht ums Schlafen oder irgendwelche Kissen, sondern um eine anständige Ausrüstung, die verhindern sollte, dass ich mir das Genick brach. Da in meinen Taschen der

Wind sauste wie eh und je, konnte ich an einen Neukauf gar nicht denken, es lief alles aufs Selbermachen hinaus, wobei Improvisationen und Flickwerk nicht infrage kamen. Also nähte ich an den Abenden oder feuchtkalten Tagen, wenn ich zu Hause war, ein Klettergeschirr aus einem starken breiten Haltegurt, wie er zur Sicherung der Lkw-Ladung eingesetzt wird, dabei verwendete ich Schusterzwirn und eine stählerne Ahle. Den Gurt gab mir der Bugiulescu aus seiner Garage, nachdem ich ihm einen Haufen Holzscheite gestapelt hatte, den Zwirn beschaffte mir eine Kusine von Gabi, die einen Schuhmachermeister kannte. Sodann bastelte ich mir zwei Strickleitern mit je drei Stufen, wozu ich einen Besenstiel in sechs gleiche Teile zersägt hatte. Um Mutters Gekeife vorzubeugen, mit dem sie sich dauernd beschweren würde, dass ihr struppiger Besen verschwunden war, beklagte ich als Erster dessen Verschwinden. Die Sprossen verband ich in einem Abstand von etwa zwanzig Zentimetern mit einem violett geringelten roten Halbseil, das mir der Bergretter Nelu Zainea gab, nachdem ich gebettelt und gefleht und ihm versprochen hatte, ich würde im Winter beim Skifahren nicht mehr mitten auf der Piste aus dem Sessellift springen. Von den Kletterschuhen zu reden lohnt sich echt nicht, schließlich hatte ich in jenen Wochen weder in einen segensreichen Haufen Scheiße getreten noch hundert Dollar gefunden. Dafür hatte ich zum Glück ein Paar chinesische Turnschuhe aufbewahrt, fleckig, abgetreten, eine Nummer zu klein, also genau richtig, weil sie toll spannten, wie sich das gehört. Schließlich muss ich bekennen, was zu bekennen ist, nämlich dass Emil mir ein flammneues Seil schenkte, gelb mit grünen und ziegelroten Punkten, vierzig Meter lang, wettbewerbstauglich nach allen Regeln der Kunst. Es war so schön, dass mich immer wieder aus heiterem Himmel das Bedürfnis überkam, es abzuwickeln und wieder einzuholen, es zu befühlen, mit der Kleiderbürste zu reinigen und mit dem Geschirrschwamm abzuwischen. Parfümiert habe ich es zwar nicht, immerhin aber war ich so weit, die Zeit zu stoppen, in der ich es nach dem Einholen zurechtlegte, wie es im Buche steht. Eigentlich fragte ich mich bei all den Kämpfen am Felsen, bei all den Proben auf Klettersteigen und an Überhängen stets, wer mich mit dieser rebellischen Mikrobe gesegnet hatte, wer durch Niesen oder sonst wie schuld daran war, dass diese Krankheit mich befallen hatte. Wenn ich nun sämtliche Indizien aneinanderreihte, kam ich auf höchstens drei Verdächtige. Ganz vorne stand dabei Emil mit seinem Sack voller Geschichten aus dem Himalaja und dem Tian Shan, von schwindelerregenden Gipfeln und bodenlosen Abgründen, Nächten im Biwak, beim Aufstieg in der Wand brechenden Keilen, weiß vereisten Kämmen, die mit Eispickel und Steigeisen genommen wurden, über Lawinen, Adler, Wolken, Sonnenauf- und Sonnenuntergängen. Von ihm hörte ich zum ersten Mal vom Blauen Riss, dem Wiedehopfkamm und dem Hoffnungssteig, allesamt weit weg, im Weißen Tal des Butschetsch-Gebirges, alle mit Schwierigkeitsgrad 6B und so viele Seillängen hoch, dass man sie nicht an den Fingern abzählen konnte, sondern die Zehen dazunehmen musste. Mit dem heißen Bemühen des Anfängers versuchte ich mir vorzustellen, wie das ist, neun, zehn oder zwölf Stunden senkrecht zu klettern, jeden Spalt zu nutzen, sich an jeder Felsnase hochzuziehen, sich an jedem Felsensporn abzustoßen, ein- und auszuatmen dort oben, furchtbar hoch oben, wo die Luft verzaubert ist und wo die kleinen, furchtbar kleinen Vögelchen, die Steinschmetterlinge, eine Art Kolibri mit grauem Köpfchen, grauer Kehle und grauer Brust, roter Seitenzeichnung und schwarzem Schwanz, umherschwirren und die einzigen Kameraden sind. Nun, meine Vorstellungen waren wie eine Droge, hin und wieder gaben sie mir das Gefühl, als reichte ich an die Unendlichkeit, könnte mit ihr spielen und sie kraulen wie ein Kätzchen. Hinzu kam noch, dass ich zu jener Zeit, als die Sommerhitze sich über die Stadt ergoss, im Radio ein blödsinniges Liedchen aus der Tonkonservenfabrik hörte, wo ein Onkelchen süßlich säuselnd sang, um dann plötzlich wie besessen zu schmettern: haabe iich die Uun-eend-lich-keit gewäählt! Um aber wieder sachlich zu werden und der Rolle als Detektiv, der

Spuren sichert und Schlüsse zieht, Genüge zu tun, muss ich gestehen, dass ich mit den anderen beiden Verdächtigen falschlag. Zwar gab es sie leibhaftig, sie lebten, hatten auch entfernt etwas mit Bergsteigen zu tun, waren aber nichts als Papageien. Der eine war Mişu Creţulescu, der Chef der Pfadfinder, ein Kerl, der sich mit einer kläglichen Abseilaktion brüstete, und der andere war der Gevatter Barabancea, ehemals Offizier der Gebirgsjäger, der dauernd von den alten Zeiten schwafelte, als er noch an Manövern beteiligt gewesen und alle paar Jahre einen etwas steileren Hang hinaufgekrochen war. Beide verspürten sie, sobald sie mich mit dem Rucksack und dem gelben Seil über der Schulter auf der Straße sahen, das Bedürfnis, mich zu beraten, mich zu bemuttern, mich zu ermuntern wie ein Zicklein, das mit alten Böcken in eine Hürde geraten ist. Anfang Juli dann hatte der Gevatter Barabancea wieder so eine Anwandlung von Geschwätzigkeit und erzählte, wie ehedem im Kalksteinbruch gearbeitet worden war, als die Feuerwerker mit Felskeilen die Stellen erkletterten, wo das Dynamit einzubringen war. Dazu sagte er noch, sie hätten schwere eiserne Karabiner verwendet, wie die von der Feuerwehr. Und die Baracke aus verrostetem Blech am Rande des Steinbruchs, das sei ihre, die der Feuerwerker, die ihr Zeug noch immer nicht weggeschafft hatten und hin und wieder, selten, da reingingen in der Erwartung, dass bald wieder gesprengt würde. So viel hätte ich gar nicht zu hören gebraucht, denn ich kannte die Baracke, ich wusste auch von dem Vorhängeschloss und dem verschweißten Riegel. Zudem wusste ich, wie sehr ich mir Karabiner wünschte, mochten sie noch so grob und verklemmt sein, wo doch schon ein einziger neuer aus Titan oder Duraluminium ein Vermögen kostete. Eine Viertelstunde später, als wir uns zu den Felsen und Staustufen der Ghindura aufmachten, gab ich die Losung aus, an alle gespitzten Ohren. Und deren waren fünf Paar wie zum Beweis, dass eine ansteckende Krankheit schnell von Mensch zu Mensch überspringt und dass die Mikrobe des Bergsteigens es satthatte, in meiner Lunge zu schlummern, und sich immer weitere Inkubationsorte aussuchte. Allerdings hing die Wucht, mit der die Krankheit zuschlug, auch von der Neigung des Betroffenen ab, sodass uns die Seuche unterschiedlich in Mitleidenschaft zog. Während Niţuş ebenso schwer unter ihr litt wie ich, befiel sie Sandu in einer mittelschweren und die anderen, Gabi, Marcelică und Tudi, in einer leichteren Form. Zunächst aber waren wir eine Seilschaft, obwohl einige es offenbar vorzogen, zu kiebitzen und das untere Ende des Seils zu halten, straff zu sichern und vorsichtig nachzulassen, damit ja kein Unglück passierte. Keiner konnte auf Held machen, es war schließlich unsere erste Saison, das Debüt, wenn man allerdings Tudi oben auf dem Felsen sah, verschreckt und verkrampft, mit schlotternden Armen und Beinen, meinte man Michael Jackson in seinem Veitstanz auf der Bühne zu sehen oder ein von Parkinson befallenes Menschlein. Ich wiederum, besessen von der zaubrischen Aussicht auf Karabiner, bestellte ein Aufgebot von Freiwilligen für einen nächtlichen Angriff zur Eroberung der rostigen Baracke. Wie nicht anders zu erwarten, meldete sich als Erster Sandu, der Kommandoaktionen liebte und überdies leicht von zu Hause abhauen konnte, weil seine Leute zur Olivenernte nach Italien gefahren waren und er in der Obhut einer Großmutter war. Sodann trat Gabi einen Schritt vor, etwas zögerlich, nicht aus voller Überzeugung, eher in Erinnerung jener Szene bei den Gumpen, als er meinen Mut auf die Probe gestellt und mich zu einem wahnsinnsschweren Sprung gezwungen hatte, der mich zum Engelchen hätte machen können. Leider war's das dann auch mit dem Kampfgeist. Die anderen brachten irgendwelche fadenscheinigen Entschuldigungen vor, bis auf Niţuş, der ebenfalls scharf war auf jene kostbare Beute und begriff, dass sie nicht mit Gold aufzuwiegen war, aber unmöglich an dem Überfall teilnehmen konnte. Er schwieg. Bei all dem Elend, das seine Mutter mit Zytostatika und Bestrahlungen durchmachte, hätte er auch kaum etwas zu sagen gehabt. Dafür waren wir drei wild entschlossen, die Baracke nach der Mitternacht zum Donnerstag zu stürmen. Und wir beschlossen, die Hunde nicht mitzunehmen, weil die in einem fort bellen und uns verraten würden. Da es erst Dienstag war, machte mir der Gedanke zu schaffen, dass Mutter von irgendeiner Schlaflosigkeit, Vater von der Lust zu singen oder mein Bruder vom Heimweh gepackt werden könnten. Gottlob wurde niemand von irgendetwas gepackt, Mutter schlief wie ein Säugling, Vater schnarchte fürchterlich, und Dan dümpelte auf Meeren oder Ozeanen und spülte neuerdings Geschirr, keine Klos mehr. Ich kletterte zum Fenster hinaus und war, die Taschenlampe in der Hand, alsbald am Sammelbecken. Wir schritten in der Dunkelheit aus und lachten dabei laut, um den Sternen und den Bäumen zu zeigen, wie kühn wir waren. Aufs Schloss waren wir vorbereitet, wir hatten dutzendweise Schlüsselchen gesammelt und hofften, dass eines passen würde, und als Zweitlösung eine Zange und einen Hammer dabei. Im Steinbruch summte die Stille, obwohl kein Lüftchen wehte. Mond gab es keinen, als wäre auch er in den Ferien oder in einer Berghöhle schlafen gegangen. Wie immer, wenn man Licht braucht, ging die Taschenlampe kaputt, und weder Sandu noch Gabi hatten Streichhölzer dabei. Vor lauter Ärger stoben unsere Flüche Funken wie Feuersteine. Wir beruhigten uns erst, als einer der Schlüssel, der siebzehnte, sich sofort im Schloss drehte. Jetzt war noch der Riegel flottzukriegen, das schien aber nicht allzu kompliziert. Geduldig und hartnäckig versuchten wir es mit dem Blatt einer Eisensäge, aber die Schweißstellen waren dermaßen hart, dass es wohl Stunden gedauert und uns das Morgengrauen ereilt hätte. Also zögerten wir nicht länger, in dieser Einöde die geräuschvolle Variante anzugehen und den Hammer einzusetzen. Zunächst schlugen wir nur verhalten und in Abständen zu und hofften auf den Durchbruch. Wie in einem riesigen Trichter hallten die Schläge im Steinbruch gellend nach. Es dauerte nicht lange, bis wir merkten, dass es vergeblich war, und so folgten wir Sandus Idee, den Hammer liegenzulassen und mit einem Stein draufloszuhauen. Er mochte zwei Kilo schwer sein oder vier, wir haben ihn nicht gewogen, wenn er aber auf den Riegel herunterdonnerte, meinte man, er würde ihn zermalmen und unter sich begraben. In Wirklichkeit kratzte er nur am Eisen und verbog es ein wenig. Unser Schwung erlahmte, und ehe wir uns wieder an die Arbeit machten, lümmelten wir uns ins Gras und beschlossen, in Schichten zu arbeiten wie im Bergwerk, worauf wir losten, in welcher Reihenfolge wir einfahren sollten. In den fünf Minuten, in denen Sandu einen Meter Anlauf nahm und den Stein mit der Kraft der Verzweiflung gegen die Tür wuchtete, erbebte die Baracke bis in die Grundfesten und das metallische Dröhnen schwoll infernalisch an. Und just als der Lärm seinen Höhepunkt erreichte, brüllte Gabi, er solle aufhören, weil irgendwo hinten an dem von Sträuchern und Fichten bewachsenen Hang rollende Steine und raschelnde Zweige zu hören seien. Wir beide prusteten los, denn das wäre unmöglich auszumachen gewesen, und Sandu forderte eine zusätzliche Minute, weil er durch so einen Blödsinn aufgehalten worden war. Die Szene wiederholte sich kurz darauf, aber die Rammstöße wurden nicht mehr unterbrochen, obwohl Gabi auch damals, vor langer Zeit, auf der Schlossbrücke ein Pochen vernommen und uns gewarnt hatte, bevor uns jener bärtige und krumme Greis mit einem Holzfuß Angst einjagte. Ich war dran und wollte zum entscheidenden Angriff übergehen, als sich Geröll donnernd zu Tal wälzte und mir furchterregendes Gebrüll das Blut in den Adern gefrieren ließ. Ein wutschnaubender riesiger Bär kam mit kehligem Brummen auf uns zu. Ich sauste den Hang hinab, ich weiß überhaupt nicht mehr, wie ich geflohen bin, ob ich über Baumstümpfe, Bodentrichter, Hagebuttensträucher, Wurzelwerk, Gräben und Brennnesselfelder geflogen oder über dem Wald geschwebt bin, vielleicht bin ich auf der Erde gekrochen oder durch Dunkelheit und tiefe Wasser geschwommen, ich weiß es nicht, ich habe keine Erinnerung daran, jedenfalls landete ich auf der Straße, um mich waren Häuser und schlafende Autos und mir schien, als strahlte die Sonne vom Himmel, mitten in der Nacht. Ich keuchte erbärmlich, dem Ersticken nahe, und hustete, als sollte meine Lunge aus dem Brustkorb springen. Sandu und Gabi kamen hinterher, aber auch sie brachten kein Wort hervor.

Wenn ein Jahr dreihundertfünfundsechzig Tage hat, die Schaltjahre nicht mitgerechnet, wenn jeder Tag vierundzwanzig Stunden und jede Stunde sechzig Minuten hat, kommen jede Menge Augenblicke zusammen, in denen man auf Bären treffen kann, das geht in die Millionen. Mir sind im Lauf der Zeit ein paar Dutzend Begegnungen zuteil geworden, bei denen sie immer vorsichtig und ängstlich waren, weil sie Menschen ebenso fürchten wie ich meine Allergie gegen Ringelnattern und Wespen fürchte. Ich meine, dieser Bär im Steinbruch hatte schon irgendwie einen Knacks, anders kann ich mir seinen Wutanfall nicht erklären, schließlich war ja keiner da, der im Stockwerk über ihm das Parkett abgeschliffen oder Löcher in die Wände gebohrt hätte. Ehrlich, ich bin ihm nicht böse, aber ich verstehe ihn nicht. Der Netteste von allen war jedenfalls der Fritz, ein Bärenjunge, der bei einer toten Bärin im Wald gefunden und fast ein Jahr lang auf Fettlebe in einem großen Käfig bei der Mălinu-Hütte verwöhnt worden war. Als sie ihn laufen ließen, trieb er sich auf den Gipfeln und in den Tälern herum, suchte nach Himbeeren und Pilzen und bettelte um Waffeln und Schokolade. Was nun ihn anbelangt, habe ich nur einen einzigen Schock gekriegt, und der geht auf Zuri, der ja sowieso schon allerhand auf dem Kerbholz hat, sosehr ich mich auch um ihn kümmere. Als wir einmal im Herbst nach einem Regen zum Strîmba-Sattel hinaufstiegen, trafen wir hinter einer Biegung auf Fritz, in Demutshaltung wie ein Bittsteller. Zuerst meinte ich nicht richtig zu sehen, als hätte ich Schuppen vor den Augen. Der Hund trabte mit hängender Zunge neben mir, er schien den Bären nicht zu wittern. Als wir dann etwa zehn Meter vor ihm waren, fiel mir die Klappe runter. Zuri beschnupperte die nassen Sträucher und Gräser, weder knurrte noch bellte er, geschweige denn, dass er auf ihn losgegangen wäre. So viel Blindheit habe ich noch nie erlebt! Als ich dann versuchte, ihn zur Besinnung zu bringen, ohne zu pfeifen, wie man es in der Pfeifschule lernt, sondern indem ich ihm zuraunte: »Eichhörnchen! Eichhörnchen!«, begann er wie ein Verrückter zu schnauben und zu winseln, sich an den Bäumen aufzurichten und nach oben in die Laubkronen und das Blau des Himmels zu linsen. Damit er Fritz endlich sah, musste ich ihn an der Schnauze packen und ihn zwingen, den Blick nach vorne zu richten.

Ich mutmaße Folgendes: Wildtiere haben in ihren Krallen und Hufen einen kleinen Knopf, den die Zoologen noch nicht entdeckt haben, und den betätigen sie mit jedem Schritt, wobei sie eitel Freude verbreiten. Anders kann ich mir nicht erklären, was mich plötzlich packt, wenn die Rute eines Fuchses kupfern aufleuchtet, wenn das Geweih eines Hirsches durch den Mittagsglast oder den Morgennebel stößt, wenn die Gemsen an Felsnasen und Vorsprüngen entlangschwärmen, wenn die Frischlinge mit ihren pyjamagleich gestreiften Rücken im Gänsemarch hinter der Bache dahertrippeln. Die Schreie der Eulen gehören nicht hierher, nicht in dieses Kapitel, die haben ihren eigenen unvorstellbaren Zauber. Um dort hinabzusteigen, in jenen klaren Abgrund, braucht man kein Kletterseil, da muss man mit den Flügeln schlagen, sich vom Luftstrom tragen lassen, schweben. Und wenn einem die Luft wegbleibt, ist das nicht ihre Schuld, nicht die Schuld der Eulen. Mir allerdings blieb die Luft oberhalb der Felsbrüche, in der Ödnis der oberen Almen weg, als wir im Winter Stunden um Stunden, einen ganzen Tag lang, keine einzige Eule zu Gesicht bekamen. Wir, Sandu, Marcelică und ich, waren durch den hüfthohen Pulverschnee aufgestiegen, weil wir davon träumten, den vermissten Belgier zu finden und von der versprochenen Belohnung reich zu werden. Wir waren hundemüde, darum wollten wir um die Mittagszeit auf dem Dach einer Almhütte essen, es war das einzige trockene Fleckchen, das irgendwie nach Erde aussah. Während wir in jener vollkommenen Stille inmitten der weißen Weite unser Wurstbrot mampften, sahen wir eine Hirschkuh, die in hohen Sätzen wie die einer Heuschrecke durch den Schnee stob, und dann vier Wölfe, die wie besessen hinter ihr her waren. Der letzte von ihnen, ein grauer, schnürte ein paar Meter an der Almhütte vorbei, ohne zum Dach aufzusehen. Sie verzogen sich zwischen den trostlos kahlen Buchen nach Süden.

Soviel ich Zuri auch beobachte, von einem Wolfshund hat er nichts. Er ist ein Straßenköter, wie er im Buche steht, und erinnert nur fern an einen irischen Setter. Sein rötliches Fell ist auf der Brust und am Hals von ein paar gelblichen Strähnen durchzogen, wie bei einem Prinzen. Trotzdem benimmt er sich, was weiß ich weshalb, dem Rotwild gegenüber wie ein Flegel, verbellt es, hetzt es, treibt es in die Enge, als hätten es ihm irgendwann einmal was Böses getan. Ich habe es nicht geschafft, ihm das abzugewöhnen, ihn zu erziehen, obwohl ich ihn am Habichtfelsen einmal im Frühling, als sich die Gemsen noch unten im Wald aufhielten, wo sie ein bisschen was zu fressen fanden, ganz fürchterlich verdroschen habe. Er war von meiner Seite geschnellt, hatte sich wie ein Geschoss in das Rudel gebohrt und ein Kitz abgetrieben. Er stellte es am Rande der Schlucht und war wild entschlossen, es in den Abgrund zu drängen. Leider erwies sich jene Tracht Prügel als Tropfen auf den heißen Stein, sie bewirkte gar nichts. Kurz darauf, im August, als ich mit Tudi auf der Suche nach Trichterlingen und Bitterlingen unterwegs war, nutzte er meine Unaufmerksamkeit und machte sich auf, die Schnauze in die Gräser getaucht, und wenige Minuten später sah und hörte ich ihn oben auf dem Kamm, wie er zwischen einer Rehmutter und deren Kitz herumtobte. Aus seiner Schnauze stob ein Gewitter mit Blitz und Donner, und wenig später schubste er mir das Kitz mit Nase und Pfoten in die Arme wie eine Trophäe. Ich brachte es nicht übers Herz, Zuri wieder zu prügeln, schließlich hatte er mich ordentlich verladen. Mit dem Rehkitz hatte ich allerdings ein Problem, denn das war nun jämmerlich verlassen. Also nahm ich es, nachdem ich mich mit Tudi beraten hatte, mit nach Hause, entschlossen, es mit Milch und Gras zu füttern, es vor Gefahren zu schützen und aufzuziehen. Kein Wort darüber, wie Mutter und Vater das aufgenommen haben, schließlich aber ließen sie es in Gottes Namen geschehen, wenn ich mich nur nicht weiter unter Geschrei und Gezeter auf dem Boden wälzte. Zwei Tage und drei Nächte lang bemühte ich mich, sein Freund zu werden, es zu streicheln und zu beruhigen. Vergebene Liebesmüh. Es weigerte sich, aus der Flasche zu trinken, es mochte den Platz unterm Tisch nicht, und sobald ich die Pfote von ihm nahm, sprang es aufs Bett und gegen das Fenster und wollte durchs Glas brechen. Es meinte wohl, dass alles, was es sah, die Sonne, der Hof, die Vögel, der Zaun vom Bugiulescu und die reifen Früchte, Wirklichkeit wären, wie es sie wahrnahm, belebt und lebendig. Ich jedenfalls tat kein Auge zu, und nach zwei Tagen und drei Nächten war ich dermaßen übernächtigt, dass ich mich kaum noch auf den Beinen hielt. Zu meiner Verwunderung war es Vater, der sich meiner annahm und mir eines Morgens, ohne mich am Kragen zu packen und zu beschimpfen, verstehen half. Ich hörte ihm schweigend zu, dann leerte ich erst mal meinen Rucksack, ging durch das hintere Tor in den Wald und rieb ihn mit modrigen Blättern und Erde so lange ein, bis ich meinte, er müffele nach Pilzen. Ebenso rubbelte ich meine Kleider, meine Schuhe und schließlich das arme Kitz, um den Menschengeruch zu tilgen. Gegen Mittag, als die Hitze aufkam, holte ich es auf dem Berg, wo Zuri es erjagt hatte, aus dem Rucksack, wollte ihm einen Abschiedskuss geben, hielt mich aber zurück, ließ es laufen und versteckte mich hinter einem Baum. In Wartestellung zitterte ich mehr als eine Stunde lang, obwohl es nicht kalt war. Das Rehkitz entfernte sich kaum, es fiepte und fiepte und fiepte, rief unablässig nach seiner Mutter, schrie, winselte und spürte, wie ich meine, den salzigen Geschmack der Tränen. Nach und nach verließ mich in meinem Versteck die Hoffnung, dass die Rehmutter noch auftauchen würde, und ich kam zu der Überzeugung, ich sei der größte Unglücksmensch überhaupt. Aber die Rehmutter kam. Mit zögerlichem Tritt, auf Umwegen, tastete sie sich vor und wich zurück, schrak zusammen, äugte in der Runde, witterte, bis sie nahe genug war, ihr Junges beschnupperte, es schnell ableckte, worauf die beiden verschwanden. In der Woche drauf, es war wohl am Samstag, begriff ich, dass der noch größere Unglücksmensch Tudi war. Er hatte in der Stadt hinausposaunt, ich hätte ein Rehkitz gefangen, es geschlachtet und im Backofen gebraten. Mein Gott, was hab ich ihn verhauen! Mit Händen und Füßen.

* * *

Ich weiß selbst nicht, was besser ist: Vergessen oder mich erinnern? Die Wunden vernarben lassen oder sie aufkratzen? Vor den Gespenstern fliehen oder mich mit ihnen versöhnen? Vergeben oder nicht? Meine Zeit ist zäh und träge, sie zieht sich von einem Tag zum andern wie eine klebrige Schmiere, und vor lauter Einsamkeit versuche ich mal die Vergangenheit von all den Sünden und Verhängnissen reinzuwaschen, dann wieder in den Strudel der verflossenen Begebenheiten einzutauchen, wo Lachen und Weinen zusammentreffen, wo die Schuld eines jeden mit der aller anderen verflochten ist. In den schlaflosen Nächten, wenn ich die Decke anstarre, nehmen mich die wabernden Nebelschwaden gefangen. Dann erinnere ich mich an alles, bis in alle Einzelheiten, dann reiße ich die verschorften Wunden auf und bohre meine Fingernägel in das blutende Fleisch, dann suchen mich Gespenster heim, die mich ein Leben lang verfolgt haben, ich vergebe nichts und niemandem, ich bettle nicht um Nachsicht und lasse auch keine walten, und der wehe Knoten in der Brust hat nichts zu tun mit meinen üblichen Herz-, Bauch- oder Knieschmerzen. Ich weiß nicht, wie es kommt, aber in der Mitte der Decke taucht dann anstelle der Schatten Lia auf. Mit ihrem schönen Antlitz. Das mir oft schmerzverzerrt erscheint.

Als Braut wünschte sie einen einfachen sandfarbenen Zweiteiler zu tragen. Auf den Fotos, die im Frühjahr 1961 nur schwarz-weiß zu haben waren, sind der Rock und die Jacke grau. Ein helles Grau, Ton in Ton mit dem Grau der gelben Pfingstrosen, die wiederum ich ihr gekauft hatte. Eigentlich habe ich sie nur bezahlt, in der Zentralhalle auf der Piaţa Unirii, an dem Ausgang zum Spital Brîncoveneşti, nachdem sie sich eine halbe Stunde auf dem Markt umgetan hatte und sich nun mit Händeklatschen und hellem Lachen freute, dass sie einen so seltenen Farbton gefunden hatte. Lauter noch lachte sie, als ihr die Zigeunerin, die uns Orchideen oder Kaiserlilien verkaufen wollte, zuraunte, Gelb bedeute Eifersucht und Trennung und bringe Unglück. Zunächst beim Gottesdienst in der Kirche, dann auf der Straße, als wir auf der Suche nach einem Unterstand durch den Regen rannten, trug sie den Strauß im Arm, an ihre linke Brust gedrückt wie ein schlafendes Kindchen. Sie hatte, ohne mich nach meiner Meinung zu fragen, beschlossen, es solle keine große Hochzeit geben, samstags, mit langem Kleid und Schleier, Anzug und Fliege, Verwandten, Freunden und Kollegen, ein Fest mit Musikanten, echtgoldenen Eheringen und einem Korso hupender Autos, Brautjungfern, Löffelbiskuits und Popen in vollem Ornat, Tanz, Champagner und Torte. Und ihr Wille geschah. Die Hochzeit fand gleich nach Ostern an einem Mittwoch statt, zur Verblüffung eines alten Priesters, den ebenfalls sie, diesmal weinend und nicht lachend, dazu überredet hatte, uns zu trauen und den ewigen Bund der Ehe zu schließen. Es war ein Pfarrer von Sfînta Vineri, hager und spitzbärtig, dessen Hände leicht zitterten und der sich gern singen hörte. Lia wünschte keine Bekannten als Trauzeugen und holte schon am Morgen jenes Tages eine Alte von der Straße, die Ampfer, Spinat und Brennnesseln verkaufte, ja sie schaffte es noch vor Mittag, einen Taxifahrer zu überreden, einen Fettwanst mit großen Händen, der schwor, er habe vier Kinder. Wie der hieß, weiß ich nicht mehr, aber der Name der Alten war Țița, ganz bestimmt. Ich gab ihnen vorab je einen Zehn-Lei-Schein, rot, mit dem Wappen der Republik und dem Bildnis eines jungen Arbeiters, gedruckt in der Tschechoslowakei, und danach einen Zwanziger, blau, mit dem Bild von Tudor Vladimirescu, gedruckt von der Staatsbank in Bukarest. Der Fahrer ließ sich herbei, uns ein »steinern Haus«, Gesundheit und Wohlergehen zu wünschen, diese Țița aber war so durch den Wind, dass sie nur brabbelte: »Ruhet sanft!« Anstelle von Eheringen nahmen wir zwei billige geringelte, hundertfach geriffelte Silberdrähte. Großvater wäre bei ihrem Anblick erbleicht, oder er hätte sich vor Lachen nicht mehr eingekriegt, wie bei den Filmen mit Fernandel. Zu unse-

165

rem Glück hat Großvater sie nicht mehr zu Gesicht bekommen, und sollte er sie vom Himmelszelt herab doch gesehen haben, hat er seine Eindrücke wenigstens für sich behalten. Auch Tante Marieta hat sie nicht zu Gesicht bekommen, denn auch sie ruhte längst an einem besonnten grünen Plätzchen neben Onkel Paul, unter Petunien und Rosen. Leider erspähten sie Mutter, Vater und Großmutter, spät zwar, aber deutlich genug, dass ihnen dabei schwindlig wurde. Noch dazu hatte Lia kategorisch abgelehnt, dass unsere Eltern von unserer Trauung erfuhren, sodass wir es ihnen erst unter der Sonne des Sommers verkündeten, sieben Wochen nachdem wir mit einem winzigen Wisch von Trauschein aus dem Standesamt getreten waren. Dafür waren die Flitterwochen ein wahres Wunder, als wiederholte sich die Hochzeitsnacht eins ums andere Mal, deckungsgleich, wie abgekupfert. Damals gingen wir, vom Regen durchnässt bis auf die Haut, zum ersten Mal nirgendwo rein, sondern geradewegs zu mir nach Hause in mein Dachstübchen beim Foişor de Foc. Wir nahmen nicht die Straßenbahn, sondern wateten, die Schuhe in den Händen, durch die Pfützen und schmetterten am helllichten Tag allerhand Lieder aus der Vorkriegszeit. Beseelt blökte ich *Iubesc femeia*, den Schlager von Cristian Vasile über die Liebe zur Frau, während sie es sich nicht nehmen ließ, dauernd mit dem Refrain *Zavaidoc* dazwischenzufunken. Auf der Strada Mîntuleasa reichte es ihr nicht mehr, dass wir gleichsam einen Fluss durchquerten, mal bis zu den Knöcheln, dann wieder bis zu den Knien im Wasser, nein, da bespritzte sie mich noch von Kopf bis Fuß und schwor, sie werde mir die Augen auskratzen, wenn ich noch einen Ton von der brünetten und der blonden Frau von mir gab, wo sie doch kastanienbraune Haare hatte. Ich bespritzte sie meinerseits, unbeirrt weitersingend, nach Kräften, dann stolperte ich über den Bordstein, fasste sie um die Taille und riss sie mit aufs Pflaster. Dort, im Wasser hingestreckt, umarmten wir uns wie die Wahnsinnigen, küssten uns überallhin, und als es mir gelang, ihr die Hand unter den Rock zwischen die Schenkel zu schieben, biss sie mich ins Kinn und stöhnte auf. Wir sprangen hinauf in den fünften Stock, es war ruhig im Block, aber ich schaffte es nicht gleich, die Zimmertür zu öffnen, weil sie an meinem Gürtel und an meinem Hemd zerrte, mich an die Wand drückte und sich an meinem Hosenschlitz zu schaffen machte. Drinnen flogen die Kleider nur so von uns, etliche Nähte rissen, viele Knöpfe gingen ab, wir schafften es nicht mehr bis zum Bett, wir sanken auf den Boden, ineinander verschlungen, keuchend und bebend, ineinander verkrallt, und wanden uns wie zwei Menschen, die aus heiterem Himmel vom Blitz oder einem Wirbelsturm erfasst worden sind. Nach ihrem langgezogenen schrillen Schrei atmeten wir durch und lagen, ohne uns aus der Umarmung zu lösen, ohne uns zu rühren, still da, erspürten uns mit Fingern, Lippen, geschlossenen Augen. Ich glaube, die Sekunden und Minuten schmolzen dahin, wurden zu einer weichen warmen Paste, die wir nicht sahen und die sich träge unterm Putz an den Mauersteinen hinunterzog. Deren Maß, das der Sekunden und Minuten, hätte mein Wecker gekannt, weil ich ihn aber seit Tagen nicht aufgezogen hatte, tickte er nicht mehr. Ich ließ ihn weiter schweigen, und wir blieben außerhalb der Zeit, nur die weiche Paste zog sich weiterhin träge durch das Mauerwerk. Als ich aufstand, gewahrte ich die gelben Pfingstrosen, die welkend um den Ofen verstreut lagen, ein Bild des Jammers. Ich sammelte sie ein und legte sie auf den Rand des Tisches, dann richtete ich mit den nackten Fußsohlen den Juteteppich aus und strich ihn glatt. Während ich mich in der Küche abmühte, die erste Flasche Wein zu entkorken, rollte Lia den Teppich zusammen und schob ihn in die Ecke hinterm Schrank, pflückte die Blütenblätter ab und streute sie über den Fußboden. Bei unserem königlichen Festmahl mit Merlot, Zigaretten und gesalzenen Mohnbrezeln lagen wir kreuz und quer da, wie es uns gerade gefiel, wälzten uns verschlungen herum, redeten, tranken und rauchten. Es war so etwas wie eine Sommernacht, dabei hätte ja nach einem solchen Regen an einem 19. April ein kalter Wind wehen müssen. Von dem Geschwätz kriege ich nicht mehr viel zusammen, ja ich glaube, wir haben uns vor lauter Wörtern kaum etwas gesagt.

167

Dafür werde ich die Berührungen, den Atem und die feuchte Hitze in jedem Zentimeter ihres Körpers niemals vergessen. So, Zentimeter um Zentimeter, habe ich von der milchweißen Haut gekostet, auf die ich den Wein nur spärlich in Tropfen und dünnen Bächen rinnen ließ, habe Zuckungen und Verzückungen, Vertiefungen und Rundungen wahrgenommen, habe den Monate vorher während ihrer Ohnmacht entdeckten Leberfleck wiedergefunden, bin auf eine ebenso schläfrig verhaltene wie sprungbereite Gelassenheit gestoßen wie die von im Schatten lauernden Raubkatzen, die jederzeit zum Angriff übergehen können, und auf einen raubehaarten schwarzen Fleck, der mit ihrem kastanienbraunen glatten Haar nichts gemein zu haben schien. Lia kostete ihrerseits meinen Körper Zentimeter um Zentimeter aus, und das waren immerhin, der Länge nach, einhundertzweiundachtzig. In dem geheimnisvollen Überschwang des Genießens kraulte sie meinen raubehaarten schwarzen Fleck, der dem ihren glich. Wenn sie sich schlangengleich hinstahl und unterhalb meines Nabels wand, stürzte ich gleichsam in Leere, aber nicht durchs Treppenhaus vom Dachstübchen hinunter ins Parterre, sondern hinauf, ich schoss aus dem kleinen Zimmer zu den Sternen und in die Wolken, wo ich in tausend Stücke zersprang wie Feuerwerkskörper, von deren Widerhall die Luft erzittert. Es machte allerdings einige Mühe, mich aus Scherben, Spänen und Splittern wieder zusammenzusetzen, also stärkte ich mich mit einem weiteren Glas von dem Merlot, trocken und gut. Dann liebkosten wir uns wieder auf den zerwühlten Bettlaken, beschnupperten uns auf dem Fußboden, wanden und verschränkten uns auf alle Arten, keuchten und stöhnten, zerrten an uns wie an Gummisträngen, die damals, in der Hochzeitsnacht, nicht reißen durften, sondern sich endlos miteinander verknoteten. Und wieder zündeten wir im Dunkeln Zigaretten an, aschten wahllos herum und stießen an. Insgesamt dreimal setzte ich den Korkenzieher ein, und auf ihre Anregung hin warf ich den letzten Korken nicht einfach weg. Erschlafft, wie ich war, führte ich ihn an ihren offenen Schenkeln entlang, drehte und wendete ihn sanft, bis ich eine verborgene Öffnung ausfindig machte, in die ich ihn dann hineindrückte und wieder herauszog und darüber staunte, wie sich das Aroma des Weins bei der Begegnung mit einer anderen Flüssigkeit in wenigen Augenblicken verändern konnte. Irgendwann, muss ich gestehen, bin ich eingeschlafen. Ich weiß nicht, was ich geträumt, wie lange ich gelegen, ob ich geschnarcht habe, aber Lia weckte mich vor Tagesanbruch, als Bukarest noch im Schlaf lag und der Himmel Trübsal blies. Sie sagte, es sei kalt geworden und ich müsse sie zudecken. Sie lag bei offenem Fenster nackt auf dem Fußboden, also schleppte ich mich taumelnd zum Schrank, zerrte die Decke von dem Brett und deckte sie zu, und da lag sie nun wie unter den weitgefächerten Falten eines grauen Mantels. Gleich darauf aber warf sie den Mantel zur Seite, ergriff meine Hände und zog mich mit einem Ruck an ihren gefrorenen Rücken. Ich bin außerstande zu erklären, was sie mit den Fingern tat, aber was tot und verödet schien, erwachte wieder zum Leben, sie spreizte die Beine und führte mich, während sie nach vorne gebückt in die Stadt hinaussah, zu jener verborgenen Öffnung, die genug hatte von den Spielchen mit dem kümmerlichen Korken einer kümmerlichen Weinflasche. Es dauerte unbeschreiblich lange, eine ganze Reihe von Sekunden und Minuten, die sich nun nicht mehr zäh und dumpf am Mauerwerk hinunterzogen, in denen ich vielmehr zu kämpfen und zu arbeiten hatte, in denen ihr Hintern rhythmisch gegen meinen Bauch stieß, heftig, immer heftiger. Ich packte ihre Schultern, ihre Brüste, die frei im Wind hingen, kratzte und biss sie, und plötzlich, als auch ich hätte losbrüllen mögen, schrie sie dermaßen schrill und langgezogen, dass um vier oder fünf Uhr früh Dutzende Lampen im Viertel angingen, Buhrufe und Pfiffe ertönten.

Im Prinzip gibt es die Hochzeitsnacht nur einmal, aber jene Nacht im April, vom Mittwoch zum Donnerstag, blieb nicht einmalig, sie wiederholte sich. Einen Monat lang, kalendarisch gesehen, vor dem Sommersemester, in dem ich vier Prüfungen zu bestehen hatte und sie noch mehr, um die sechs, darunter eine Nachprüfung aus dem

Winter, als sie erkältet gewesen war, in einem merkwürdigen Fach, irgendwas mit Immunität und Antikörpern. Bis zum 19. Mai, als wir uns ernsthaft aufs Lernen verlegten, folgten diese Nächte zaubrisch aufeinander, als hätte jemand, vielleicht Großvater im Himmel als meisterlicher Juwelier und mit seiner Leidenschaft für Schenkel und Brüste, dafür gesorgt, dass sie aufgereiht waren wie ein Rubinenkollier, ein göttlicher Gegenstand. Stets drängen sich allerdings Tage zwischen die Nächte. So geschah es auch damals. Die Sonne zog übers Himmelszelt, und ich irrte, bleich vor Schlafentzug, mit Ringen unter den Augen herum, gähnte in der Fakultät, dämmerte in den Straßenbahnen vor mich hin, trank kannenweise Kaffee und träumte davon, wenigstens drei Stunden lang in einer ruhigen Ecke schlafen zu können wie ein Mehlsack. Mittags schwänzte ich die Vorlesung und ging nach Hause zu Mutter, essen und lügen. Da sie mir immer gleich die Suppe ausschenkte, nahm ich den Mund voll, nur um nichts sagen zu müssen, und überlegte jedes Mal genau, was ich ihr sagen sollte. Von Lia hatte sie noch nichts gehört, sie ahnte noch nicht einmal, dass die geboren war, also stellte sie sich bei meinem Anblick alle Übel der Welt vor. Mal hielt sie mich für krank und bestand darauf, dass ich zum Arzt ging, mal erklärte sie, Alkohol und Poker und Huren ließen die Männer auf dem Zahnfleisch gehen, mal meinte sie, dass auch die Bücher einen bösartigen Keim in sich trügen und ich, wenn ich so weitermachte und bis zum Morgengrauen läse, einen Klepper besteigen, mir eine Schüssel auf den Kopf setzen, gegen Windmühlen kämpfen und mit hundertprozentiger Sicherheit in der Klapsmühle landen würde. Gewöhnlich spielte ich, sobald ich mit Kauen und Schlucken durch war, eine weinerliche Platte ab, nicht eine für Grammofon oder Plattenspieler, sondern eine Theorie über Projekte, die aufs Rigoroseste und Kleinlichste von den Professoren X und Y abverlangt wurden, die lebendige, auf Riesenbögen in schwarzer Tusche geronnene Verdammnis des Ingenieurberufs. Darauf wurde Mutter regelmäßig traurig, schüttelte den Kopf, zog über die Professoren her und sagte, die hätten nur ihre unseligen Fabriken, Brücken, Häuser und Wohnblocks im Auge, nicht aber die Gesundheit von Kindern. Um sie zu beschwichtigen, kam ich Anfang Mai mit dem Doktor Iovițescu, einem Freund meines Vaters, überein, er sollte sie überzeugen, dass ich alle Analysen gemacht, er mich eingehend untersucht und nichts Beunruhigendes hatte finden können außer einer Frühjahrsmüdigkeit, gegen die er mir Vitamine verschrieben hatte. Noch dazu musste ich zu jener Zeit zum Dieb werden. Denn Mutter hatte beschlossen, bis zu den Ferien zweimal die Woche bei mir vorbeizuschauen, um mir etwas richtig Nahrhaftes zu kochen und ein bisschen aufzuräumen. Zum Glück wusste ich, wo sie die Schlüssel aufbewahrte, in einer Schublade des Kästchens in der Schachtel mit Quittungen und Kerzen, also war es ein Leichtes, sie zu klauen. Ich erschauerte bei dem Gedanken, dass sich eines Tages Mutter und Lia in meiner Abwesenheit in dem Dachstübchen begegnen, sich bedrohlich scheel mustern und gegenseitig fragen könnten, was sie da suchten. Die blitzenden Blicke und die hitzigen Fragen hätten möglicherweise, just am Foișor de Foc, der Feuerwache, einen derartigen Brand entfachen können, dass selbst die Feuerwehr mit dem Löschen nicht nachgekommen wäre. Da ich Feuersbrünste in der Familie zu vermeiden suchte, sagte ich Mutter, als sie spitzkriegte, dass ihre Schlüssel weg waren, ich schliefe in der Prüfungszeit meist bei Kommilitonen, weil wir zusammen lernten. Sie wusste natürlich, dass ich flunkerte, aber sie ließ meine dummen Ausflüchte auf sich beruhen, Gott befohlen, und schwieg abweisend, kalt. Wärmer wurde es erst am zweiten oder dritten Juni, ich weiß es nicht mehr genau, als wir beide, Lia und ich, sie zum ersten Mal besuchten, bewehrt mit einer Flasche Champagner und einem Karton Kuchen. Da waberte eine ungewisse Wärme, allerdings kam angesichts unserer armseligen Eheringe und der Tatsache, dass ich monatelang kein Sterbenswörtchen von der Hochzeit und jener kurzhaarigen jungen Frau gesagt hatte, keine hitzige Begeisterung auf. Auch mit der Zeit drang die Wärme nur sehr selten nach draußen, als sei in dem Maschinenraum ihrer Seele etwas kaputtgegangen, ein Kolben vielleicht oder irgendwelche Ventile oder die Kesselverkleidung. Jedenfalls nutzte Vater damals, bei unserem ersten Besuch, die Augenblicke, in denen wir allein waren, klopfte mir sacht auf die Schulter und raunte mir zu, ich sollte auf meinen Hals achten, wenigstens hin und wieder prüfen, ob ich nicht mit einem Hundehalsband beglückt worden sei.

In all den Jahren habe ich an meinem Hals nichts ertastet, weder ein Lederriemchen noch eine Kette. Um ehrlich zu sein, ich habe mir manchmal gewünscht, von Lia an die Leine genommen zu werden, damit sie mich an ihrer Seite hielt und führte wie ein Hündchen. Warum ich mir das wünschte, kann ich nur schwer erklären. Am einfachsten wäre es, wenn ich sagte, die Zeiten waren eben so, aber das wäre sicher falsch. Es ist nicht auszuschließen, dass wir, wie immer die Welt, die Politik, die Landschaft und die Zeitläufte gewesen wären, genau so gelebt hätten, uns an denselben Illusionen berauscht, dieselben Götter verehrt, nach denselben verbotenen Früchten gegiert hätten oder entgleist wären wie Züge, im Vertrauen auf alte, verschlissene Weichen und kaputte Signale. Wollte ich sie irgendwie schildern, jenseits eines klassischen Porträts, bei dem von kastanienbraunem Haar, milchweißer Haut, kleinen kecken Brüsten, katzengleichen Schritten, geschwungenen Brauen, runden samtenen Knien, fleischigen Lippen, schwarzen Mandelaugen und einem Leberfleck zwischen den Schulterblättern, links der Mitte, zu reden wäre, würde ich sagen, ich habe sie immer als fleischfressende Pflanze gesehen, die mich mit ihren aufreizenden Blüten, den geschwungenen Blättern, dem zarten Duft betört hat. Ewig, solange die Ewigkeit für uns eben dauerte, nicht allzu lange, sog sie mich in ihren Blütenkelch und schluckte, schlang mich langsam hinunter. Und in dieser Rolle des ohnmächtigen Mückleins ging es mir gut, sehr gut. Ich starb und wurde wieder lebendig, schlug unablässig mit den Flügeln, summte lange Minuten, unendliche Stunden, Wochen und Monate um sie herum. Jedenfalls umschwirrte ich sie besinnungslos, bevor ich mich zu den Baustellen aufmachte, auf jene widersinnige

Wanderschaft mit dem Bündel am Stock und dem Kreuz des Bauingenieurs auf dem Rücken, ich umschwärmte sie, flog und summte,
wie es im Buche steht, in der vollkommenen Unbedarftheit der
Kerbtiere, ich habe keine Ahnung, wie das heißt, Dummheit, Ver-
zauberung, Trance oder Wahn, ich habe stets nach dem süßlichen
Nektar gestrebt, bin freiwillig in die Falle gegangen, habe mich fangen, erdrücken, verschlingen lassen. In der Zeit des Studiums, als wir
unzertrennlich waren, musste ich mich Hunderte Male zur Besinnung rufen, mich neu zusammensetzen, nachdem mein winziges
Fliegenkörperchen plötzlich dahingeschmolzen war und ich Un-
mengen von Wörtern absonderte, während ich zusah, wie sie ihre
Nägel lackierte, dunkelrot oder blau oder olivgrün, wie sie Butter auf
geröstete Brotscheiben strich, wie sie ihre Haare in alle Richtungen
kämmte, wie sie aus der Kaffeetasse oder aus dem Weinglas schlürfte,
wie sie lernte in allerhand merkwürdigen Stellungen, bäuchlings
oder die Beine steil an der Wand hochgelegt, wie sie jeden Apfel
schälte, wie sie, ein Liedchen summend, gedankenverloren aus dem
Fenster starrte, wie sie eine Bluse oder einen Rock bügelte, wie sie
sich sorgfältig schminkte und wie sie bei Tisch, kauend und schwät-
zend, die Gabel in die Luft gereckt hielt. Unter ihren Geschichten
waren neben den ziemlich reizlosen mit Kommilitonen recht viele
aus ihrer Kindheit, vereinzelte intensive Sequenzen wie aus Filmen,
in denen sie nacheinander gespielt hatte. Der eine Film war heroisch,
mit einem Onkel, der im Krieg eine Hand verloren hatte, der andere
rührselig, mit dem Vater, der Frau und Kinder verlassen hatte und
mit der Postbotin des Viertels durchgebrannt war, einer war eher ein
Krimi, denn es ging um eine Kusine, der man am Zahltag die Handtasche geklaut, die sie aber dank eines brünetten Polizisten zurücker-
obert hatte, der andere glitt ab ins Erotische, da doch ihr Mathematiklehrer im Gymnasium sie in sein Zimmer bestellt, ihren Rock
gelüftet, ihre Schenkel begutachtet und darauf entschieden hatte,
dass sie nie mehr sitzenbleiben würde, solange er lebte, und immer so
weiter, auch alle anderen ließen sich jeweils einem Genre zuordnen

wie alle Filme, ob nun lustig oder eher traurig, Stumm- oder Tonfilm. Während ich ihr zuhörte, selbst morgens oder mittags, wenn die Sonne hoch am Himmel stand, verspürte ich etwas vom Zauber des Kinos, von der Wunderwelt der dunklen Säle, durchdrungen vom Strahl des Projektors und seinem Surren, sanft wie das Geschnurr eines Katers. Und unter all den starken, denkwürdigen Szenen war mir eine besonders lieb, die ich »Die Nacht der weißen Popos« getauft habe. Zugetragen hatte sie sich wohl im Sommer '53 in einem Ferienlager am Fuß des Rarău-Gebirges, unweit des moldauischen Städtchens Kimpolong, Cîmpulung Moldovenesc, nachdem Lia die fünfte Klasse abgeschlossen hatte. Dort waren mehr als zweihundert Kinder, alle aus Bukarest, und eines Abends bekamen sie als Nachspeise ein bräunliches Gebäck, eine Art Keksrolle oder -torte. Nur hatten die Köchinnen die Kakaoschachteln verschwinden lassen und stattdessen Bucheckernmehl genommen. Darauf folgte ein Albtraum, der die ganze Nacht anhielt, mit Bauchweh und fürchterlichem Durchfall allerseits, niemand kam zum Schlafen. Da es draußen nur acht Plumpsklos gab, hallte der ganze Hof vor Gestöhn, dicht an dicht drängelten sich die kleinen Hintern, schimmernd im gelblichen Licht einer Laterne.

Mein großer Fehler war, so will mir scheinen, dass ich versuchte, jene traumhaften Flitterwochen nachzuerleben, sie in finsterer Ödnis mit der Funzel zu suchen, mir wie ein Blödmann einzubilden, ich könnte sie wiederfinden. Ich habe sie nicht wiedergefunden. Ein einziges Mal vielleicht, Ende Oktober in Orschowa, kamen wir dem Wahnsinn in meinem Dachstübchen beim Foişor de Foc halbwegs in die Nähe. Es war ein warmer Herbst ohne Regen, mit Morgennebel über der Donau, rostroten Uferwäldern, einem staubigen Abendwind, der die Vorhänge bauschte und uns durchs offene Fenster von der Straße, aus der Nachbarschaft oder vom Hafen entweder Radiomusik oder das Maunzen einer Katze oder eine Schiffssirene oder das Weinen eines Säuglings oder das Quietschen von Bremsen oder keifende Stimmen oder Krähengeschrei hereintrug. Ich arbeitete schon seit einem Jahr am Eisernen Tor und hatte Blaumänner, wattierte Jacken und Gummistiefel, das schale Kantinenessen, das Wohnheim und das Gewimmel von abertausend Bauarbeitern gründlich satt. Irgendwie kriegte ich es hin, mir drei Tage freizunehmen, Freitag, Samstag und Sonntag, und ein ruhiges abgelegenes Zimmer in Orschowa für vier Nächte zu mieten. Lia, die das letzte Studienjahr Medizin angetreten hatte, verschaffte sich ein ärztliches Zeugnis, dazu noch von einem Assistenten, einem schlaksigen blonden Lungenspezialisten mit Brille, so schilderte sie ihn wenigstens. Und sie traf am späten Mittwochabend ein, eine halbe Stunde bevor das Bahnhofsrestaurant in Severin schloss. Während ich auf den Zug wartete, konnte ich gerade noch ein Bier trinken, draußen, damit sich der saure Dunst von Schnaps und Zigarettenrauch nicht in meine Kleider zog. Wenigstens jetzt, auf dem Bahnsteig, war ich die Uniform der Bauarbeiter los und trug, nachdem ich mit eiskaltem Wasser duschen und mich dreimal hatte einseifen können, mein kariertes Lieblingshemd, einen Mantel mit Gürtel und eine braune Cordhose. In der Tasche hatte ich noch einen dicken Pullover, den Großmutter gestrickt hatte, Baumwollstrümpfe, ein Buch, Unterwäsche und ein Fläschchen Parfüm, Schmuggelware, die ich von irgendwelchen Serben gekauft hatte. Als ich die Scheinwerfer der Diesellok in der Ferne sah, drückte ich meine Zigarette aus und wurde von einem Schauer erfasst. Ich bebte leicht, ohne dass mir kalt war, sodann heftiger, als ich die Räder knirschen hörte und jeden Waggon eingehend musterte. Lia war in der Mitte in die offene Tür des fahrenden Zuges getreten, ließ einen Schal flattern und rief mir zu, ohne sich darum zu kümmern, dass ich sie nicht hören konnte. Zum dritten Mal kam sie in diesem Jahr nach Turnu Severin, aber an diesem Abend stieg nicht sie aus, sondern ich ein, denn sie war der Stadt, der Mücken, des Pfeilers der Brücke von Apollodor von Damaskus, der Eisenflechter, Kranführer und Lkw-Fahrer überdrüssig. Wir fielen uns auf dem Gang blindlings in die Arme, ich war dem Ersticken nahe, dann fanden wir durch Zufall ein leeres Abteil und versanken, als die Lichter am Bahndamm zurückblieben und wir in den Pass einfuhren, selbst in der Finsternis, in der ihre Finger Wunder vollbrachten und ich einen Augenblick lang dachte, wenn jener gigantische Staudamm fertig gewesen wäre, hätte ich ihn mit einem einzigen Kopfstoß durchbrechen können wie ein Bock. Was dann bis Sonntagnachmittag in Orschowa geschah, als Lia mir für das Parfümfläschchen dankte und in einen Schnellzug stieg, will ich gar nicht erst erwähnen.

Nach und nach geriet ich dann wieder gleichsam unter Geier. Von all meinen Fahrten nach Bukarest und zurück sind die rumänischen Eisenbahnen reich geworden, während mein Kopf sich gefüllt hat mit den Namen von Haltestellen und Bahnhöfen, Weilern und Marktflecken, Sümpfen, Bergen und Ebenen. Zunächst lernte ich die Folge der Dörfer in der Oltenia, der Viadukte und beschrankten Bahnübergänge auswendig, entwickelte einen mörderischen Hass auf den Wald bei Balota mit dem verfluchten Abhang, vor dem jeder Zug Dutzende Minuten hielt und ein Onkelchen die Räder links und rechts abklopfte und die Bremsen sorgfältig prüfte. Die Strecke zerrte an meinen Nerven und zehrte meine Tage und Nächte auf, allerdings nur etwas mehr als zwei Jahre, bis Januar '66, als ich es anderen überließ, den großen Staudamm zu Ende zu bauen, per Transfer den Abflug machte und beim Kombinat in Săvineşti landete, wo neue Hallen für die Herstellung von Kunstfasern und Ammoniak gebaut wurden, nachdem die dort die Nase voll hatten vom Stickstoffdünger. Schön war's auch hier, wie überall, denn in dem Block, in den ich geriet, einem dieser Plattenbauten, die auf grüner Wiese errichtet worden waren, wurden auf den Balkonen Hühner gehalten, dazu ein paar Hasen im ersten und ein Schwein im dritten Stock. Meine langen Wochenendreisen laugten mich aus, ich war dermaßen müde, dass ich wie ein Gespenst aussah, weil ich die ganze Woche über schuftete bis zum Umfallen, in einem fort mit Überstunden, in höchster Anspannung, mit unmöglichen Normvorgaben, blödsinnigen Losungen und idiotischen Parteifunktionären. Dabei richtete ich mich, da ich vor allem nachts unterwegs war, nach Laternen und Lichtlein, nach den Formen, die sie in die Finsternis zeichneten, funzligen Sternbildern gleich, nach ihrer Anzahl und Dichte. Und so erriet ich, wo ich mich in etwa befand, in Gugeşti, in Focşani oder in Sascut. Nie, auch in hundert Leben nicht, werde ich den Zwischenhalt beim Umsteigen in Bacău vergessen, in den Abendstunden auf der Hin- und vor Morgengrauen auf der Rückfahrt. Denn in jener Zeit zwischen der Ankunft eines schmuddligen Schnellzugs und der Abfahrt eines klapprigen Bummelzugs, oder umgekehrt, ballte sich nichts als Qual und Zerrissenheit in einer Landschaft mit Bruchbuden, erstarrten Güterzügen, unkrautüberwuchertem Müll und verkrüppelten Hunden. Im Winter, wenn der kalte Ostwind Crivăţ blies, war es das blanke Grauen. Ich weiß noch, dass ich einmal um vier Uhr morgens, als der Bahnhof geschlossen und keine Menschenseele zu sehen war, die Kälte nicht mehr aushielt und durch den Schnee zu einer Lokomotive im Rangierbahnhof stapfte, die voll unter Dampf stand. Der Lokführer wusste auch nicht, wieso mein Zug Verspätung hatte, aber er lud mich zu sich ins Führerhaus, damit ich mir keine Erfrierungen holte und mich ein klein wenig aufwärmte.

Jedenfalls hatte ich schon zu der Zeit, als ich beim Eisernen Tor arbeitete, die Hoffnung fahren lassen, dass Lia mich noch einmal besuchen würde. Zwar träumte ich noch davon, Träume sind ja hartnäckig, aber mir etwas einzubilden hatte keinen Sinn. Auch nicht, nachdem im Juni 1965, am 29., Irina zur Welt kam, unser Töchterchen, das ich nur zu gern Ana getauft hätte. Es zählte natürlich überhaupt nicht, was ich gern gehabt hätte, zumal es eine verfrühte Geburt war, etwa drei Wochen vor dem Termin, somit auch drei Wochen vor meinem Urlaub. Ich bekam damals ein paar Tage frei, sodass ich im Entbindungsheim ein rosiges Bündel mit zerknittertem Gesichtchen betrachtete, das an einer rundlichen und milchprallen Brust sog, zum Standesamt ging und einen Geburtsschein mit den Hoheitszeichen der Rumänischen Volksrepublik ausgestellt bekam, Zimmer und Küche blitzblank scheuerte und ein hölzernes Bettchen, eine Matratze und allerhand Kleidchen und Mützchen und Deckchen kaufte, Mutter und Vater dorthin brachte, damit sie ihre Enkelin sehen und ihre Schwiegertochter umarmen konnten, worauf ich schweigend eine Standpauke von Lia über mich ergehen ließ, die sich über diesen Einfall fürchterlich aufgeregt hatte. Als ich wieder in den Zug stieg, war ich gleichsam betäubt. Wie auf der Herfahrt schaffte ich es nicht, mich zu setzen, als hätte die Sitzbank lauter Knoten und Dornen, also stand ich die ganze Zeit auf dem Gang, rauchte und sah hinaus. Was ich sah, weiß ich nicht. Oder ich will es nicht sagen. Über die Dunkelheit, die Leute, die Spruchbänder auf den Bahnhöfen oder die Rauchschwaden schon gar nichts. Drei Wochen später dann, als ich endlich auf Urlaub kam, bekam ich einen kleinen Schock. Die Dachwohnung war verlassen, und Lia hatte mir auf dem Regal bei der Uhr einen Zettel hinterlassen mit der Nachricht, ich würde sie bei ihrer Mutter finden. Sie hatte beschlossen, dorthin zu ziehen, zwischen Calea Griviței und Domenii, unweit der Piața Chibrit. Damit sie sich nicht einsam fühlte und Hilfe hätte, hatte sie mir trocken und, den Buchstaben nach zu urteilen, in aller Eile geschrieben. Natürlich musste auch ich umziehen, ob es mir passte oder nicht. Wir wohnten zu dritt in einem engen Zimmer, das meine Schwiegermutter frisch gestrichen hatte, mit einem grünlichen Grund, den sie noch dazu mit einem bräunlichen Rollmuster versehen hatte, das an Nudeln erinnerte. Überhaupt hatte diese Frau, hochgewachsen und stattlich, wie sie war, eine Frau, die einen ohne viel Federlesen am Kragen packte und an den Tisch setzte, eine Schwäche für Teigwaren, das sollte ich am eigenen Leib zu spüren bekommen bei all den Suppen, die zu essen ich genötigt wurde. Sie, die Schwiegermutter, und Lias Schwester Rodica sowie ihr jüngerer Bruder Nelu wohnten in dem anderen, ebenso engen Zimmer mit bläulichem Anstrich und grauen Nudeln. Wollte ich in den Hof aufs Plumpsklo gehen oder mir ein armseliges Glas Wasser holen, musste ich zwischen ihren Betten hindurch, also zog ich es vor, den Druck

178

meiner Blase und den Durst bis zum Morgengrauen auszuhalten. Ich dachte mir, ganz ehrlich, der Mann des Hauses, über den niemand auch nur ein einziges Wort verlor, hatte nicht von ungefähr seine Frau sitzenlassen und war mit der Postbotin des Viertels durchgebrannt. Den ganzen Urlaub über erinnerte ich mich jedes Mal, wenn Lia die kleine Irina an die Brust legte, daran, wie sie bei der Hochzeit, in der Kirche und auf der Straße im strömenden Regen die gelben Pfingstrosen gehalten hatte wie einen schlafenden Säugling. Ansonsten, beim Baden, wenn mein Töchterchen mit geweiteten Augen das Mäulchen auftat zu einem lautlosen Lachen, einem stummen Gurren, war ich nur ein Zuschauer, sooft ich auch versuchte, an das Wännchen, an die Seife heranzukommen, das Wasser zu befühlen, mich irgendwie nützlich zu machen. Eigentlich schien auch Lia in Gegenwart ihrer Mutter nur wie ein Lehrling zweiter Hand, der gerade mal geduldet wurde und dem man höchstens zutraute, das Handtuch zu halten oder die Schachtel mit dem Talkpuder zu öffnen. Wenn sie nicht irgendwo unterwegs war, was selten vorkam, war diese rüstige Frau mit der Seele eines Feldwebels stets zur Stelle, Irina zu wickeln, sie wusch die Windeln, wiegte das Kind, kochte ihm Tee gegen Magenkrämpfe und summte es mit dem immergleichen öden Lied in den Schlaf. Ich muss gestehen, dass sich mir, obwohl ich dem Leben im Block nichts abgewinnen konnte, damals der Gedanke aufdrängte, es sei unabdingbar, ja lebensnotwendig, eine Wohnung zu kaufen, wo und wie immer sie sein mochte. Mit Lia sprach ich darüber nicht, denn seit der Geburt und vor allem seit sie die letzte Prüfung bestanden und ihre Zuteilung als Arzt im Praktikum erhalten hatte, trieb sie die Frage um, wie es ihr in der Poliklinik in Manasia bei Urziceni ergehen würde. Der Urlaub endete trüb, allerdings nicht ohne dass auch ich, wenigstens einmal, einen Fuß in die Tür gekriegt hätte. Dabei setzte ich mich über die Ängste der Schwiegermutter hinweg, die mitten im August zeterte: »Herrjeh, das Mädel soll sich bloß nicht erkälten!«, und: »Gebt Acht auf den Luftzug in der Straßenbahn!«, und wir fuhren Großmutter besuchen, weniger um sie zu sehen, eher damit sie uns sah. Großmutter war bettlägerig, sie war furchtbar abgemagert und konnte uns kaum erkennen. Sie schaffte es gerade noch, mir über die Wange zu streichen und Irinas Ärmchen zu betasten.

Danach begann jenes geheimnisvolle Karussell, nach dem mein Leben oder mein Schicksal nun wirklich aussah, sich immer schneller zu drehen, es beschleunigte dermaßen, dass ich mich festhalten musste, um nicht abgeworfen zu werden. Lia pendelte Tag für Tag, schwamm mit dem Strom der Pendler am Nordbahnhof, und wenn sie abends nach Hause kam, pickte sie gerade noch ein paar Bissen vom Teller, spielte ein wenig mit dem Töchterchen, dämmerte auf dem Rand des Bettes dahin und schlief besinnungslos ein. Sie kochte nicht, kehrte nicht, wusch nicht, sie war ausgelaugt und träumte schon vom Paradies einer Hals-Nasen-Ohren-Praxis. An den Samstagen, wenn ich spätabends endlich in Bukarest ankam, fand ich sie schlafend vor, flach und leise atmend. Und an den Sonntagen, die wir miteinander verbrachten, waren wir beide wie rekonvaleszent, gleichsam verkatert, jedem von uns brausten die Züge, die zu kriegen, und die Sachen, die zu erledigen waren, durch den Kopf. Hin und wieder kam unter der Decke noch etwas auf. Stillschweigend, besitzergreifend, ohne müßiges Gefummel, wenn die braunen Nudeln an den Wänden schlafen gegangen waren. An den Sonntagen jener Zeit fuhren wir Irina im Kinderwagen durch den Park spazieren, gingen alle sieben Pfingsten ins Kino oder, wenn es warm war, ein Bier trinken auf der Terrasse Doina an der Straße. Ich will nicht lügen, so karg, flach oder banal die Umgebung auch war, mir ging es ganz gut. Da ich als Ingenieur nicht schlecht verdiente und noch etliche Prämien und Zulagen bezog, fuhr meine Schwiegermutter als Schiffskapitän in Sachen Kohlen und Einkaufen keinen Sparkurs mehr, ließ auch die Teigwaren backbord liegen und steuerte auf Fleischklößchen, Frikadellen und Würstchen zu. Dennoch schlug sich meine fixe Idee mithilfe des Geldes auf etlichen Bögen Papier in Vertragsform nieder, aufgrund derer ich für eine Dreizimmerwohnung zwanzig Jahre lang Raten zahlen sollte. Dabei konnten wir die neue Wohnung noch gar nicht besichtigen, denn der siebenstöckige Block mit einem Fachwerk aus Stahlbeton und Ziegelmauern stand erst zur Hälfte am Rande einer Brache, auf der Kräne in die staubige Luft ragten. Es war klar, dass bei der Auswahl nur Lias Meinung zählte, keineswegs die meine, und obwohl in der Stadt schon so viele fertige Wohnungen leer standen, hatte sie beschlossen, in der Gegend zwischen Domenii und der Piața Chibrit zu bleiben. Eingezogen sind wir dort im November '69, als Irina schon in die kleine Gruppe des Kindergartens ging und Lia im Spital Colțea arbeitete, elf Straßenbahnhaltestellen entfernt. Während sie, wie sie es angestrebt hatte, die Ausbildung zum HNO-Facharzt abschloss, hatte ich in Săvinești schon längst meinen Abflug gemacht, war durch die Wolken getrudelt, nach einer Zwischenlandung in Rovinari durchgestartet und in einer Mondlandschaft in der Dobrudscha gelandet, in der Kreidefabrik von Basarabi, dem einstigen Murfatlar. Zwischendurch hatte ich nach und nach weitere hundert Namen von Haltestellen und Bahnhöfen gelernt, mich vertraut gemacht mit weiteren Bündeln von Lichtlein in der Finsternis, weiteren funzligen Sternbildern, die ich aus den Waggons zweiter Klasse betrachtete, wenn ich nicht wegdämmerte. Den Sommer und den Herbst über gingen wir, noch bevor wir richtig einzogen, oft in unsere Wohnung, mal reparierten wir die Türklinken oder die Armaturen an den Waschbecken, mal schmierten wir die Türangeln, mal verlegten wir das Linoleum in den Ecken neu, dann wieder schleppten wir Stühle, einen Schrank, Wäschebündel oder ein Sofa hinauf oder montierten eine Lampe, stets in der Hoffnung, dass der Aufzug funktionierte, und unter ständigem Palaver. Manchmal, wenn Irina nicht dabei und wir allein waren, fanden wir auch die Muße, Liebe zu machen, eigentlich fand sie Lia, denn sie verstand sich bestens darauf, verlorene Dinge wieder aufzutun, indem sie etwa zwei Zahnstocher über Kreuz legte und raunte: »Rück raus, du Teufel, was du uns gestohlen, sonst wird dich am Galgen der Teufel holen.« Und dort am Ende des Boulevards

1. Mai, im fünften Stock, wo es an den Wänden keine braunen Nudeln gab, bekam auch Amor wieder Flügel, er schwang sich an die Sonne und ließ sich von Wind und Wellen, von Möwengeschrei treiben. Wir liebten und wälzten uns, glaube ich, in jedem Zimmer, auch in der Küche und im Bad, wo der Fußboden nach Mosaik aussehen sollte. Zu jener Zeit, als der Himmel in mildem Blau schimmerte, erschien mir auch die Schwiegermutter nicht mehr als unausstehlich hartleibiger Schiffskapitän. Sie stand auf der Brücke und sollte weiterhin dort stehen, sie kochte, räumte auf, kaufte ein, holte Irina Tag für Tag vom Kindergarten, später von der Schule ab und betreute sie am Nachmittag, da sie nur zwei Straßen weiter im selben Viertel wohnte. In den sechs Monaten, während wir dauernd werkelten und schleppten, bevor wir mit Sack und Pack in jenen Plattenbau einzogen, ließen auch die Zuckungen meiner Eifersucht nach, die ich von den fernen Baustellen mitgebracht hatte, wo mich damals giftige Fragen nach Lia und den Männern um sie her anfielen. Wenn die Wahnvorstellungen über mich kamen, steigerte ich mich in Ängste und prähistorische Trugbilder aus grauer Vorzeit hinein. War ihr Mathematiklehrer im Lyzeum, nachdem er ihren Rock gelüftet, ihre Schenkel begutachtet und versprochen hatte, sie werde nie mehr sitzenbleiben, nicht etwa dazu übergegangen, sie zu streicheln? Und hatte ihr das Lungendoktorchen, der schlaksige blonde Hochschulassistent, ärztliche Atteste einfach so geschenkt, um ihrer schönen Augen willen? Und sie selbst, wieso war sie, obwohl sie doch genau wusste, wann sie in Orschowa gewesen war, und anhand des Kalenders den genauen Termin ausgerechnet hatte, drei Wochen früher niedergekommen? Verheimlichte sie mir vielleicht eine Affäre mit einer anderen Person im Hintergrund? Am meisten schmerzten natürlich die frischen Wunden. Dabei streute ich mit all meinen Verdächtigungen und Einbildungen gleichsam Salz und Pfeffer in diese Wunden. Ich wendete die kleinen Gesten und Fakten, Einzelheiten und Begebenheiten um und um: Wieso war sie gleich nach der Prüfung in der Klinik Colţea aufgenommen worden? Wieso

schminkte sie sich sorgfältig und trug nur hochhackige Schuhe und Stiefel? Wie hatte sie es geschafft, das Wohlwollen des Direktors und einen Platz in seinem Team zu erlangen? Wieso quollen die Fächer des Kleiderschranks über, und woher kamen all die neuen Kleider? Wie verlief ihr nächtlicher Bereitschaftsdienst, den sie in einem kurzen, enganliegenden weißen Kittel versah? Wer waren ihre Freunde und Kumpel auf dem Planeten Bukarest, zu denen ich nicht gehörte? Wie, Herrgott noch mal, hatte sie die Stelle im Phono-Audiologie-Zentrum in Panduri gleich bei dessen Gründung '72 ergattert? Woran und an wen dachte sie im Dunkeln, im Bett, beim Einschlafen? Es war klar, ich tickte nicht mehr ganz richtig, aber das war die unheilbare, regelmäßig wiederkehrende Überreiztheit des Bauingenieurs, der ständig in der Einöde herumirrte. Und je mehr ich auf Schminke, Schuhabsätze, Kleider und den Mantel mit Marderpelz achtete, desto sehnlicher wünschte ich mir, dass niemand sonst sie beachtete und auf wer weiß welche Gedanken käme. Ein Trost, wenngleich ein schwacher, der mit den Grillen in meinen Kopf nichts zu tun hatte, war mir dabei, dass sie, seit sie Fachärztin war, den einseitigen Kalten Krieg gegen Mutter und Vater aufgegeben hatte, sie mit Irina besuchte, ihnen kleine Geschenke und Blumen brachte, sie manchmal ärztlich beriet und sie zu uns einlud, selbst wenn ich weder im Sessel noch am Tisch oder im Hintergrund zu sehen war. Zu dieser Zeit arbeitete ich etwa zwei Jahre im Gebirge an der Höhenstraße über die Karpaten, wo ich meinte, die Götter hätten mich zu ihrem Liebling erkoren, wo mein Herz wieder zu schlagen begann und ich zur Stunde des Sonnenuntergangs das Weite suchte, möglichst weit weg von den Menschen, im Wald oder an abgelegenen Berghängen, wo ich mir wundersame Gespräche mit den Vögeln erhoffte, mit einer einzigen Vogelart, die ich nicht erwähnen muss. Von dort ging ich wieder weg, nachdem ich eine unbekannte Sprache entschlüsselt hatte und gleichsam einen geheimen Bund eingegangen, in eine Sekte eingetreten war, mit mir als Einzigem, mir allein. Dabei verpasste ich 1974, nach einem Jahrzehnt des

Umherirrens, auch meine große Chance, endgültig nach Bukarest zu wechseln. Ich arbeitete damals schon bei der Erdölraffinerie in Năvodari, wo Riesenfundamente aus Tausenden Tonnen Beton gegossen wurden, als mir aus heiterem Himmel eröffnet wurde, es gebe eine freie Stelle an einem Institut für wasserbautechnische Planungen, meine Akte mit den bleigrauen Flecken, einem Vater und einem Großvater, die durch Gefängnisse geschleift worden waren, würde vergessen und ich bekäme ein Gehalt, das die Baustellenzulagen und Prämien wettmachte, unter der Bedingung, dass ich etwas auf ein Blatt Papier schriebe, es unterzeichnete und Spitzel würde. Ein Major von der Securitate, der zum ersten und zum zweiten Treffen im grauen Anzug und mit schauderhaften Krawatten erschien, schilderte mir mal scheißfreundlich, dann wieder streng, mal in wehmütigem, dann wieder in belehrendem Ton, wie es Lia und Irina zurzeit noch ging, er köderte mich mit der Süße des Familienlebens daheim, forderte, ich solle die Ohren spitzen, achtsam sein und ihm haarklein berichten, was mein Kollege so machte, ein Ingenieur namens Schiller, Banater Schwabe aus Arad. Während ich meinen billigen Ehering aus einem geriffelten Silberdraht betrachtete, dachte ich wieder, Großvater würde sich im Grab umdrehen. Und als ich das alles Vater erzählte, sah ich, wie er grau wurde im Gesicht, wie er es kaum schaffte, die Zigarette anzuzünden, es klappte erst beim vierten Streichholz, wobei er zähneknirschend silbenweise Verwünschungen in den Bart brummte. Als ich Toni Schiller warnte, bedankte der sich und zwinkerte mir kurz zu. Die Folge war, dass ich in den Norden, nach Cavnic verlegt wurde, wo bei den Kupfer- und Zinkbergwerken Wohnheime für Junggesellen errichtet wurden.

Lia kam an einem Freitag zu Tode. Im September. Nachmittags gegen fünf. In der Nähe des Waldes bei Băneasa, an der Auffahrt auf die Schnellstraße, wo ein rotes Verkehrsschild mit der weißen Aufschrift STOP stand. Der Wagen, in dem sie saß, ein hellbrauner Dacia 1300, hielt nicht und wurde erfasst von einem Lkw, Marke Bucegi, blaue Kabine und khakifarbene Abdeckplane, der Marmelade,

Quittenkonfitüre und Pflaumenmus, geladen hatte. Ich weiß, es ist fürchterlich, was ich sage, aber sie hätte sich noch einen Tag gedulden können, bis zum Samstag, an dem ja auch ich immer kam. Nachdem ich mich ausgeruht, nachdem ich mich rasiert und den Dreck aus dem Zug und die Krätze des Bauarbeiters abgeschrubbt hatte, hätte ich sie geliebt, leidenschaftlich und zärtlich, verzweifelt, wie immer sie es gewünscht hätte. Sie hatte Doktor B. vorgezogen, einen Zahnarzt, der nicht so viele Umstände zu machen brauchte. In ihr Kreuz wurde das Todesjahr eingeschnitzt, vier Ziffern: 1, 9, 7 und 6.

VI

Mit einem Mal, ich weiß nicht wie und wann genau, kam der Tag, an
dem die Dinge sich zu ändern begannen. Es war kein Montag, kein
Dienstag, kein Mittwoch, keiner von den sieben Tagen, die es gibt
auf der Welt, es war schlicht und einfach ein undeutlicher, kaum zu
bestimmender Augenblick, als ein neues Lüftchen zu wehen begann,
ein Windstoß, der ohne Uhr und ohne Kompass, ohne Kalender
aufkam, blies, wie es ihm gerade passte, und bewirkte, dass das Leben
ein bisschen anders war. Wenn ich es recht überlege, gebärdete sich
dieses Lüftchen recht merkwürdig, niemand spürte es, in den Wet-
ternachrichten kam es nicht vor, es wehte gleichzeitig aus verschiedenen Richtungen und löste allerhand Unvorhergesehenes aus. Beispielsweise beschloss Marcelică aus heiterem Himmel, dass wir ihn
Marc zu nennen hatten, und forderte mit seinen Boxermuskeln und
finster zusammengezogenen Brauen, wir sollten seinen alten Namen
vergessen. Dann bat uns Tudi mir nix, dir nix eines Abends im Park,
wir sollten nicht mehr zu unseren gegenübergestellten Bänken in der
menschenleeren Gegend zwischen Bahnhof und Umgehungsstraße
gehen, sondern zum Springbrunnen, wo es unter den kreisförmig an-
geordneten Laternen nur so von Leuten wimmelte. Dort trieben wir
uns unter Gekicher und Rippenstößen eine Viertelstunde herum,
wobei wir bekannte Gesichter zu Hunderten antrafen, und gelangten schließlich in der Nähe des Cafés zu der Bank, die er von vornherein angepeilt hatte. Lange bevor wir uns setzten, schon zwei, drei
Meter davor, wies er uns auf den Schriftzug hin, der sauber in Druckbuchstaben in die Mitte der grüngestrichenen Lehne gekerbt war.
Dort stand geschrieben: Nicht nähen und stricken, hauen und fi-

cken. Gleich darauf zückte er sein silbrig schimmerndes Taschenmesser mit fischförmigem Griff und wirbelte es ein paarmal um die Finger, damit uns auch klar wurde, wer diese Wörter eingeschnitzt hatte und womit. Ich hoffe, ich bringe nichts durcheinander, aber danach, als es schnell dunkel wurde, haben wir wohl über Laura Strătilă geredet, eine Dickliche aus der Neun b, die auf einen Baum am Waldrand gestiegen war und mit baumelnden Beinen von einem Ast heruntergepinkelt hatte, gerade als Costiniu, der Französischlehrer, drunter durchging. Darüber hinaus bescherte uns der Wind des Wechsels eines anderen Abends, an dem wir uns Eis gekauft hatten, auf derselben Bank ein religiöses Thema. Die Mutter von Nițuș, die mit der Krankheit zu kämpfen hatte und ziemlich auf dem Zahnfleisch ging, hatte ihn zur Beichte geschickt, aber nicht einfach irgendwohin, sondern unbedingt ins Kloster am Habichtstein, zum Vater Filoftei. Was uns von dieser Beichte zu Ohren kam, ist nicht gerade einfach zu erzählen. Der Mönch mit den buschigen Brauen, dem struppigen Bart und dem Pickel auf der Nase hatte ihn gefragt, ob er mit einem Schaf, einer Kuh, einer Ziege oder einer Hündin, mit irgendeinem Viech vom Hof oder aus Wald und Flur sündigte. Da Nițuș hartnäckig beteuerte, da sei nie und nimmer was gewesen, hatte sich der Vater schwer in Hitze geredet wie ein Feuer, das aus eigener Glut aufflackert, und hatte sich in allerhand Einzelheiten hineingesteigert, weil er hören wollte, ob dieser Nichtsnutz von einem Bub sich überhaupt vorstellen konnte, was sich unter dem Schwanz des Viehzeugs verbirgt. Wir wieherten alle vor Lachen, Sandu aber sprang auf, trat drei Schritte von der Bank zurück und spuckte aus, als hätte er eine Schlange oder einen Teufel gesehen. Er verzog das Gesicht, mich jedoch packte das Mitleid mit den Tieren, die in der Umgebung des Klosters weideten mit ihren funkelnden Herdenglocken und den Mücken, die unablässig um ihre Köpfe summten.

Der Grundgedanke ist der, dass die Dinge, wenn sie sich zu ändern beginnen, sich wirklich verändern und kein Stein auf dem andern bleibt. Es geht zu wie bei einer Lawine. Zuerst macht sich, vom Wind gelöst, ein Körnchen Schnee auf zu Tal, daraus wird ein Schneebällchen, dann ein Schneeball, der größer wird, immer größer, riesengroß, weitere Schneekörnchen löst, dass plötzlich mit all den Schneebällen und Schneebällchen der ganze Berg ins Tal donnert und alles mitreißt, was sich ihm in den Weg stellt. In unserem Fall lässt sich unmöglich sagen, wie die Lawine ausgelöst worden ist, welcher Schneeball zur Entstehung der anderen geführt hat, welcher der erste und welcher der sechste war. Vom Himmel prasselte eine Menge Unfug auf unsere Köpfe herab: Spielkarten mit nackten Frauen, Illustriertenbilder von rundlichen Frauen mit Tangahöschen und Büstenhaltern in der Größe der Feuerzeuge vom Typ Zippo, mit Docht und Benzin, die Kondome, die mein Bruder im Schrank versteckt hielt, ob nun mit dem Aroma tropischer Früchte oder mit Bläschen und Rillen, eine Zeitschrift mit Fotos, die noch aufregender waren als jene in den gewöhnlichen Illustrierten, die TV-Serie *Emmanuelle* und andere Filmszenen, allerhand Kram und Krempel halt, darunter auch die kurzen, engen und schwarzen Röcke von Puşa, Gabis Kusine, die mir den Schusterzwirn verschafft hatte. Wenn einem etwas auf den Kopf fällt, tut das gewöhnlich weh, wir aber, ich schwöre es, jammerten nie, sondern ertrugen alles mit mannhafter Gelassenheit. Und diese mannhafte Gelassenheit schien sich sogar auf die Spielregeln bei Macao, Whist und Tarock auszuwirken. Wir brüllten nicht mehr »Drei aufnehmen«, »Eine Runde ausbleiben« oder »Herz tauschen«, schlugen nicht mehr mit dem Trumpf-As auf bei dem Versuch, den Buben von vornherein auszuschalten, steigerten nicht mehr abenteuerlich, im Glauben an Wunder, bis auf 120 oder 160 Punkte, sondern betrachteten aufmerksam jede Karte einzeln, ordneten sie akkurat, schätzten die Schenkel eines Karoachters ebenso wie den Bauch eines Treffzehners, die Titten eines Pikbuben ebenso wie die offenen Knie der Herzdame, die braunen, blonden, brünetten oder roten Locken ebenso wie die Kurzhaarfrisuren, die geheimnisvolle Herrlichkeit unterhalb des Nabels bei den vier Assen. Die Fotos in Zeitungen und Illustrierten machten uns alsbald zu Bewunderern der Presse, der Journalistik, und zu Verächtern der Vergangenheit, als, wie Emil mir erzählt hatte, die Zensur jede Regung der Freiheit, ja die Freiheit selbst im Keim erstickt hatte. Dabei verwöhnte uns jetzt die Zeitschrift, die den Namen der Freiheit trug, *Libertatea*, wie eine gute Fee, ein guter Freund. Allerdings hatte auch sie eine Macke. Ob wir Pilze auf den Rost legen, Bauchspeck anbraten, Kartoffeln oder Mais garen, Würstchen grillen oder uns einfach wärmen wollten, seit einiger Zeit dauerte es viel länger, bis das Feuer brannte. Noch bevor wir Späne und trockenes Reisig zurechtlegten, ein Streichholz hervorholten und einige Blätter zusammenknüllten, nahmen wir uns die Zeitung vor, Seite für Seite, von der ersten bis zur letzten. Zu den Kondomen meines Bruders wären nur noch ein, zwei Dinge zu sagen. Wenn wir sie aufbliesen, schwebten die Ballons wegen der Bläschen und Rillen in komischem Zickzack, und das Aroma von Tropenfrüchten über den Wiesen zog weder Bienen noch Hummeln an. Dafür wirkten die Röcke von Puşa dermaßen anziehend auf mich, dass ich manchmal nur zu gern ihren Nektar saugen und zu Honig hätte verwandeln mögen. Da ich weder Saugrüssel noch Flügelchen hatte und nicht in einem Bienenstock lebte, begnügte ich mich damit, dauernd daraufzustarren und zu staunen, wie sie sich an den Hintern schmiegten. Und dieser Hintern war, da gibt's nichts zu kommentieren, ein Paradies. Er brachte mich dazu, unablässig Vergleiche und Studien anzustellen, Vermessungen vorzunehmen, bei denen ich niemanden ausließ, weder Lehrerinnen noch Schulkameradinnen, weder Mütter noch Fräuleins oder Nachbarinnen oder Verwandte, weder Verkäuferinnen noch Touristinnen, ja nicht einmal eine Polizistin, die mit einiger Geschicklichkeit den Verkehr regelte. Nach und nach fand ich mit meiner eingebildeten Schieblehre heraus, dass bemerkenswerte Hintern selten waren, und stellte, was noch trauriger war, fest, dass die hübschen Gesichter mit Locken und zärtlich lächelnden Augen in keinem Verhältnis zu den reizlosen Formen unterhalb der Gürtellinie standen. Darüber hinaus musste ich mir eingestehen, dass auch

Raluca zu dieser Kategorie der schönen, aber schmächtigen, schlaksigen Mädels gehörte, an denen die Kleider schlaff herunterhängen und die ausschauen, als könnte schon ein Niesen sie umhauen. Das ging so weit, dass ich es in dem vollgedrängten Bus, unabhängig von den Mond- und all den Phasen, die ein Lyzeaner durchmacht, nicht mehr darauf abgesehen hatte, mich unter Einsatz der Ellbogen zu irgendeinem Mädchen durchzukämpfen und dann unter Klagen, dass andere mich schubsten, an ihr herumzufingern, wobei ich das Risiko einer Ohrfeige in Kauf nahm. Wenn weit und breit kein richtiger Hintern zu sehen war, erschien mir das müßig. Natürlich sahen auch die Jungs das Leben in denselben Farben, ständig waren sie auf der Lauer, witternd, um ja nichts zu verpassen. Im gemächlichen Gang der Zeit gab es nun allerdings, dem lieben Gott sei es gedankt, immerhin einen Tag im Jahr, einen einzigen, an dem der Himmel der weiblichen Hintern sich auf Erden zeigte. Das war der 8. März, als man meinte, nahezu alle Frauenzimmer der Stadt hätten einen Rappel. Dabei rede ich nicht über Schminke und Augenzwinkern, Scharwenzeln und Schäkern, nicht von blödsinnigen Blumengestecken und Kanapees, Plätzchen und Champagner, von Chefs, die sich wie Hündchen gebärden, sondern von dem, was am Abend geschah, nachdem die Akkus Stunden um Stunden aufgeladen worden waren und die Elektrizität ungeahnte Dichte erreichte. Und an diesem Abend, der im März etwa um halb fünf begann und spät nach Mitternacht endete, gab es ein großes Fest, bei dem allerlei Blitze blitzten und Funken funkten. Gleich Schneebällchen und Schneebällen, die zur Lawine werden sollten unter dem Wind der Veränderung, landeten auch wir auf der Terrasse des Restaurants Gențiana, Zum Enzian, wo das Rauschen des Waldes und das Plätschern einer Quelle zu vernehmen war. Nun, damals konnten uns Blätter- und Wasserrauschen von vornherein gestohlen bleiben, denn wir wurden empfangen von einer mitreißenden Melodie zu den Worten: »Wenn keine Liebe ihist, ist ganz und gar nihichts ...« Draußen in der Kälte, die Nasen an der Scheibe plattgedrückt, konnten wir kaum an uns halten, Funken zu schnauben und zu wiehern. Eigentlich hielten wir es auch nicht bis zum Ende durch, wie es im Buche steht, sondern stöhnten hin und wieder auf, als hätten uns die Mücken gestochen, pfiffen, klatschten uns ab, trampelten, taten jedenfalls alles, um nicht zu erfrieren. Drinnen waren, mit Ausnahme der Musikanten und der Kellner, ausschließlich Frauen, frisiert, geschminkt, gepudert, die Brauen gezupft, mit Perlenketten und Medaillons um den Hals, Stöckelschuhen, Nagellack und Wahnsinnskleidern, enganliegend oder pailletten- und strassbesetzt, dekolletiert, rücken- oder kniefrei oder alles zusammen. Eine Zeit lang saßen sie zu Tisch, lachten, stießen an, schwatzten, applaudierten, schunkelten im Takt der Musik, vor allem dann, wenn der Solist aufs Gemütspedal drückte und von der kleinen Orchesterbühne, nicht vom Dach, wehmütig ins Mikrofon säuselte: »Komm dohoch wihieder zu unsrem kleinen Bahahnhof ...« Nach und nach, während Likör und Gespritzter in den Adern ihre Bahnen zogen, schwangen sich die Damen zum Tanz auf, erst scheu einige wenige, dann immer mehr und immer verwegener, wobei sie ihre Zurückhaltung auf den Tellern und in den Handtaschen zurückließen. In der Dunkelheit, in der wir durch die Scheiben lugten, kam mir die Aussicht himmlisch vor. Die Körper wanden sich, die Schritte wurden bald schneller, bald langsamer, Arme und Beine wurden geschwungen, die Wangen röteten sich, die Hitze im Restaurant steigerte sich unaufhörlich, da bin ich sicher, obwohl ich nicht zu erraten vermochte, wie viele Celsiusgrade sie erreichte. Zu einem gewissen Zeitpunkt dann geriet die Atmosphäre höllisch in Brand, der Boden glühte wohl wie eine Herdplatte. Um sich keine Brandblasen an den Sohlen zuzuziehen, begannen sie juchzend zu hüpfen, kreischend zu springen, sich gegenseitig die Arme um den Hals zu schlingen oder Hand in Hand wild im Kreis zu wirbeln nach rumänischer oder serbischer oder sonst wie stampfender Art. Mich befiel auf der Terrasse die Ahnung, dass Wodka und Kognak in den Adern so mancher Fräuleins ebenso wirbelten, sie wankten und stolperten allzu arg und stierten durch die Strähnen, die ihnen in die Stirn gefallen waren. Manche spielten, stellte ich mir vor, Mutter und Vater, denn sie küssten und betatschten und kniffen sich, schnitten Grimassen und machten allerhand anzügliche Bewegungen. In der Gluthitze muss der Zigarettenrauch und der Duft der Parfüms eine zünftige Schwüle ergeben haben. Ich sah, wie die Wimperntusche langsam die Wangen hinunterrann, wie sich die blaue und grüne Schminke von den Augenlidern als Schmiere ergoss, vor allem aber sah ich, wie die Hintern angespannt im Tanz bebten, eine erstaunliche Versammlung von Hintern, die allesamt kreisend, zuckend und wackelnd unter einer Spannung von dreihundertachtzig Volt frei und glücklich den Internationalen Frauentag feierten. Dann kamen die Verhältnisse vollends zum Kochen. Wie auf jeder Torte eine Kirsche das Sahnehäubchen in der Mitte krönt, wurde auch uns der Veitstanz zweier Fräuleins zuteil, mit dem sie sich unter dem anfeuernden Beifall und den Zurufen der anderen bemühten, den Jungs vom Orchester die Besinnung zu rauben. Diese betätigten Schlagzeug, Gitarre, Akkordeon und Keyboard, während die eine ihren Rock vor ihrer Nase lüftete und eine Kobra mit fliederfarbenem Höschen imitierte und die andere ihnen ihre höllisch wippenden Riesenbrüste zeigte. Die Nacht da draußen war überhaupt nicht mehr kalt. Auf dem Heimweg, als ich allein war, freute ich mich, dass Puşa Nachtdienst im Krankenhaus hatte.

Gabi, der in unserer Vorstellung der Vetter eines Inbegriffs war, und zwar des Inbegriffs von einem perfekten Hintern, wusste seine privilegierte Stellung zu nutzen und lud uns irgendwann im Geheimen zu sich ein. Wir versammelten uns im Hof und enterten, ohne einen Atemzug und ohne Licht zu machen, die Stiege bis zur Tür im oberen Stock. Während wir die Stufen nach oben nahmen, raunte er uns zu, Puşa habe einen Gast, einen bärtigen Arzt im Praktikum, Doktor der Chirurgie. In der Finsternis des Treppenhauses, wo es nach Sauerkraut und Petroleum roch, dauerte es keine Dreiviertelstunde, bis aus dem Zimmer hinter der Tür unterdrücktes Stöhnen und Keuchen kam, begleitet von hölzernem Knarren, das nicht nach

Bettfedern klang. »Mann, der besorgt es ihr auf dem Tisch!«, sagte Sandu, dann sagte niemand mehr irgendwas. Während ich dort in der Hocke auf dem Treppenabsatz die Ohren spitzte, erinnerte ich mich daran, wie mein Bruder die hochgewachsene müde Blondine mit einem kleinen Fleck auf der Brust angeschleppt hatte, der meine Zeichnung gefiel. Damals hatte ich einen Dinosaurier gezeichnet. Ich hatte seine Rückenstacheln braun und die Schwanzschuppen rotgelb ausgemalt. Wie auch immer, das Stöhnen und Keuchen und das Knarren erschienen mir jetzt sanfter als damals.

Zwar war ich verdammt knapp bei Kasse, aber ich ließ mich doch mitreißen und kaufte mir ein Mobiltelefon. Ein billiges mit Karte, koreanisch, damit ich nicht als Depp des Städtchens dastand, sondern jederzeit jeden belämmern konnte, wie es mir grad passte. Schnell hatte ich eine Menge Nummern beisammen, in der Mehrzahl die von Mädchen, aber ich rief nur alle sieben Pfingsten irgendwo an, um mein Guthaben, meine Energien und meine Hoffnungen nicht zu belasten. Das Beste daran waren die Beeps und SMS, mit denen man jede Tussi dazu bringen konnte, an einen zu denken, wenn nicht aus Liebe, dann wenigstens vor Ärger. Um ehrlich zu sein, meinem schwarzen Telefon, von dem Dan sagte, es sehe aus wie ein Ziegelstein, verdanke ich die ersten Küsse. In diesem Städtchen am Fuß der Berge, wo jeder jeden kennt, wo die Laternenmasten Augen haben und der Klatsch seine Kreise zieht, schnell wie die Schwalben, schaffte man es nicht, ein Mädel ins Kino, in die Konditorei oder zum Spaziergang einzuladen, ohne sofort ins Gerede zu kommen. Hier, wo die dummen Sprüche und idiotischen Kalauer nur so auf einen herunterprasselten, war es, meine ich, einfacher zu heiraten, als mit einem Mädchen Händchen zu halten. Infolgedessen musste ich, um dem Gespött auszuweichen, in den Wald gehen, dorthin, wo sonst kaum jemand war. Dabei landete ich, der ich es nicht so hatte mit verführerischen Angeboten, Auge in Auge, mit dem Mobiltelefon einen echten Coup. Statt mit zitternder Stimme zu stottern, drückte ich jetzt nur ein paar Knöpfe, alles ganz locker und einfach, und schrieb manchmal im Klartext, dann wieder mit Anspielungen, was immer ich wollte. So verabredete ich mich mit Raluca für einen Samstagnachmittag, wenn die Leute im Dämmerschlaf waren, zu einem Stelldichein oberhalb des Sammelbeckens bei der grün-weiß gestrichenen Schranke, von dort stiegen wir auf einen Berg in der Nähe, wo ich mir irgendwann eine Art Tipi aus Tannenästen gebaut hatte. Wenn uns trotzdem jemand ertappt hätte, wollten wir verabredungsgemäß sagen, wir wären auf Pilze aus, von denen vor dem ersten Schneefall noch welche an Stümpfen und Stämmen zu finden waren. Das geschah 2003 im Dezember, vor Weihnachten. Ihre braunen Locken erinnerten wie gewöhnlich an den Schokoguss auf den Eclairs, damals machte ich aber die Erfahrung, dass auch ihre Lippen süß waren wie die Creme zwischen den Löffelbiskuits. Ich gab mir unendlich Mühe, meine Zunge dazwischenzukriegen, wie es sein sollte nach allem, was ich gelernt hatte, aber sie hielt die Lippen geschlossen, als wären sie mit Schusterzwirn vernäht, und biss die Zähne zusammen. Leider gelangte auch ihr Popo nicht so recht zur Entfaltung, er blieb flach und unansehnlich. Im Jahr 2004 dann raffte ich mich auf, das ganze Kleingeld aus meinen Taschen zu kramen, für eine Milka-Schokolade. Fünf Minuten war ich dann nach der Pause mit Luța im Keller des Gymnasiums zusammen, als für mich schon die Chemiestunde, für sie wer weiß was begonnen hatte, vielleicht der Appetit auf Haselnüsse und Trauben oder die Mathe- oder Geschichtsstunde. Sie war ein Jahr über mir und kam mit dem Zug aus einem Dorf zur Schule. Sie sah nicht besonders gut aus und gebrauchte, glaube ich, ein ganz billiges Deo, aber ich gab ihr die Schokolade und kann nur sagen: Das war vielleicht ein Kuss! Das war vielleicht ein Hintern! Ich war ganz weg. Und als sie mich allein zurückließ, rauchte ich in Ruhe eine Zigarette und dachte darüber nach, dass das Leben ganz schön war und eine ganz schöne Scheiße.

Den langen Winter über schlugen wir unsere Zeit im Internetcafé tot, surften auf den Schaumkronen eines weiten Meeres, allerdings nicht wie mein Bruder auf seinen Kreuzfahrtschiffen, sondern ganz anders. Wir taten, als seien wir versessen auf Spiele, bearbeiteten die Tasten auch wirklich bis zur Weißglut, dabei passten wir nur die Augenblicke ab, wenn niemand in der Nähe war, und suchten nach allerhand Schweinkram, vertieften uns und untersuchten die Sachen eingehend, um sie richtig einzuordnen. Eigentlich waren auch wir damals, während der Frost brannte, gewissermaßen Forscher, ja Wissenschaftler. Zum Glück hatte Nini, der Mann an der Theke, Spaß und eine fixe Idee. Sein Spaß bestand darin, dass er vor die Tür trat, wo er mit allerhand Passanten quatschte, seine fixe Idee aber war, dass sein Auto auf dem Parkplatz in der Seitenstraße blitzblank zu sein hatte. Darin war er wie ein Zwillingsbruder von Gevatter Nelu Velescu, dem Heizer des Hotels Silvana, der ja seinen weichselfarbenen Opel auch immerzu polierte, zu jeder Jahreszeit. Der Spaß dauerte, wie andere Vergnügungen auch, nicht allzu lange, sodass Nini nach wenigen in der Kälte zugebrachten Minuten in die Tür trat, seine Finger anhauchte und unseren Bildschirm musterte, um sich eine Vorstellung zu verschaffen von dem, womit wir uns so beschäftigten. Natürlich wurde die wissenschaftliche Recherche zwei, drei Sekunden vor seiner Rückkehr abgebrochen, und wir wandten uns mit heißem Bemühen den Spielen zu. Da aber trat Marcelică, also Marc, der sich ansonsten für seine Boxermuskeln abquälte, den Beweis an, dass er auch im Kopf noch etwas hatte, und schlug vor, wir sollten im Geheimen Ninis Auto dreckig machen und ihm dann selber, geknickt, die schlechte Nachricht überbringen. Das erste Mal schleppten wir einen Tüte Schlamm an, schmissen sie auf die Windschutzscheibe und verteilten den klebrigen Lehm über die Motorhaube bis zu den Scheinwerfern. Ein anderes Mal opferten wir ein Kilo Mehl, mit dem wir die angefeuchtete Karosserie des Fiat Punto zu einem Schnitzel panierten, das nur noch gebraten werden musste. Für die Zeit, die wir so gewannen, verriegelten wir die Tür zur Bar, damit keine anderen Kunden auftauchten, und flogen geradewegs ins Paradies, an die Spitze der Tops, zu den schärfsten Adressen. Mamma mia, da gab es vielleicht Hintern! Und Titten! Und Beine! Und Stellungen, dass einem ganz anders wurde, von denen man sich nicht einmal eine Vorstellung gemacht hatte! Über das alles ergoss sich ein ständiger Schwall von Stöhnen, Gurren, Keuchen, Ächzen und siedend heißen Wörtern. Allerdings herrschte, wenn Nini mit Eimer und Lappen zurückkam und wir leidenschaftlich ins Spiel vertieft waren, in jener elenden Bar, dem ersten Internetcafé der Stadt, eine erstickende Hitze. Nini ließ dann die Tür eine Weile angelehnt, damit frische Luft hereinkam.

Wie man es auch dreht und wendet, Wirklichkeit ist Wirklichkeit, Internet ist Internet, und Illusionen sind Illusionen. Meiner Meinung nach hat nichts so viel Kraft wie die Chimären, die durch des Menschen Hirn spuken, wie die Einbildungen, die in wenigen Augenblicken Gestalt annehmen, ohne dass dazu neun Monate im Bauch der Mutter und wer weiß wie viele weitere Jahre nötig wären, die man an der Oberfläche, auf der Erde zugebracht hat. So verblassten denn auch alle Entdeckungen, die wir auf Porno-Seiten gemacht hatten, vor einer einfachen Geschichte, bei der sich ein jeder vorstellen konnte, was er grad wollte. So war denn auch der Breitwandfilm, der sich in meinem Kopf abspielte, etwas Großartiges, Wunderbares, nicht zu vergleichen mit den Erotikfilmchen, in denen ich mir eine Rolle anmaßte, oder jenen im Internetcafé, die unscharf waren und immer wieder unterbrochen wurden. Das Drehbuch zu jenem eingebildeten Film stammte, so sollte es im Vorspann heißen, von Sandu, der die mündlich überlieferte Geschichte eines Vetters namens Mache, eines gerade aus dem Gefängnis entlassenen Gauners, verarbeitet hatte. Unter meiner Regie und im milden Licht des Herbstes spielte die Handlung in irgendwelchen hügeligen Obstgärten, wo Dutzende Mädchen in labbrigen grauen Trainingsanzügen bei der Pflaumenernte durchs kniehohe Gras wuselten. Sie kletterten auf die Bäume, pflückten die Pflaumen in Kistchen, trugen die Kistchen zu einem Lkw mit abgedeckter Ladefläche, wo ein gelangweilter schmerbäuchiger Bulle auf einem Schemel sie in ein Heft eintrug.

Neben dem gelangweilten schmerbäuchigen Bullen langweilte sich noch ein anderer Bulle, der eine Pistole am Gürtel, einen Gummiknüppel am Handgelenk und eine Trillerpfeife am Hals trug und die Mütze tief über die Augen gezogen hatte, damit ihn die Sonne nicht blendete. Eigentlich waren die beiden Bullen gar keine Bullen, sondern Wächter von der Besserungsanstalt, Abteilung Minderjährige, und etwas weiter weg ratzte der Lkw-Fahrer. Irgendwann schlichen sich im Schutz der Hügel vier Füchse an: Mache, der den Tipp aus dem Gefängnis hatte und jetzt bereit war zu neuen Heldentaten, und drei seiner Kumpel, die ebenfalls Großes vorhatten. Auf leisen Sohlen tauchten sie mitten unter den pflaumenpflückenden Mädchen auf und sagten ihnen, weshalb sie gekommen waren. Viel brauchten sie nicht zu sagen, denn jene verzehrten sich hinter Gittern ja furchtbar vor Sehnsucht, deshalb zogen sie sich aus und legten sich ins Gras, damit die Füchse nach Herzenslust wählen konnten. Diese krochen auf allen vieren herum, ließen sich betatschen, äugten nach links und nach rechts, maßen, was zu messen war, witterten, was zu wittern war, worauf jeder seine Beute abschleppte, jeweils ein junges Huhn quer in der Schnauze. Die übrigen Gefangenen rackerten sich ab, damit die fernen Wächter nichts spitzkriegten und vor allem nicht merkten, wie in den Büschen die Federn flogen. Sie warteten, dass auch sie drankämen und das Glück hätten, gepackt, gezaust, abgebrüht, gerupft, fertiggemacht zu werden. So hungrig und tüchtig die Füchse sein mochten, allen waren sie dann doch nicht gewachsen. So kam es, dass gegen Ende des Films, bei Sonnenuntergang, als der Bulle mit der Pistole seine Mütze zurechtrückte und mit der Trillerpfeife das Zeichen gab, dass die Arbeit einzustellen war, einige Gesichter verzerrt waren vor Trauer. Und Funken stoben vor Wut.

Fast drei Wochen lang berauschte sich Tudi wenn nicht im Alltag, so zumindest in der Vorstellung an dem Gedanken, er hätte eine Freundin. Ich nehme an, er wurde von rosa schillernden Träumen heimgesucht, in denen Loredana Mitriță, eine scharfe Brünette aus

der Zehn c, seine Geliebte war und neben all ihrem Pfeffer und Salz
auch das Aroma vieler anderer Gewürze verströmte, Bohnenkraut,
Paprika, Majoran, Basilikum, Nelken und Kümmel. Kurioserweise
versuchte Tudi auch uns mit jenem Gedanken besoffen zu machen,
als käme eine amouröse Illusion jemals auf vierzig Prozent wie Wodka oder Kognak. Wir betranken uns nicht, da mochte er uns noch so
oft zureden, wir sollten doch auch von jenem Tropfen kosten, allerhand pikante Einzelheiten erfinden und märchenhafte Schäfersze-
nen schildern, wobei er log, dass sich die Balken bogen, und das in
der drückenden Hitze eines Septemberanfangs, wo einem die Decke
sowieso auf den Kopf fiel vor lauter Schwüle. Schließlich, am Ende
der Ferien, wurde Tudi ganz plötzlich aus seinem Rausch gerissen,
als wir bei unseren Streifzügen über den Boulevard ein glückliches
Paar antrafen, eingehüllt in eine grünliche Wolke, die nach Pistazien
duftete. Lori trug hochhackige Sandalen, ein weißes Röckchen und
ein Oberteil aus der Kindheit, das ihr nicht einmal bis zum Nabel
ging und über ihren Brüsten zum Zerreißen gespannt war. Sie ging
Hand in Hand mit einem langhaarigen Kerl in einem T-Shirt mit
der Aufschrift Metallica und schwarzen Springerstiefel mit offenen
Schnürsenkeln. Alle naselang küsste der Rocker die Lori, dann
schien sie dahinzufließen, als fiele ein milder warmer Regen aus jenem nach Pistazien duftenden grünlichen Wölkchen. Verkatert und
unter Kopfschmerzen begann Tudi über die Bukarester zu fluchen,
ob nun aus Instinkt oder aus dem Bedürfnis, seinem wehen Herzen
Luft zu machen. Wie immer kriegten auch wir einen Rappel und sahen rot, obwohl weder der Boulevard eine Stierkampfarena noch der
Langmähnige ein Torero war und sein T-Shirt auch nicht im Wind
flattern ließ, um uns zu reizen. Mitnichten scharrten wir das Pflaster
mit den Hufen auf, wir nahmen ihn auch nicht auf die Hörner, sondern bedachten ihn mit einem Haufen fürchterlicher Drohungen,
von Weitem und im Flüsterton. Weil er es wagte, eines von unseren
Mädchen abends mitten in der Stadt unter aller Augen zu küssen.
Ansonsten gossen wir anderen nach Kräften Öl ins Feuer, um Tudi

erst recht die Hölle heiß zu machen, schließlich hatte auch er uns zur Weißglut gebracht mit seinem Engelchen Lori und ihrer Liebe aus Pappmaschee. Gleichzeitig verwünschten wir die Bukarester aus tiefstem Herzen. Das war eine heilige Pflicht, die uns im Blute lag und auf die wir schon mit unserem ersten Lallen geschworen hatten. Jeder Säugling, jeder Junge, jeder Mann hasste sie, schließlich nahmen sie uns die frische Luft mitsamt dem ganzen Ozon und gaben uns dafür ihren stickigen Atem, vermüllten unsere Wälder, überschwemmten unsere Bars und Pisten, machten uns unsere Mädchen abspenstig, dröhnten uns mit ihren Hupen und stumpfsinnigen Schlagern zu, pflückten unsere Beeren und Pilze, erstickten uns mit ihren Gaunereien, Abgasen und protzigen Villen. Alsbald begann Tudi, den wir immer weiter anfeuerten, lichterloh zu brennen und war drauf und dran, zu explodieren. In seinem Partisanendrang kaufte er eiligst fünfhundert Gramm kleine Nägel, Stifte, wie sie die Tapezierer, Schuhmacher und Glaser verwenden. So mickrig einer von diesen Nägeln auch war, ein halbes Kilo war dann doch eine richtige Packung, wie ein pralles Säckchen gut gerösteter Sonnenblumenkerne. Noch dazu entwarf er einen Schlachtplan, den wir Punkt für Punkt befolgten. Etwas oberhalb des Restaurants Gențiana liefen drei Straßen zu einer zusammen, die dann in Serpentinen durch eine Traumlandschaft hinauf zum Kloster am Habichtfelsen, zur Mălinu-Hütte und den umliegenden Almen führte. Wir verteilten die Nägel auf sechs Häufchen, eine Handvoll für jeden, dann streuten wir sie sorgfältig auf dem Asphalt der drei Straßen aus, unmittelbar vor der Gabelung. Das geschah im Schutz der Dunkelheit am 13. September, dem Vorabend der Kreuzerhöhung. Morgens gegen zehn, als die Bukarester Stoßstange an Stoßstange zum Gottesdienst hinaufdrängelten, vor allem aber zum Grillen mit Bier, Hackröllchen, Steaks und Würstchen, bestiegen wir die Felsspitze von hinten, über den Fußpfad, wo wir mein Kletterseil nicht benötigten. Am Himmel ließ sich keine Wolke sehen, und wir sahen bei strahlendem Sonnenschein mit dem Fernglas unten im Tal unzählige Autos, die mit mehreren platten Reifen in Rudeln herumstanden. Die Schlange war bald zwei Kilometer lang, sie hatten nämlich schlauchlose Reifen, aus denen die Luft nur langsam entweicht. Leider waren auf diese Entfernung die Stimmen der Fahrer überhaupt nicht zu hören. Um die Felsspitze fauchte der Wind, nur manchmal hörte man das Krächzen eines Raben.

* * *

Über Paris kann ich nicht wer weiß was sagen. Die ersten paar Tage vor der Operation war ich zunächst angespannt und fragte mich Dutzende Male, was um Gottes willen ich dort suchte. Außerdem meine ich, wenn man im Alter von 58 Jahren zum ersten Mal das Land verlässt und in jenes babylonische Gewirr, in das Gewimmel am Flughafen, in das Lichtermeer und die Taxischlangen auf dem Parkplatz, in das Gedröhne der Autobahn und in eine ruhelose Riesenstadt gerät, kann einem das Herz eher stehenbleiben, als dass es von einer schweren Krankheit geheilt würde. Danach, als ich das Spital unbeschadet überstanden hatte und bei Irina zu Hause war, fühlte ich mich ohnmächtig und schlaff wie ein verschnürtes Paket, das zur Post gebracht und weit weg geschickt werden soll. Etwas mehr als eine Woche, solange ich das Bett hütete und nur im Zimmer auf und ab ging, sah ich im Fenster einen Splitter des 14. Arrondissements und ein Fleckchen Himmel, mal heiter, mal bewölkt, mal blass, mal dunkel. Der Splitter Montparnasse bestand aus einer schmalen Straße, in der die Autos kaum durchkamen, einer grauen Straßenlaterne und der fahlen Fassade eines sechsstöckigen Gebäudes. Von frühmorgens, wenn alle in Eile aufbrachen, bis gegen Mittag, wenn mein Enkel Daniel aus der Schule kam, war ich allein. In diesen Stunden begab ich mich, nachdem ich dem Flecken Himmel dafür gedankt hatte, dass ich atmete, dass ich lebte, auf vermintes Gelände und untersuchte mit der Lupe eine Wirklichkeit, die ich stets gemieden, die ich unter den Teppich gekehrt hatte. Zumal ich in den restlichen Stunden des Tages, am Nachmittag und am Abend, sowohl sie als auch ihn vor Augen hatte und alles ganz schlimm aussah, trotz des Lächelns und der lustigen Sprüche, der geblümten Teller und des leicht gekühlten Weißweins zum Abendbrot. In jedem Fall bestand zwischen mir und dem Jungen keinerlei Beziehung, überhaupt keine. Eigentlich weiß ich auch gar nicht, wie diese Beziehung hätte zustande kommen sollen bei seinen kurzen Besuchen in Bukarest, während derer Irina versuchte, gleichzeitig an hundert Orten zu sein, hundert Sachen zu erledigen und hundert Freunde zu treffen. Kennengelernt hatte ich ihn erst im Frühjahr '90, als er dauernd aufstampfte und recht viel heulte, im August '94 hatte ich ihn wiedergesehen, bevor er in die erste Klasse kam, ein paar Worte hatten wir erst in den Winterferien zwischen Weihnachten und Neujahr '96 gewechselt. Jedenfalls fand ich damals in Paris, als Daniel elf wurde, überhaupt keinen Punkt in der Vergangenheit, an den ich hätte anknüpfen können, und schaffte es trotz aller Bemühungen nicht, ihn mit Späßen, Ratschlägen zur Geometrie, Bemerkungen zu Filmen, Fußball, Musik oder Büchern zu ködern. Sein Großvater war ich in Wirklichkeit nur auf dem Papier, unsere Beziehung war ein Hirngespinst, eine Seifenblase. Trauriger noch, viel trauriger hätte die Ballade von meiner Tochter geklungen, wenn denn jemand ein solches Lied komponiert hätte und es zufällig einem Brel oder Aznavour untergekommen wäre. Jenseits des guten Willens, der Blutsverwandtschaft, der Regeln der Sippe und dieses ganzen Balletts blieben wir beide einander fremd. Das war die Wahrheit, perfide glitschig wie ein Tiefseefisch. Ich stelle mir vor, dass auch Irina ihn manchmal erspähte, aber sie sah unbeteiligt über ihn hinweg, denn sie war ständig die Gefangene ihrer Termine beim Friseur oder zur Massage, ihrer eigenen Aufregungen, der Konventionen, ihrer drängenden Probleme, ihrer großen und kleinen Pläne. Schlicht unglaublich war, dass nach meinen Gängen zu sieben oder acht Herzspezialisten, nach dem Infarkt, einer ersten misslungenen Operation und finstersten Voraussagen, die ihr zu Ohren gekommen waren, erst recht sie es war, die noch an Wunder glaubte. Da aber nahm sie meine Sache in die Hand. Und das im eigentlichen Sinn. Wie ein Wirbelwind tauchte sie in Rumänien auf, kaufte mir das Flugticket, erlangte das Besuchsvisum von der Botschaft, graste mit einem Bündel Akten, amtlichen Schreiben, Befunden und Attesten alle Behörden ab, bezahlte alles, was zu bezahlen war, und schaffte es, mich in einer Klinik in Buttes-Chaumont zu internieren. Ohne ihre Willensstärke und Hartnäckigkeit, ohne ihre Schmiergelder und ihren französierenden Akzent hätte sich in den Ministerien und in den Krankenhäusern Floreasca und Fundeni wahrscheinlich kein Lüftchen gerührt. Ja sie überredete mich, ins Flugzeug zu steigen. Und mich wieder unters Messer zu legen.

Mit diesem meinem Herzen nun, das wie in einer Autowerkstatt repariert, mit einem neuen Vergaser und frisch geschmierten Schrauben sowie etlichen neuen Dichtungen versehen worden war, betrachtete ich weiter durch die Lupe jenen perfide glitschigen Fisch. Wieder und wieder, achtsam, vom Kopf bis zum Schwanz, es entging mir nicht die kleinste Kleinigkeit. Ich untersuchte seine spitzen Zähne, das beinharte längliche Maul, die hervorstehenden Augen, die rotgezackten Kiemen, die alle Farben spielenden kleinen Schuppen, die Stacheln der Rückenflosse, die Seitenflossen, den weißschimmernden Bauch und seine ganze Gestalt, bedrohlich wie die einer jeden blanken Wahrheit. Wollte ich das alles aus der Fischersprache in die eines bekümmerten Vaters übersetzen, war das, was ich da sah, nichts als eine Kette von Missgeschicken, lauter Szenen und Situationen, in denen zwischen mir und meiner Tochter gleichsam eine Mauer stand. Gestolpert war ich eindeutig gleich zu Anfang, als ich eingewilligt hatte, dass wir unsere kleine Insel, die Dachwohnung am Foişor de Foc, aufgaben und zu meiner Schwiegermutter zogen, wo wir in kürzester Zeit, innerhalb von zwei, drei Tagen zu Untergebenen einer Herrin wurden. Ebenfalls gleich zu Anfang war ich in eine dämliche Rolle wie in die Haut eines anderen Menschen geraten. Als Wanderarbeiter auf allerhand Baustellen, der an den Wochenenden nach Hause kam, war ich nichts als ein Sonntagsvater.

202

Mal war Irinuca gewachsen, dann brabbelte sie schon, mal hatte sie längere Haare, dann einen weiteren Zahn, mal krabbelte sie, dann wieder hatte sie Fieber, mal knuddelte sie ein Plüschhäschen, dann hatte sie die Röteln, und dann tapste sie schon in der Gegend herum wie ein leicht benommenes Menschlein. Leider entdeckte ich immer nur, was schon stattgefunden hatte, nichts erlebte ich mit. Das war ein enormer Unterschied, und der wog unvorstellbar schwer. Als sie noch in den Windeln lag und Tönchen von sich gab, die aneinandergereiht vermeintlich zu Wörtern wurden, musste ich feststellen, dass die Reihung Ta-Ta-Ta oder Ta-Ta nicht mir galt, sondern Nelu, Lias Bruder. Bald merkte ich, obwohl ich es kaum zu begreifen vermochte, dass Irina, wenn ich dabei war, kaum spielte, kaum lachte und scheu nach dem Rockzipfel irgendeiner Frau grapschte. Und es waren ja dort in Haus und Hof gleich drei Frauen um sie. Weiß der Teufel, weshalb ich weder damals noch später schrie wie ein Esel oder quakte wie ein Frosch, einen Affen aus mir machte, sie kitzelte, mich fallenließ wie im Kugelhagel oder Pfeilgewitter, sie hochwarf, dem Himmel zu, mich versteckte, um sie zu erschrecken, mich auf dem Boden wälzte oder auf allen vieren, schnaubend und wiehernd, die blondgelockte Prinzessin, die gerade ein Pferdchen geschenkt bekommen hatte, auf mir reiten ließ. Im Übrigen waren auch meine Geschenke, das eine wie das andere, der reinste Quatsch. Statt zu überlegen, wie es mit Kleidchen, Puppen, Perlen und Süßigkeiten wäre, schleppte ich nach und nach Atlanten, Wasserfarben, ein Fernglas, Käseplätzchen, Wanderstiefelchen und einen Haufen Bücher an. Zu meinem Ungeschick, das ich eingestehe, kamen wohl ihre Scheu, ihre Furchtsamkeit und ihre Launen verschärfend hinzu. Sie sah mich eben selten, nur alle sieben Tage fiel ich ein, wie aus den Wolken. Und was bekam sie da zu sehen? Einen langen, etwas hageren, müden Kerl, der nichts als Unsinn redete und sie nichts als Unsinn fragte und der darauf aus war, ihr die Mutter für eine Minute oder für ganze Stunden wegzunehmen. Nebenher stellte ich mir über die Jahre selbsttätig allerhand Fallen und tappte, wiederum selbsttätig, hinein. Die allererste, ganz banale, die sich bei Millionen von Vätern auftut, liegt nicht unter Gras und Blättern oder in Felsspalten verborgen, sondern in dem Spruch: »Meinem Kind soll es an nichts fehlen.« Also brauchte es Geld, viel Geld, und das hieß, dass ich auf dem Bau bleiben und die Zähne zusammenbeißen musste. Eine weitere Falle, in die ich blindlings geriet, lag auf dem Weg, den das Geld nahm, um zu seiner Bestimmung zu gelangen. Niemals wäre ich auch nur auf den Gedanken gekommen, dass es einem Mädchen wichtig sein könnte, von wem es das Mäntelchen, den Teddy, das Spieglein oder die Spitzenbluse bekommen hatte, also versenkte ich drei Viertel meines Gehalts in Lias Handtasche, damit sie für uns alle sorgte. So musste ich nach einiger Zeit als brennende Ohrfeige oder gar als Tritt in den Hintern auch noch erleben, dass es hieß, ich wäre geizig.

Kurz vor Lias Tod, als ich schon kein Mädelchen mehr hatte, sondern ein Mädchen, als die Sandälchen, Lämmchen und Mützchen zu Sandalen, Lämmern und Mützen geworden waren, traf mich ein weiterer Schlag unter der Gürtellinie, denn ihre kleinen Geheimnisse verriet Irina selbst der Katze Fifi, mir aber nicht. Um zu erfahren, ob sie Gelb oder Orange, Bratkartoffeln oder Püree vorzog, musste ich also andere fragen oder auf gut Glück raten. Ich selbst taugte nur zur Mathematik und zur Grammatik, zum Reparieren einer Schuhschnalle und wenn sie, Gottlob, schon mal wissen wollte, wieso irgendein Mucius Scaevola Rom angezündet oder in welchem Jahrhundert der Antike Tolstoi gelebt hatte. Jedenfalls war sie, ebenso wie die anderen, nach dem Unfall an der Auffahrt zur Schnellstraße in Băneasa weiterhin in dem Glauben, dass Lia stets im Auto einer Kollegin nach Hause gekommen war, nachdem sie am Ende eines lockeren Arbeitstages einen Ausflug an die frische Luft unternommen hatten. Niemand, aber auch absolut niemand sollte erfahren, was ich wusste, was ich erfahren hatte in den Gesprächen mit dem Notarzt und der Rettungsassistentin, den Verkehrspolizisten, die die Bremsspuren vermessen hatten, und der

Frau jenes Zahnarztes. Entsprechend weinte ich bei der Beerdigung herzzerreißend. Irina aber, die ich an der Hand hielt, ließ mich irgendwann einfach stehen und weinte ebenfalls, in den Armen meiner Schwiegermutter.

Danach begann, wie soll ich sagen, eine andere Art Leben, ein Irrsinn, von dem ich gar nichts begriff. Ich hatte jede Peilung verloren, es war mir völlig egal, ob es bei meinem Herumirren in Zügen, auf Baustellen in Fabriken und Erdölraffinerien, durch Betten von Buchhälterinnen und Lageristinnen, an Wirtshaustischen voller Schnapsgläser, ob es da nach Norden, nach Osten oder nach Südosten ging. Meine Tochter wollte ich nicht mitschleifen, schließlich konnten wir nicht wie die Zigeuner oder wie ein Wanderzirkus von Ort zu Ort ziehen, also blieb sie in Bukarest, kam aus einer Klasse in die nächste, aus der Fünf in die Sechs, aus der Sieben in die Acht und dann weiter, im Verlauf der Jahre und Jahreszeiten, durch die Oberstufe des Gymnasiums. Ich sah sie weiterhin nur an den Wochenenden, deshalb habe ich, ganz ehrlich, keine Ahnung, wie sie in Uniform ausgesehen hat, wie sie den dunkelblauen Hänger trug, ob lang oder kurz, weit oder eng. Ansonsten kleidete sie sich modisch kokett und hörte eine Musik, die zu den Klamotten passte, Boney M, Bee Gees, ABBA, Donna Summer und andere Disko-Schnulzen aus ihrem eigenen Radiokassettenrekorder. Damit es die Klamotten, den Rekorder und alles andere gab, vor allem aber, damit ich die Raten für die Wohnung an der Piața Chibrit abzahlen konnte, brauchte es Geld, viel Geld, und das hieß, ich wiederhole es wie einen Refrain, dass ich weiterhin auf dem Bau bleiben und die Zähne zusammenbeißen musste. Jetzt versenkte ich zwei Fünftel des Gehalts in der Tasche meiner Schwiegermutter und hinterlegte ein Viertel bei Mutter in dem Schubladenkasten in der Schachtel mit Quittungen und Kerzen. Das stand einigermaßen im Verhältnis zu den Summen, die eine jede für Irina ausgab, und zu dem Maß, in dem sie sich um ihre Bedürfnisse und Wünsche kümmerten. Noch etwas fiel allerdings in die Waagschale. Und es wog schwer. Wie eingestürzte Mauern, wie eine dicke Schicht Erde. Mutter war allein, seitdem Vater sich zu einer Partie Belotte mit Freunden aufgemacht hatte, im Block Nestor, am Abend des 4. März '77, als bei Vollmond die Erde bebte.

In meiner Erinnerung zeichnen sich ein paar Szenen besonders klar ab, als wäre die Luft damals ganz rein, ja verdünnt gewesen wie an frostigen Tagen. Natürlich spielt keine dieser Szenen im Winter, als sollten sie mir zum Trotz beweisen, dass Klarheit nichts mit Kälte, nichts mit dem Stand des Quecksilbers in den Thermometern zu tun hat. Die erste stammt aus dem Juni 1965, als es nach Regen aussah, ein leichter Wind wehte und die Luft entsprechend diesig war. Ich sehe die Frau, die sich hastig, fast im Laufschritt, auf einer Fußgängerbrücke hoch über uns im ersten Bauabschnitt des Staudamms näherte gleich einer Ameise auf einer grauen Mauer. Mal fuchtelte sie heftig mit den Armen, um unsere Aufmerksamkeit zu erregen, mal hielt sie die Hände trichterförmig vor den Mund und rief uns etwas zu. Wir, also ich und etwa zwanzig Arbeiter, gossen wie besessen Beton in die Verschalungen für die Schleuse, etwa einen Meter über dem Pegel der Donau. Lange Zeit hörte ich nicht, was die Frau rief, als ich es schließlich doch verstand, nahm ich den Helm ab, zog die Stiefel aus, schmiss sie in den milchig weichen Beton, dann brüllte ich los, hopste barfuß herum und warf Kusshände gen Himmel und in die Richtung eines jugoslawischen Schleppers, der Kies geladen hatte. Die Frau, die im Büro für Lohnabrechnungen zuständig war, teilte mir mit, dass meine Frau entbunden hatte und ich Vater eines Mädchens geworden war. Sodann kommen glasklare, lebendige Bilder, die mich seit dem 16. Mai 1968 verfolgen, und dieses Datum kann ich merkwürdigerweise nicht vergessen. Wie in einem Feenmärchen verbrachten damals Lia und Irina eine ganze Woche in Săvinești, wo es im Block nach Kanal und faulen Kartoffeln stank und auf etlichen Balkonen Hühner gackerten, Kaninchen hoppelten und ein Schwein grunzte. Allerdings kommt es dabei auf andere Einzelheiten an, und zwar die jenes Nachmittags, an dem wir zum Ufer

der Bistriţa gingen, um im Fluss zu planschen und an der Sonne zu
faulenzen. Das war so gut, dass ich beim Fabulieren schwören möchte, dass Hummeln summten, Vöglein zwitscherten, ein Segelflug-
zeug flog und wir Kirschen aßen. Gewiss ist nur, jenseits meiner Ein-
bildung, dass wir den Fluss durchquerten, Hand in Hand, Irinuca in
der Mitte. Tief war das Wasser nicht, aber wegen der Strömung, den
zwischen den Steinen verklemmten Hölzern und den glitschigen
Flusskieseln kamen wir nur mit Mühe voran. Als wir ungefähr in der
Mitte waren, drang vom Chemiekombinat talauf ein heftiges Grol-
len zu uns, und ein Schwall bräunlicher Brühe rauschte herab, der
uns bis zur Hüfte ging. Mit einigem Glück gelang es mir, Irina, bevor
der Dreck aus der Fabrik sie verschlang, hochzureißen und sie auf
meine Schultern zu setzen. An meine und Lias Knöchel, Knie und
Schenkel hefteten sich zu Tausenden eklige Fetzen wie kleine Algen,
die in Klebstoff eingeweicht worden waren. Sie glichen den braunen
Nudeln an den Wänden der Schwiegermutter. Frei. Entfesselt. Dann
folgen, nicht im Film oder auf Fotopapier, nur in meiner Erinnerung,
reihenweise weitere Einstellungen. Alle im Gebirge und alle mit einem schmollenden Mädelchen oder Mädchen im Vordergrund, das
weder gern auf- noch gern absteigt, das keine Bergschuhe, keinen
Anorak und keinen Rucksack tragen mag, weder bei Nebel, Hitze
oder Regen wandern noch den Zug der Wolken oder die weißen
Kämme betrachten, dem Wind oder den Krähen lauschen möchte,
einem Mädelchen oder Mädchen, das sich wünscht, ihr Vater würde
sie nicht länger durch öde Schluchten schleppen, sondern sie in
Ruhe lassen. Eigentlich war ich mit Irina nur dreimal im Gebirge.
Vielleicht hätten wir wenigstens einmal auch ans Meer fahren sollen.
Wir sind nicht gefahren. Dafür war sie in allerhand Ferienlagern.
Mit Lehrern und Schulkameraden.

Nach meiner Überzeugung hat Vater sowohl auf dem Friedhof als
auch an anderen Orten Großvater, Großmutter, Urgroßvater und
Tante Marieta getroffen. Ich vermute, unser Hund Petrache ist, unablässig mit dem Schweif wedelnd, mitten unter ihnen, und in all

dem Grün rundum weidet Stela, die Reitstute, die hin und wieder losgaloppiert. Wenn ich darüber nachdenke, frage ich mich, mit wem Lia dort wohl zusammen ist: Mit dem Zahnarzt oder mit ihren Verwandten? Überdies staune ich, wie viele Orte, die uns wichtig waren, verschwunden sind, als wären sie aus Eis gewesen und an der Sonne geschmolzen. Die Markthallen auf der Piaţa Unirii, wo ich die gelben Pfingstrosen gekauft habe, sind verschwunden, die Kirche Sfînta Vineri, wo wir getraut worden sind, gibt es nicht mehr, im gestauten Wasser der Donau versunken ist Orschowa, die Stadt, in der Wunder geschehen sind.

Als Irina mich auf frischer Tat ertappte, im September ’84, war sie im zweiten Studienjahr, war noch nicht ausgewandert, ja hatte Jean-Pierre noch gar nicht kennengelernt. Eine kurze Klammer: Ich kann sagen, dass ich Jean-Pierre stets für einen netten Kerl gehalten habe. All die Jahre, seit er Irina zur Frau genommen hat, es waren zwölf, als ich damals zur Herzoperation in Paris war, mittlerweile sind es fünfundzwanzig geworden, hält er mit Olympique Marseille, schließlich ist er dort geboren. Aber zur Sache: An einem Sonntagmorgen ließ ich mich auf dem Flohmarkt von Obor treiben und schaute mir allerhand alten Kram an, Bücher, Schallplatten, Landkarten, verkratzte Kompasse und einen kleinen Sonnenschirm. Das Schirmchen sah dem von Großmutter ziemlich ähnlich und erinnerte mich an eine Szene von einst auf dem Boulevard 6 Martie, als ein Junge ihr zugerufen hatte: »Tante, Tante, es regnet doch gar nicht!«, worauf sie kurz geantwortet hatte: »Eben drum, mein Kleiner!« Ich schlenderte dann durch den Bereich mit Zierfischen, Käfigvögeln und allerhand Tierchen, um zu sehen, was für Geschöpfe denn noch Erfolg bei den Menschen haben und was für Menschen das sind, deren Herz an solchen Geschöpfen hängt. Schwer zu beschreiben, was an den Ständen alles kreuchte und fleuchte und dümpelte, eine regelrechte Fauna, geflügelt, geschuppt, zwei- oder vierbeinig. Nachdem ich die zu Papageien eingefärbten Spatzen und Häher, Hunderte getrimmte Mischlinge, vor allem Welpen, die als Pudel oder Elsässer

Wolfshunde ausgegeben wurden, unzählige Katzenrassen, Distelfin-
ken, Sittiche, Kanarienvögel und Zeisige, Schildkröten und all die
mit Farben und Formen nur so prunkenden Fischchen hinter mir
hatte, war ich endlich dort, wo ich hinwollte. Ich schaute in die Kä-
fige einiger Verkäufer, feilschte mit einem von ihnen und kaufte
sechs graugescheckte Zwerghamster. Gegen Mittag nahm ich die
Straßenbahn von Obor nach Pantelimon und fuhr bis zur Endstation beim Cosmos-Kino. Dort bekam ich, die Tragetasche über der
Schulter, in ihr eine Blechbüchse mit Löchern im Deckel und etwas
Sägemehl, glücklicherweise einen Anschluss, den Überlandbus um
Viertel nach eins. Als ich schließlich und endlich beim Kloster Cer-
nica ankam, lange nach dem Gottesdienst, ja eine Stunde nach dem
Mittagessen, schienen selbst die Wucherblumen und Rosen und
Fliegen zu schlummern, nicht nur die Mönche und Stallknechte. Ich
ging zum See, wo ich eine alte Esche wusste, auf die ich als Kind im
Sommer so oft geklettert war, als wir noch auf dem Hof wohnten.
Der Baum war zwar verdorrt, aber auf den Ästen, das hatte ich an
dem Sonntag zuvor entdeckt, hatten sich einige Dutzend Waldohreulen niedergelassen. Recht groß waren sie, ihre Federohren ragten
wie Hasenlöffel, ihre gelben Augen schimmerten ölig, ihre faust-
großen rötlich braunen Köpfe erinnerten an frostversengte, schrum-
pelige Äpfel, ihr graues Gefieder war auf der Brust schwarz gestri-
chelt, reglos verharrten sie in Erwartung der Nacht. Ich wusste, dass
sie sich auf den Winter vorbereiteten, ich wusste auch noch andere
Dinge, doch davon kein Wort. Wie alle Eulen wussten auch diese
Waldohreulen alles, was es zu wissen galt, also holte ich dort bei der
Esche die Blechbüchse aus der Tragetasche und nahm den Deckel ab.
Hinter mir, von den Klostermauern her, schrie Irina bedrohlich gellend, als wäre auch sie ein Raubvogel, der mich seit Stunden aus den
Lüften beobachtet hatte. Und der Schrei sagte: »Was tust du?! Bist
du verrückt?!«, worauf um mich her Flügelschlag zu vernehmen war
und hinter mir ihre Schritte, mit denen sie rasch auf mich zurannte.
Nur drei Hamster konnte ich noch einfangen und zurück in das Sä-

gemehl der Büchse drücken. Nun, ich meine, es ist ganz gut gelaufen, drei auf der einen, drei auf der anderen Seite, halbe-halbe, der Mittelweg, die goldene Lebensregel.

VII

In der Wetterstation arbeite ich seit dem Frühjahr 2011, im Mai, als der Schnee, zu drei Vierteln geschmolzen, vergilbte Grassoden und Morast sehen ließ. Ich hatte Glück, sonst wäre ich nicht hier gelandet. Bis jetzt jedenfalls wirkt das Leben auf dem Berg Wunder, trotz der Kälte, der Ödnis und der Wutanfälle, die aus heiterem Himmel über mich kommen. In 2278 Metern Höhe, auf der Ștețu-Spitze, habe ich mich schnell an das Tagwerk gewöhnt, draußen wie drinnen, auf beiden Seiten der mit Laden geschützten Tür. Ich schlafe in einer kleinen, mit einem Kanonenöfchen geheizten Kammer, in der anderen koche ich, trage die Daten ins Register ein, esse, rauche, trinke Tee, mache selten das Radio oder den Fernseher an, lese, höre Musik und achte peinlich darauf, regelmäßig alle sechs Stunden, als hätte ich einen Wecker verschluckt, eigenwillige Ziffern, die Messergebnisse, zu übermitteln. Dazu lese ich Tag und Nacht, egal ob es regnet oder schneit oder bitterer Frost herrscht, der Reihe nach die Geräte ab und notiere alles, was sie mir sagen. Sie wirken verschwiegen, aber wir haben uns, ganz ehrlich, gleich zu Anfang, in den ersten Wochen, angefreundet, und so reden wir ständig miteinander, ja wir kabbeln uns auch schon mal. Es ist nicht leicht, einen ganzen Monat allein in großer Höhe zu sein, um im Monat darauf zur Erde zurückzukehren. Eigentlich bin ich auch dort über den Wolken, unter den unzähligen Sternen, in der Stille, die mir in den Ohren gellt, nicht wirklich allein, denn ich habe Zuri dabei, der alt und träge geworden ist. Er rollt sich neben dem Ofen zusammen oder fläzt sich in den Sessel mit der hellbraunen Decke am Fenster. Manchmal gehen wir beide hinaus unters Vordach an die pralle Sonne und betrachten die Felsen, die Moränen, die Zwergkiefern, die Gletscher und die fernen Gipfel, zwischen denen sich das Militärrelais im Strîmba-Sattel vage wie ein trockener Strohhalm ausnimmt. Wir stellen uns vor, wir sähen auch die Stadt und unsere Straße, auch das Dach des Schuppens, worauf wir den Blick auf den alten Bretterboden und die Steine senken. Noch spiele ich nicht Backgammon mit ihm, wie es der Typ vor mir mit seinem Hund tat. Wenn ich meine Runden drehen will, rufe ich ihn, pfeife, wie man es in der Pfeifschule lernt, aber er errät jeden meiner Gedanken und kommt nur zu kurzen Gängen mit, obwohl er nicht lahmt. Bei Sonnenuntergang wandern wir bis zu dem Sattel im Süden zu einer Wegkreuzung, und ich gehe langsam, damit er nicht zurückbleibt und sich verlassen vorkommt. Und wenn ich mich dort ins Gras fallen lasse und in den Himmel starre, schmiegt er sich an mich und bettelt um Streicheleinheiten. An dem Eisenmast sind drei Wegweiser angebracht, der eine mit dem roten Band, der zweite mit dem blauen Kreuz und ein dritter für beide Markierungen bergauf zu der Hütte Bratoia, einem Blockhäuschen ohne Fenster und ohne Kamin. In das dicke Blech der Wegweiser hat der Typ vor mir, der in Rente gegangen ist und mir die Stelle überlassen hat, eine Menge Löcher gebohrt, mit Bohrern, Schraubern, wie es gerade kam. Und ich liege da mit offenen Augen, habe den Arm um Zuris Hals gelegt und lausche dem Pfeifen des Windes in den Löchern, in Dutzenden von Tonarten, ein unendliches, wundersames, stets neues Lied.

Im August desselben Jahres 2011, als ich dreiundzwanzig Jahre alt wurde, besuchte mich eines Abends Emil und überreichte mir ein Päckchen, sein Geschenk für mich, mit der Bitte, ich solle es später öffnen. Ich weiß noch, dass er ein Glas Rotwein wünschte und sich eine Zigarette anzündete, wobei er die linke Hand mit gespreizten Fingern hob, damit klar war, dass er seine Tabakration nicht überschritten hatte. Nicht einen Augenblick, ja nicht einmal einen halben Augenblick habe ich geahnt, dass wir uns zum letzten Mal sahen, dass er auf diese merkwürdige, hintergründige Weise Lebewohl sagte. Er verschwand dann plötzlich, über Nacht, mit seinem Haufen von Koffern, Säcken und Kisten. Vierzehn Monate lang wusste ich nicht, wo ich ihn suchen sollte, denn ein Telefon hat er immer abgelehnt. Ich steige von der Wetterstation hinab in die umliegenden Täler, tauche ein in die Wälder, ins Unterholz, und frage die Vögel, die es wissen. Entweder sie antworten nicht, oder sie halten mich hin, oder sie beruhigen mich mit langgezogenen Schreien, die nichts Böses künden.

An jenem Abend dann, kurz nach meinem Geburtstag, rauchte ich, leerte die Flasche Rotwein, wartete, bis alle schlafen gegangen waren, und setzte mich um Mitternacht auf den Bettrand, das Päckchen in den Händen. Ich Blödmann hatte auch jetzt noch keine Eile, es zu öffnen. Durch die Wand zur Küche drang Vaters Schnarchen, und neben mir lag Luiza auf der Seite, mit angezogenen Knien, ruhig atmend. Ihr Fuß lugte unter der Decke hervor, ich deckte ihn zu, dann, ohne noch nach Schere oder Messer zu suchen, biss ich die Schnur durch. Ohne dass es auch nur geraschelt hätte, riss ich das Glanzpapier auf und fand zwei Hefte, eins wie das andere in gelbes Leinen gebunden. In dem einen waren Hunderte von Seiten mit schwarzer Tinte in kleiner Schrift und wohlgeordneten Zeilen vollgeschrieben, das andere war unberührt. Es ist dieses Heft hier, in dem ich seit mehr als einem Jahr Worte und wieder Worte aneinandergereiht und Geschichten vermischt habe, in dem ich nur aufgeschrieben habe, was mir durch den Kopf ging, und in das ich aus dem anderen Heft nur übertragen habe, was ich übertragen wollte. Auf den Umschlag dieses, meines Heftes, schreibe ich jetzt, in diesem Augenblick, in Druckbuchstaben, *Alle Eulen*.

Der Verlag dankt dem Romanian Cultural Institute für
die großzügige Unterstützung der Übersetzung.

Erste Auflage, Berlin 2016
Copyright © 2016
MSB Matthes & Seitz Berlin Verlagsgesellschaft mbH
Göhrener Str. 7 | 10437 Berlin
info@matthes-seitz-berlin.de
Copyright © der rumänischen Originalausgabe
»Toate bufnițele« (2012, Polirom): Filip Florian
Alle Rechte vorbehalten.
Umschlaggestaltung und -motiv: Dirk Lebahn, Berlin, unter Verwendung
einer Zeichnung von Luca Florian
Satz und Herstellung: Hermann Zanier, Berlin
Druck und Bindung: Pustet, Regensburg
ISBN 978-3-95757-221-9
www.matthes-seitz-berlin.de

Desmond Morris

Eulen

Ein Portrait
mit zahlreichen, farbigen Abbildungen
167 Seiten, flexibler Einband, fadengeheftet und mit Kopfschnitt

Aus dem Englischen von Meike Hermann und Nina Sottrell

ISBN: 978-3-95757-088-8
Preis: 18,00 € / 25,40 CHF

Riesige, starre Augen, eine unheimliche Beweglichkeit des Kopfes, ein gespenstisch lautloser Flug: Eulen gehören mit ihren gut 200 Unterarten zu den faszinierendsten Spezies der gesamten Vogelwelt. Von allen anderen Vögeln als Raubtier gefürchtet, von den Menschen als Symbol der Weisheit verklärt und zugleich als Todesbote verdammt, verdient die »Königin der Nacht« eine genaue, vorurteilsfreie Betrachtung. Desmond Morris entwirft in diesem reich bebilderten Buch das dichte Gewölle der Eule als Symbol der Weis- oder gar Bosheit, verfolgt ihre Spuren abergläubischer Bedeutung in den verschiedenen Zeiten, Kulturen und Künsten und beleuchtet auch die realen Lebensgewohnheiten dieses Vogels, der immer noch als seltsamer Kauz missverstanden wird. Picassos verdrießliche Hauseule hat dabei ebenso einen Auftritt wie der entspannte Uhu, wegen dem 2007 im Olympiastadion von Helsinki ein Spiel der finnischen Fußballnationalmannschaft unterbrochen werden musste. Damit gelingt Morris das facetten- und anekdotenreiche, immer wieder überraschende Portrait eines Vogels, der uns mit seinem menschenähnlichen Antlitz vertraut und fremd zugleich ist.